AF131106

JANA
REVEDIN

Der
Frühling
ist in den
Bäumen

aufbau

JANA
REVEDIN

Der Frühling ist in den Bäumen

ROMAN

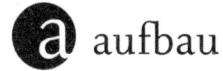 aufbau

MIX
Papier | Fördert
gute Waldnutzung
FSC® C083411

ISBN 978-3-351-04192-2

Aufbau ist eine Marke
der Aufbau Verlage GmbH & Co. KG

1. Auflage 2023
© Aufbau Verlage GmbH & Co. KG, Berlin 2023
Lektorat Claudia Jürgens
Einbandgestaltung zero-media.net, München
Satz Greiner & Reichel, Köln
Druck und Binden CPI books GmbH, Leck, Germany
Printed in Germany

www.aufbau-verlage.de

Für Renina, meine Mutter,
und für Constanze Neumann

»Zerreiß deine Pläne. Sei klug
Und halte dich an Wunder.«

MASCHA KALÉKO

1. Mai 1953

AUF DER VERANDA

Der Frühling ist in den Bäumen, dachte sie, als sie auf der Veranda des Inselhotels stand und auf das Hafenbecken blickte, das in den Nebelschwaden des Morgens nur schemenhaft auszumachen war. Blassrosa trieben die Knospen der Magnolien aus ihren Astwolken, man konnte meinen, ihr Duft läge schon in der Luft. Doch in diesen Frühlingstagen hockte allmorgendlich der Dunst zwischen den hohen Pappeln am Ufer des Bodensees, und die Rasenflächen waren weit von einem satten Maigrün entfernt.

Eher waren sie grau. So grau wie der Nebel, der zum gegenüberliegenden Ufer eine undurchdringliche Mauer baute.

Renina sah auf die Wasserfläche, die bewegungslos vor ihr lag wie ein verblasster Spiegel. Blass wie dieser Spiegel war alles in ihr.

Sie musste sich irgendwo festhalten, um nicht zu wanken.

Sie war selbst schuld an der Gewalt.

Seelischer Gewalt, seit Monaten, doch jetzt sogar körperlicher. Gewalt durch ihren Mann, einen, den sie sich ausgesucht hatte, gegen alle Bedenken ihrer Freunde, ihrer Familie. Und der sie nun endgültig verraten hatte. Das wusste sie, seit sie heute Morgen erwacht war.

Sollte sie in die Suite zurückkehren, mit einem Feuerlöscher bewaffnet, und ihn ihm ins Gesicht schleudern?

Oder sollte sie lieber sich selbst bestrafen, bis zur Hafenmole gehen und sich in den See werfen?

Sie zögerte und fühlte in sich hinein. Es wurde ihr klar, dass sie niemand wehtun könnte, auch wenn sie verletzt worden war. Keinem Menschen, keinem Tier, nicht einmal einem Baum. Also würde sie lieber sich wehtun. Sie würde das Geländer am Ufer überklettern, ins kalte Wasser springen und sich aus einer Situation befreien, in die sie sich wohl wissend manövriert hatte.

Heute Morgen war sie nackt neben zwei Menschen erwacht, die sie erst am Abend zuvor kenngelernt hatte.

Sie hielt sich mit der Rechten an einer der Holzsäulen der Seeveranda fest und trat einen Schritt ins Freie, um die Fassade des Hotels zu ermessen. Da war der Schmerz im Rücken zurück. Sie sackte beinahe zusammen, hielt sich aber aufrecht und suchte das Gleichgewicht vom Rücken abwärts in ihren Beinen. Einatmen, ausatmen, einatmen, ausatmen, dann konnte sie den Blick nach oben wenden, ohne zu taumeln.

Ja, drei Stockwerke über ihr war es geschehen. Die drei Fenstertüren der Suite waren geschlossen, sie sahen friedlich aus, niemand würde von hier unten vermuten, was hinter der Fassade vorgegangen war. Doch sie war nicht neben Fred, ihrem Mann, sondern neben seinen Kollegen erwacht.

Sie hießen Paul und Monika, daran erinnerte sie sich vom Abend zuvor. Doch an mehr erinnerte sie sich nicht.

Was machten die Mitglieder der Forschungskommission, mit denen Fred hierher nach Konstanz gereist war, in ihrem Zimmer?

Nein, nicht nur in ihrem Zimmer, in ihrem Bett?

Renina atmete wieder tief ein.

Das war bei dem Nebel, der kühl vom See aufstieg, keine gute Idee. Denn ebenso wie ihre Mutter war auch sie schwach auf der

Brust, sie spürte die Feuchtigkeit in den Bronchien, hatte sie sich gerade eben doch nur übereilt ihr Kostüm angezogen und ihren Staubmantel in der Suite zurückgelassen.

Egal, sie würde jetzt nicht nach dort oben zurückkehren.

Sie knöpfte ihre Jacke bis zum obersten Knopf zu, immerhin war sie aus Schurwolle, das einzige Kostüm, das sie für die Übergangszeit besaß, es müsste sie doch wärmen?

Gleichzeitig schmiegte sie sich mit der rechten Schulter an die Holzsäule.

Wenn etwas Halt gab, wärmte es auch.

Wenn etwas Halt gab, vertrieb es jeden Schmerz.

Man musste es sich nur im Geiste vorsagen: »Mir ist ganz warm.«

Es funktionierte.

Sie sammelte ihre Gedanken. Ohne einen Kaffee am Morgen war sie das nicht gewohnt, doch an ein Frühstück war heute nicht zu denken. Was, wenn dieser Paul und diese Monika hier unten im Seerestaurant erschienen und ihr »Guten Morgen« sagten, als wäre nichts vorgefallen?

Ihr Blick haftete weiter an den drei Fenstertüren der Suite, sie kam von dem Gedanken an das, was sich dort abgespielt hatte, nicht los.

Der Atomphysiker-Kongress, der am Montag begonnen hatte, war gestern, am Donnerstagabend, zu Ende gegangen, und für diese vier Tage war sie von ihrem Zuhause, das nur einen Steinwurf entfernt am Ende der Seestraße lag, hierhergezogen, um Fred einmal ausnahmsweise eine ganze Woche nahe zu sein. Heute, am 1. Mai, hätten die Kongressteilnehmer nur noch Pressegespräche wahrzunehmen, und abends gäbe es ein Galakonzert in der ehemaligen Klosterkirche, die heute als Festsaal des Hotels diente.

Gestern Abend dann hatte Fred sie in das Dominikanerstube genannte Hotelrestaurant zum Abendessen eingeladen, das erste Mal, dass Renina seine Kollegen persönlich kennenlernte. Doch wie an den Abenden zuvor, an denen sie spät aus dem Verlag im Hotel eingetroffen war und Fred nur zu einem letzten Drink an der Bar getroffen hatte, war sie plötzlich todmüde gewesen und hatte sich in ihre Suite zurückgezogen.

Heute Morgen, vor nicht mehr als zwanzig Minuten, war sie erwacht. Es war draußen schon taghell gewesen, so lange schlief sie sonst nie. Noch mit geschlossenen Augen hatte sie das Ziehen im Unterleib gespürt, als ob ein schweres Gewicht auf ihr lastete. Das Ziehen war bis in den Rücken und die Beine hinunter bis in die Fersen gewandert. Je länger sie bewegungslos dagelegen und in sich hineingefühlt hatte, desto stärker hatte sie den Schmerz wahrgenommen.

Sie hatte die Augen geöffnet und sich zu Fred gedreht. Doch nicht er hatte neben ihr gelegen, sondern dieser Paul und diese Monika. Splitternackt. Und genauso splitternackt war auch sie gewesen.

DEN KOPF VERDREHT

Fred war nirgendwo im Schlafzimmer zu finden gewesen, sondern auf dem Sofa des kleinen angrenzenden Salons, angezogen, mit offenem Hemd. Er schlief so tief, als hätte man ihn betäubt, es gelang ihr nur schwer, ihn wach zu rütteln. Dann endlich sah er sie mit hellblau verschwommenen Augen an und hauchte mit dem unwiderstehlichen Rauch in seiner Stimme: »Guten Morgen, Darling.«

Sie stand vor ihm, nackt, perplex, unfähig zu reagieren angesichts einer völlig unvertrauten Gefahr.

Erst die Abgründe, in deren Nähe sie sich in den letzten eineinhalb Jahren mit Fred begeben hatte, hatten sie haltlos gemacht, weil sie sie nicht gut genug erforscht hatte. Ihr hatte jeglicher kritische Abstand gefehlt, und sie hatte sich in blinder Gefühlsduselei auf halsbrecherische Gratwanderungen begeben. Jetzt war sie abgestürzt und fand sich in der Kluft wieder, in die uns jede Grenzüberschreitung trieb.

Ja, darauf hatte sie sich eingelassen: auf verrückte Ideen, auf vage Versprechen, auf Halbwahrheiten ...

Wahrscheinlich auch auf Lügen.

Was hieß hier wahrscheinlich?

Sicherlich sogar. Denn warum sonst lagen dieser Paul und diese Monika in ihrem Bett?

Mit Fred hatte sie sich in eine fremde Welt gewagt, und sie wusste, dass diese Entscheidung aus einer Laune heraus gefallen war. Keiner war im vergangenen Frühjahr, als sie ihn plötzlich unbedingt heiraten wollte, begeistert gewesen, keiner außer ihrer Mutter.

Hier im süddeutschen Exil war die Mutter nicht mehr dieselbe, nicht mehr die, die sie noch in Reninas Kindheit in Berlin gewesen war. Sie vermisste die Großstadt, das sagte sie jeden Tag, wenn sie zum Einkaufen »ins Städtchen« ging. Ihres Firmenimperiums entledigt, war sie in den wenigen Jahren seit dem Krieg zur biederen Hausfrau verkommen.

Das entsprach der Zeit. Hatte die Weimarer Republik Frauen zu vollwertigen und voll verantwortlichen Bürgerinnen erklärt, sie auf ihrem Weg in einen Beruf, in eine gesellschaftliche Stellung unterstützt, ob sie nun Gärtnerin, Bankdirektorin oder Schauspielerin werden wollten, hatte ein spießiger Oberösterreicher namens Adolf Hitler in wenigen Jahren vermocht, Deutschland wieder ins Mittelalter zurückzustoßen. Und auch nach dem verlorenen Krieg und der überwundenen Blut-und-Boden-Propaganda mit Mutterkreuz und Heim-an-den-Herd-Politik waren die deutschen Zeitgenossinnen meinungslos und blass geblieben, außer denen, die ins Ausland hatten fliehen können und sich dort, unter noch viel härteren Bedingungen, eine Existenz aufgebaut hatten.

Hatten die Daheimgebliebenen die erreichte Selbstständigkeit und Meinungsfreiheit ihrer Jugendjahre für immer aufgegeben?

Hatte die Mutter einen wie Fred in Reninas Leben willkommen geheißen, um große Visionen und einen Hauch von Glamour in ihr eigenes Leben zurückzuholen?

Vielleicht.

In der Tiefe ihrer Seele musste sie jedoch Zweifel gehegt haben, denn seit Reninas Hochzeit war sie kränker als je zuvor.

Während Renina also schwieg und mit ihren Gefühlen rang, ergänzte Fred, auf seinem Sofa lungernd: »Seit unserer Ankunft hast du Paul und Monika ganz schön den Kopf verdreht!«

»Wie denn? Ich habe sie doch erst gestern Abend kennengelernt.«

»Sie dich aber zuvor.«

Sie wartete ab, es war ihr nicht klar, was er meinte.

»Der Kongress begann am Montag?« Er streckte sich im Rücken, rutschte auf die vordere Kante des Sofas und wirkte dabei so frisch wie zum Dreh einer Filmszene zurechtgemacht.

Ja, Fred, der Blender. Der Getriebene, der stets zu früh zu einer Verabredung kam, der immer als Erster wieder aufbrach, der Küsse überging, weil sie ihn auf dem Weg seiner Begierde aufhielten, der beim Sex immer schon kam, wenn Reninas Körper noch nicht einmal aufgewärmt war. Geschweige denn ihre Seele. Er sah immer so blendend aus wie seine blutjunge Wissenschaft, die den Menschen vorgaukelte, die einzig glücklich machende Zukunft zu entwerfen, doch alle tödlichen Gefahren, die sie beinhaltete, vertuschte.

»Am Montag bin ich hierher zu dir in die Suite gezogen, ja.«

»Und die Abende an der Bar?«

»Da habe ich mit dir ein Glas Wein getrunken und bin zu Bett gegangen.«

»Sie aber nicht.«

»Was heißt: Sie aber nicht?«

War sie mit ihren vierundzwanzig Jahren zu dumm, zu verstehen, was er sagen wollte? Er und seine Kollegen waren gute zehn Jahre älter, vielleicht machte das den Unterschied.

»Sie kamen uns nach.«

»Kamen uns nach?«

»Schätzchen«, er stand auf und nahm sie bei den Hüften, was sie ärgerte, da sie nackt war und er angezogen, »bitte leg das Provinzkind ab.«

»Ich, ein Provinzkind?«

»Nun ja, du versteckst dich doch in diesem Bodenseeloch.«

»Hätte es dieses Bodenseeloch nicht gegeben ...«

»Ich weiß, die knackige Résistance-Geschichte deiner Mutter«, spottete er, und ehe sie darauf reagieren konnte, fügte er hinzu: »Mit der rühmt sich auch meine Tante Marlene.«

Dazu wiederum konnte Renina nichts sagen, sie hatte diese Tante nie kennengelernt.

»Ist es nicht so, für euch Vertriebene? Ihr seid nirgendwo mehr zu Hause, passt euch an alles an?«

Renina überkam die Wut, während das Ziehen im Unterleib stärker wurde.

Was fiel diesem Kerl ein, den sie, dumm genug war sie gewesen, in ihr Leben gelassen hatte?

Hatte nicht er sich an alles angepasst?

An seine hochtrabenden Forscherkollegen, seine Geheimmissionen, die aus fatalen Experimenten bestanden, von denen er aber behauptete, sie würden ein sichereres, ein lebenswerteres Leben auf unserem Planeten ermöglichen?

Renina hatte diesen Dünkel, der sich in jede seiner schlaksigen Bewegungen übersetzte, von Anfang an schrecklich gefunden.

Und doch ...

Sie stand vor einem unwiderstehlich gut aussehenden Eroberer, der sie, das wurde ihr in diesem Augenblick bewusst, seit ihrer allerersten Begegnung im vorletzten Herbst in der Hand hatte.

Doch warum übte er diese Macht auf sie aus?

Woher kam die verhohlene Brutalität in diesem Mann, der seinen Beruf aus schierer Begeisterung gewählt und der es weit gebracht hatte auf seinem Weg?

Hatte man ihn derart geschickt zum Werkzeug gemacht, menschlich derart vergewaltigt, dass er über die Kriegsjahre selbst zum Täter, zum latenten Vergewaltiger geworden war?

Macht und Ohnmacht waren grausame Antagonisten.

»Was ist gestern Nacht geschehen?«

Ihre Stimme klang wohl ernst zu nehmend genug, denn endlich sah er sie direkt an.

»Was auch die Nächte zuvor hier geschehen ist, Kleines.«

Von wegen ernst zu nehmend, er machte sich weiter über sie lustig. Er atmete durch den Mund aus – das tat er gerne, und das unterstrich die arrogante Note, die Reninas Vater so an ihm hasste.

»Ach?«

»Ja, endlich hat mein Provinzhase sich einmal gehen lassen.«

»Dürfte ich erfahren, was du damit sagen willst?«

Da flatterte sein Blick plötzlich. Sein Oberkörper begann zu wanken, seine Pupillen rollten nach hinten, und er machte ein paar ziellose Schritte. Dann sank er auf das Sofa zurück, auf dem er geschlafen hatte.

Renina griff nach seinem Jackett auf der Sofalehne, zog es sich über und hockte sich neben ihn. Indem sie sich zu ihm lehnte, griff das Ziehen im Unterleib schlagartig auf die Lendenwirbel über, sie war wie gelähmt.

»Was ist, Fred?«, konnte sie dennoch flüstern.

Überarbeitet, wie er ständig war, hatte er vielleicht einen Kreislaufzusammenbruch?

Kein Wunder, bei seinem Lebensstil! Auf endlose Labortage folgten durchwachte Nächte mit seinen Kollegen oder mit ihr, der »Fee, die ihn retten würde«, wie er letzthin öfter gesagt hatte. Sie müsste ihm beistehen, trotz allem, was sich in den vergangenen Stunden zugetragen hatte.

Er atmete durch die Nase ein und aus, schnell und immer schneller, wie auf der Flucht.

»Geht es dir nicht gut?«

Er winkte ab.

»Soll ich einen Arzt rufen?«

Er hechelte: »Bloß keinen Arzt.«

»Fred. Sag, was dir fehlt.«

Renina versuchte, ihre Schmerzen zu vergessen, und ertastete seinen Puls. Der raste. Gleichzeitig begann Fred leise zu jammern, wie ein kleiner Junge, dem man sein Spielzeug weggenommen hatte und der sich nicht sicher war, ob er sich widersetzen sollte oder fügen.

»Sag es«, bot sie ihm einen Ausweg an.

Sein Blick bohrte sich in ihre Augen.

»Sag die Wahrheit.«

Hatte er sie jemals so angesehen?

»Brauchst du ein Glas Wasser?«

»Ach was, Wasser. Ich brauche kein Wasser, sondern eine Frau, auf die ich zählen kann.«

»So haben wir es uns vor dem Standesbeamten versprochen.«

»Standesbeamter. Wen kümmert denn solcher Unsinn? Du bist doch kein Dummchen. Ich muss auf dich zählen können, bedingungslos, verstehst du? Ich sage dir jetzt alles, die ganze Wahrheit, und mach keine Szene, bitte.«

»Keine Szene.«

Renina wandte sich zum Schlafzimmer um, und sie erschauerte.

Fred hatte ihr sein Handgelenk entzogen und die Arme vor der Brust verschränkt. Wahrscheinlich war er dabei, nachzudenken, was genau er ihr sagen sollte. Und wie. Er atmete weiter hechelnd ein und aus.

»Wir haben dich gefügig gemacht«, eröffnete er ihr nach einigen Augenblicken, »unwiderstehlich, wie meine beiden Kollegen dich finden. Tja, die haben Geschmack. Die clevere Monika vor allem, aber auch der Feinspitz von Paul.«

»Gefügig? Ich erinnere mich an nichts!«

»Wir haben dich betäubt.«

»Wie das? Ich habe mich jeden Abend mit dir, und mit dir allein, an der Bar getroffen ... und nur ein einziges Glas Rotwein getrunken.«

»Nun, das reicht.«

»Das reicht wofür?«

»Für ein kleines Pulver.«

»Was für ein Pulver?«

»Das Glückspulver.«

Renina verharrte neben Fred in der Hocke und versuchte, ruhig zu bleiben.

Er hatte sie betäubt?

Ja, das ergab Sinn. Denn an jedem der vergangenen Abende war sie hier in der Suite angekommen und ins Bett gefallen wie eine Tote. Sie hatte das am nächsten Morgen auf die harte Arbeit im Verlag geschoben, sie war im Finale ihrer Druckfreigaben, da ging es um jede Minute. Doch tatsächlich war da jeden Morgen eine ganz unbekannte Leere in ihr gewesen, ähnlich wie das Ziehen im Unterleib jetzt, nur noch nicht so schmerzhaft. Als ob ihr jemand die Nacht gestohlen hätte, sie entführt hätte aus ihren Träumen.

Dabei liebte sie ihre Nächte. Und sie liebte ihre Träume.

Fred hatte sie betäubt und dann von zwei Menschen, die sie kaum kannte, vergewaltigen lassen?

Sie war vergewaltigt worden, über mehrere Abende, und an den darauffolgenden Morgen hatte er geschickt die Spuren verwischt.

Nur heute nicht.

Sie fühlte in das Vakuum in ihrem Körper hinein, der Schmerz im Rücken nistete sich auf der Höhe der Lenden ein, er würde dort hocken bleiben, wie sie gerade neben diesem Mann hockte, einem Mann, der sie vom ersten Moment an überwältigt hatte. Sie war entsetzt zu erkennen, wie sehr er sie jetzt abstieß.

Von einem Augenblick auf den anderen wurde ihr klar, dass sie mit ihm fertigwerden musste. Jetzt gleich. Sie musste sich frei machen von ihm, um sich nicht weiter im Tollhaus seiner Dreistigkeiten einsperren zu lassen. Sie musste ihm deutlich machen, dass er die Grenzen des für sie Erträglichen überschritten hatte, dass er ihr wehgetan hatte, dass das kein Spiel war. Und dass ihre Geschichte hier und heute endete.

Sie atmete langsam ein und aus, um die Worte zu finden und gelassen zu bleiben.

Er aber sprach im selben Moment beinahe tonlos weiter: »Lass mich das erklären. Anders als deine Familie hatten wir Dietrichs ja nichts zu verlieren. Wer waren wir schon in Berlin? Unbedeutende Zeitgenossen, die keine Spuren hinterlassen würden. Ich begann mein Studium aus purem Lebenshunger. Bald würde ich, sagte ich mir, gelten, was ich wusste, was ich konnte, was ich bereit war zu erproben. Bei aller Gefahr, die mein Fach in sich barg.«

»Dafür habe ich dich bewundert, Fred.«

Er sah ihr wieder kurz in die Augen, wie ertappt.

»Dann aber, und das habe ich dir nie erzählt, hat man uns, weil die Atomforschung geheim zu halten war und das im Großraum Berlin unmöglich schien, in ein Dorf im Schwarzwald weggesperrt. Man hat uns mit Kokain und Pervitin aufgeputscht, wir arbeiteten nahezu rund um die Uhr. Bald litten wir an Schlaflosigkeit, fanden zwischen Tag und Nacht keinen Rhythmus mehr. Es war uns nicht bewusst, in welcher Falle wir saßen. Man trieb uns an, wir funktionierten. Und wurden von der Welt abgesondert, erfuhren nur eine Auswahl der täglichen Ereignisse. Eigentlich hat man uns in jeder Hinsicht manipuliert. Von den ersten todbringenden Ergebnissen unserer Atombombenversuche haben wir nie gehört.«

Er warf einen Blick zurück ins Schlafzimmer, als schaute er in eine Zeit zurück, in der seine Forschungsziele noch vermeintlich friedlicher Natur waren.

»Als der Krieg dann zum totalen Krieg ausartete und wir unter Hochsicherheitsschutz gestellt wurden, keinen Ausgang mehr hatten, keinerlei Bewegung, kamen die Nervenschmerzen dazu, im Kopf, im Nacken, den ganzen Rücken hinunter bis in die Beine. Also hat der Militärarzt uns Morphin verschrieben. Er nannte es das Glückspulver, schmale Briefchen, die wir in unsere nächtlichen Whiskys warfen. So konnten wir wenigstens drei, vier Stunden schlafen.«

Er sah sie wieder direkt an, wie er sie in dem Jahr ihrer Ehe nie angesehen hatte.

»Das einzige Problem ist, Morphin macht süchtig.«

»Mein Gott«, entfuhr es Renina.

Man hatte sich Menschen ob ihrer Fähigkeiten untertan gemacht, sie dressiert wie wilde Tiger für den Zirkus? Sie süchtig gemacht wie Ratten, an denen man neue Medikamente ausprobierte? Sie von allen Informationsquellen abgeschnitten, zu Idioten degradiert?

Eine Welle von Mitgefühl überkam sie, wider Willen, und sie wandte sich Fred zu.

Der wich schroff zurück. »Gott hat mit Atomphysik nichts zu tun.«

»Nein?«

»Nein.«

»Und wer ermöglicht euren verruchten technischen Fortschritt, der die Welt auf lange Sicht zerstören wird? Nicht ein Schöpfer, der eure Gehirne mit einer außerordentlichen Intelligenz ausgestattet hat?«

»Ein schlichtes Ergebnis der Evolution.«

»Dann sollte Gott sich bitte schleunigst abwenden.«

Er kam ihr ganz nahe, und sie spürte seinen Atem: »Du lebst ganz gut von meinem verruchten technischen Fortschritt.«

»Ich lebe ganz gut von meiner eigenen Arbeit.«

Sie stand auf, ging in seinem Jackett zurück ins Schlafzimmer und begann, ihre Kleidungsstücke aus denen herauszusuchen, die am Boden verstreut herumlagen. Sie kam sich vor wie ein Rettungshelfer, der die Habseligkeiten von Unfallopfern aus zerborstenen Trümmern fischte. Ihr Rücken schmerzte beim Bücken höllisch, beim Aufrichten wurde ihr schwindelig.

Während sie sich langsam anzog, viel langsamer, als es ihr lieb war, um nicht zu taumeln, die Dessous, die Strümpfe, den Rock, die Bluse, kam Fred ihr nach.

»Schätzchen, übertreibe nicht.«

»Ich bin nicht dein Schätzchen. Und ich übertreibe nicht.«

»Wir hatten doch Spaß zusammen, oder?«

»Am Anfang, ja.« Sie schlüpfte in ihre Pumps. »Doch dann? Du nahmst mich im Studio meines Fotografen, in der Kabine meiner Schneiderin, in der Garderobe des Casinos, hier unten im Park ... Von Woche zu Woche, von Monat zu Monat wurden deine Fantasien haarsträubender. Doch ich dummes Ding habe dir nachgegeben.«

»Ach so? Du warst es doch, die es liebte, betrachtet zu werden!«

»Da schließt du von dir auf andere. Allerdings habe ich mitgespielt ...«

»Siehst du? Was also war in den letzten Nächten so anders? Du hast mitgespielt, wie immer, und wir haben dich vergöttert.«

»Danke schön. Doch vielleicht wird dir das bewusst, wenn du deine Kollegen hier liegen siehst wie leblose Opfer? Ich war bewusstlos.«

»Bewusstsein ist eine Frage der Definition, sagt Huxley.«

»Du hast einen Knall, Fred.«

»Ich habe dich immer verblüfft.«

Das sagte er mit einem veränderten, beinahe zärtlichen Ton. Es schien ihm viel an dieser Aussage zu liegen.

»Ja, das war deine Stärke.« Auch Renina wurde einen Hauch versöhnlicher. »Aber jetzt hast du übertrieben.«

Ein Moment der Stille trat ein. Renina ging zum Bett hinüber, griff mit beiden Händen das Überziehlaken und die Bettdecke und deckte Freds Kollegen zu. Es war grausam, sie wie leblos hier liegen zu sehen, und sie würden sich an einem so feuchten Morgen sicherlich erkälten.

Denn, wer wusste, ob Fred die Wahrheit sagte? Wer wusste, wer sich dieses Spiel ausgedacht hatte?

Vielleicht war tatsächlich Fred der Drahtzieher, und sie waren manipulierte Statisten wie Renina selbst?

»Die beiden werden sich entschuldigen«, bot Fred ihr an.

»Und wenn schon?«

»So wäre alles bereinigt.«

»Meinst du? Du hattest ja wohl die Idee dazu, nicht sie. Du steckst hinter einer mehrfachen Vergewaltigung, Fred.«

»Das gebe ich zu.«

»Und?«

»Ich denke an nichts anderes mehr. Ich habe tausend neue Ideen.«

»Lass dich kurieren.«

»Kurieren?«

»Du bist krank.«

»Danke, Frau Doktor.«

Das klang hämisch. Er verließ das Schlafzimmer und ging ins Bad.

»In jedem Fall lasse ich mich scheiden«, rief ihm Renina nach, doch es war nicht zu hören, ihre Stimme versagte.

Ihr Angsttraum hatte sich in die Wirklichkeit übersetzt.

Dieser Traum verfolgte sie in den letzten Monaten, er kam immer öfter. Sie stand vor der Tür des Verlags und rief für einen Kunden ein Taxi herbei, sie erwartete ihren Vater am Flughafen, und er sah sie nicht, sie kam im letzten Moment zu einem Zug und wollte den Schaffner auf sich aufmerksam machen, damit er wartete. Sie rief jemand etwas zu, und es war nicht zu hören. Sie rief im Traum dann noch mal und noch mal und noch mal, bis sie Atemnot bekam und sich irgendwo festhalten musste, um nicht zu wanken. Sie rief immer weiter, doch ihre Stimme war irgendwann selbst in ihrem Kopf nicht mehr zu hören. Es war ein totales Verstummen.

Sie ging Fred ins Bad nach. Er hatte die Tür offen gelassen, stand am Doppelwaschtisch, die Hände auf den Beckenrand gestützt und betrachtete sich in der wandbreiten Spiegelfläche. Sein Haar fiel wellig aus der hohen Stirn nach hinten, etwas zerzaust, wie beim Segeln. Er fuhr mit seinen schmalen Händen hindurch und fletschte währenddessen die Zähne, das Weiß ihres Schmelzes im Spiegel überprüfend. Einen langen Moment stand er so mit den Händen im Nacken da und streckte sich im Rücken, sein offenes Hemd gab dabei die Brust frei und ihren blonden Flaum, der Renina zu Beginn so gefallen hatte. Er musterte sich Zentimeter um Zentimeter, und er schien mit sich zufrieden.

Als Renina näher kam, behielt er die Arme angewinkelt hinter dem Kopf. Er trat zwei Schritte vom Waschbecken zurück und stand mitten in jenem dunkelgrünen Marmorbad. Sein blondes Haar erschien rötlich im Licht der Deckenleuchte.

Er kreiste leise mit den Hüften und schnurrte: »Komm her, Kleines.«

»Ich lasse mich scheiden.«

Jetzt waren Reninas Worte hörbar. Zwar nicht laut, aber deutlich.

Er begann zu lachen, ein metallisches Lachen, das grässlich klang, dabei senkte er die Arme in großem Bogen und blieb in der Haltung stehen, die man einnahm, wenn Kinder auf einen zuliefen.

»Wer kommt in mein Häuschen?«, hatten die Eltern Renina immer zugerufen, als sie noch klein war und von Weitem in ihre offenen Arme rannte. Es war eine schreckliche Assoziation, denn hier stand einer mit offenen Armen, der in Wahrheit nur sich selbst liebte.

Renina wollte aus diesem Bad fliehen, aus diesen Räumen, aus diesem ganzen verlogenen Leben. Doch er kam ihr rasch bis zum Türrahmen entgegen, packte sie an beiden Handgelenken, zog sie zu sich her und drückte sie rücklings an die Spiegelwand.

»Wenn du nicht freiwillig kommst, hole ich dich.«

»Ich lasse mich scheiden, Fred.«

»Papperlapapp.« Er lachte erneut sein schepperndes Lachen.

»Lass mich los, ich meine es ernst.«

»Versuche es nur, dich mit mir anzulegen.«

Er drehte sie blitzartig um, routiniert, als täte er das ständig und nicht nur mit ihr. Er drückte ihr Gesicht an den Spiegel und machte sich von hinten an sie heran. Sein Atem wurde schneller, er strich ihr die Haare weg und verbiss sich in ihren Nacken. Einige schnelle Stöße nur, er nahm sich nicht einmal die Zeit, die Hose auszuziehen, da hörte sie sein erleichtertes Stöhnen. Er kam so schnell wie immer.

Renina betrachtete währenddessen ihre hohlen Augen im Spiegel, der von ihrem Atem angelaufen war wie ein Wolkenmeer. Sie sah sich auf Sternchen, dem Boot ihrer Segelfreunde, sitzen, während sich ein Unwetter über dem See zusammenbraute. Die Wolken lichteten sich erst über den Hügeln der Meersburger Bucht, als sie einen Schritt zurücktreten konnte, denn er hatte von ihr abgelassen und sich auf den Rand der Badewanne gesetzt.

Im selben Moment war sie aus dem Bad gehastet, hatte ihre Kostümjacke auf einem der Schlafzimmersessel gefunden, sie sich übergeworfen und die Suite verlassen.

MOZART!

Geigen waren auf der Veranda des Inselhotels zu hören. Jetzt kamen Bläser hinzu.

Mozart!

Ihr geliebtes Klavierkonzert Nr. 23.

Woher kam diese Musik?

Renina wandte sich zur Fassade um. Ja, sie hatte auf ihrer Flucht aus dem Seerestaurant auf die Veranda die Tür nur angelehnt. Das Restaurant grenzte an den Festsaal, und anscheinend begann dort die Generalprobe für das Konzert am heutigen Abend.

Sie richtete ihren Blick wieder auf den See. Der Park vor der Hafenmole war weiterhin in Nebel getaucht, doch die Magnolien, die nahe der Veranda standen, schienen sich hoffnungsvoll einem Tag zu öffnen, der Frühling bedeuten könnte. Das Rosa ihrer Blüten war greifbar.

Oder bildete Renina sich das nur ein?

Bildete sie sich Impressionen und Seelenregungen ein, ohne eine nachvollziehbare Basis dafür zu haben? War sie in ihren Gefühlen immer einen Schritt zu voreilig unterwegs? So wie sie zu schnell unterwegs gewesen war, als sie entschieden hatte, Fred unbedingt heiraten zu müssen?

Ganz sicher.

Und wie sie zu voreilig unterwegs gewesen war, als sie eben die Suite – und ihn – verlassen hatte?

Vielleicht.

Sie haderte mit sich.

Was war recht, was unrecht? Bis wohin konnte man nachgeben? Ab wo nicht mehr?

Doch sie war nicht einfach verführt worden. Das könnte sie Fred und sich selbst ja verzeihen. Sie war betäubt und vergewaltigt worden. Mehrmals.

Das durfte er doch nicht? Auch wenn er ihr Ehemann war und sie ihm nach hergebrachtem Verständnis in allen Bereichen des Lebens »zu Diensten« sein musste, natürlich auch sexuell?

Sie ging die Menschenrechtskonvention, die der Europarat vor zweieinhalb Jahren in Rom unterzeichnet hatte, durch. Sie hatte sie für das Examen in Politischer Philosophie auswendig lernen müssen: Artikel 8, das Recht auf Achtung des Privatlebens und des persönlichen Willens. Fred hatte die rechtlichen Grenzen, die in diesem Artikel festgeschrieben waren, klar überschritten.

Doch wen würde das interessieren, käme es in einem Scheidungsverfahren zu einer gerichtlichen Auseinandersetzung?

Niemand.

Sie, Renina, die ihrem Mann zur Verfügung zu stehen hatte, gälte als Raben-Ehefrau, die sich nicht um dessen Wohl kümmerte, sondern nur um ihren aufstrebenden Verlag. Und er als Opfer.

Renina lauschte den Geigern in ihrem Dialog mit den Bläsern. Da setzte das Klavier mit seinem Thema ein und dämpfte das flotte Tempo des Orchesters.

Gut so. Genau so wollte Mozart gespielt werden. Nicht marschartig, nein, verhalten, taktvoll, wie beiläufig. Die schlichte Schönheit seiner Harmonien kam nur auf diese Weise zur Geltung.

Renina hatte diese Partitur mit ihrer Klavierlehrerin während der Jahre im Internat auswendig gelernt, sie könnte sie beidhändig mitspielen. Und sie spielte sie mit. Über einige Takte hinweg beobachtete sie ihre Hände, wie sie sich in der feuchten Nebelluft mit den Tönen aus dem Festsaal mitbewegten, und verfolgte, wie das Klavierspiel das Ziehen in ihrem Unterleib vertrieb. Sie machte sich im Rücken gerade, und siehe da, der Schmerz hatte sich beinahe aufgelöst.

Erstaunt wanderte ihr Blick durch den Park, während ihre Hände weiter lautlos die Läufe in die Luft schrieben. Um sie herum war die Natur in ein Schweigen getaucht, das geradezu magisch war. Nebel und Schnee, ja, die brachten eine Landschaft zur Ruhe, sie konnte endlich nur für sich gelten. Aller Verkehrslärm, alle menschliche Hast waren ausgelöscht, alles Lebende fand den ihm angemessenen Raum.

Und in dieser Lebensstille erklang Mozart!

Wie hatte sie vorhin nur erwägen können, die Gewalt, die ihr widerfahren war, mit ebensolcher Gewalt heimzuzahlen?

Undenkbar!

Sie musste ja nur hinhören.

Das reine Schweigen, das der Nebel der Landschaft verlieh, und die sich darin einschreibenden klaren Melodien Mozarts warfen jedes Wesen auf sich selbst zurück.

Wer war bloß der Pianist?

Sein Anschlag klang so leichtläufig und selbstverständlich, als spielte er ein Kinderlied. Renina schmiegte sich in diesen ersten Satz, als wäre es das allererste Mal, dass sie Musik wahrnahm.

Wie sehr sie uns beschützte! Wie behutsam sie uns trug, wenn wir zu fallen drohten, in Tiefen, die endlos schienen …

So formulierte Brix es immer.

Brix, ihre beste Freundin, die aus Berlin mit ihr ins Internat im Lindauer Schloss Holdereggen gezogen war und mit der sie ihre letzten kargen Schuljahre bis zum Abitur bestanden hatte, war seit Jahren als manisch-depressiv diagnostiziert. Und doch hatte sie ihren Weg gemacht, ja sogar vor genau einem Jahr, gleich nach Reninas Spontanehe mit Fred, hier im Inselhotel ihren Jugendfreund Jürgen geheiratet. Renina erinnerte sich an die Magnolien, die Aprikosen- und die Quittenbäume, die damals in voller Blüte gestanden hatten, an den Duft der schon erblühten Rosen am Spalier der Fassade. Vor einem Jahr zu Brix' Hochzeit war der Frühling schon ins Land gezogen. Dieses Jahr nicht.

Während das Klavier sein Motiv entwickelte, rief Renina jenen 1. Mai in ihre Erinnerung zurück. Sie sah Jürgen, und sie sah Brix, die ständig abwesend scheinende Braut. Den ganzen Tag hatte Renina möglichst unauffällig, doch manchmal auch bestimmt, als maßregelte sie ein bockiges Kind, ihre Freundin in die Szene zurückholen müssen. Denn Brix konnte, wenn sie wollte, einfach so aus der Wirklichkeit wegschweben.

War das vielleicht eine Gnade?

Mit dieser Frage endete der erste Satz.

Renina atmete tief ein und fragte sich kurz, wie es ihr in der Nähe dieser Verandasäule tatsächlich so warm sein konnte.

Da begann der zweite Satz. Er war der Frühling an sich. Das Leben wollte wiederkehren und hatte es doch schwer an einem Nebelmorgen wie diesem.

Plötzlich, ganz unerwartet, war ihr zum Weinen zumute.

Sie hatte gerade ihren Mann verlassen. Sie würde sich scheiden lassen, das hatte sie ihm ins Gesicht gesagt, auch wenn er sie daraufhin ausgelacht und brutal an die Wand gestellt hatte. Sie würde im nächsten Monat die erste Ausgabe ihrer Frauenzeitschrift veröffentlichen und dabei wissen, sie war eine Frau in Scheidung. Ein lebender Skandal.

Ihr wurden die Knie weich.

Doch da war die Musik.

Die rechte Hand des Pianisten zauberte eine bedrückende Trauermelodie in den Park. Die Streicher warteten lange ab, wie fasziniert von diesem Absturz, wurden sich aber schlussendlich ihrer Rolle bewusst und fingen die Trauer auf.

Denn ja, so war es: Irgendjemand fing uns immer auf. Irgendetwas gab uns immer Halt. Wir mussten nur hinschauen. Hinhören. Uns dem Moment hingeben.

Und während die Bläser einsetzten, um der Welt wieder einen Hauch von Hoffnung zu schenken, erinnerte sich Renina an die Worte, die Fred gerade eben drei Stockwerke über ihr gesagt hatte: »Ja, endlich hat mein Provinzhase sich einmal gehen lassen.«

Sie ergriff die Verandasäule mit beiden Händen und stellte ihre Füße in präziser Symmetrie rechts und links vor sie hin. »Steh auf beiden Fußsohlen«, hatte ihre Urgroßmutter sie immer ermahnt, und Renina folgte diesem Rat schon ihr ganzes Leben. Es galt, beide Beine gleichmäßig zu belasten wie beim Reiten und das Körpergewicht von den Schultern über den Rücken in den Boden zu leiten, der uns trug.

Ihre Kindheit hatte zwischen Pferden und Hunden stattgefunden, wenn sie, wann immer sie konnte, Berlin verlassen und ihre Urgroßmutter in der Magdeburger Börde besucht hatte. Dort hatte es schattige Alleen gegeben, die einem abends Angst machen konnten, oder Birkenhaine, in denen winters mannshoch der Schnee lag. Es hatte Füchse gegeben, die die Hühner der Instleute stahlen, und Wölfe, die in Rudeln über das Marschland der Elbe zogen. Das waren die Gefahren ihrer Kindheit gewesen.

In ihren Jungmädchenjahren war die Flucht aus Berlin gefolgt. Die Eltern hatten sie ins sichere Süddeutschland ins Internat geschickt, und sie war sich dieses Privilegs bewusst gewesen. Ein Kriegsabitur in eisigen Unterrichtsräumen, bei spärlicher Ernährung und ohne jeglichen Kontakt nach Hause war kein Spaß gewesen, und sie hatte noch dazu gelernt, dass passionierte Pädagoginnen, ihre Turnlehrerin Fräulein Beha zum Beispiel oder auch ihre Rektorin Frau Dr. Falle, aus purer Existenzangst und Anpassungswut borniert und ungerecht, ja geradezu bedrohlich werden konnten. Man musste darauf achten, was man sagte und wie man es sagte, wenn man die eigene Meinung nicht verschweigen wollte.

Ebenso hatte sie die Technik der Schiebewurst gelernt: Man schob ein circa ein mal vier Zentimeter großes Stückchen Cervelat, Lyoner oder Mettwurst auf einer nackten Brotscheibe mit den Lippen so nach hinten, dass man den Duft einatmen konnte, doch die Wurst erst mit dem allerletzten Happen zu sich nahm. Eine kluge Technik, die auch die Gefahr des Futterneids und der Missgunst, die Hunger und Verzicht mit sich brachten, spielerisch in den Griff bekam. Renina hätte die Kunst der Schiebewurst nach dem Krieg sicher weiter verfeinert, hätte sie nicht zu Beginn ihres Studiums in Freiburg beschlossen, ohnehin kein Fleisch mehr zu essen.

Doch ihre Kindheit und Jugend waren auch von Menschen geprägt gewesen, für die es sich gelohnt hatte, Gefahren zu ermessen, gegen sie anzugehen und sie zu bestehen.

Vielleicht war sie schuld am Scheitern der Ehe mit Fred? Vielleicht war sie nicht modern, nicht wagemutig genug? Gerade sie, die sie sich ein offenes, ein gleichberechtigtes Leben für die Frauen ihrer Zeit auf die Fahne geschrieben hatte? Vielleicht war Fred in seiner Forscherluftblase ihrer Philosophenwelt weit voraus?

Doch sie war vergewaltigt worden! Ihr eigener Mann hatte sie, ohne ihr Wissen, an seine Kollegen weitergereicht.

Wie hatte sie diesem Kerl je vertrauen können? Warum war sie auf seine sexuellen Launen eingegangen, die, zugegeben, zu Beginn berauschend gewesen waren, aber über die fortschreitenden Monate ihrer Wochenendehe immer fordernder, immer extremer geworden waren? Warum hatte sie nicht von Anfang an Nein gesagt? Warum hatte sie nicht nachgefragt, weshalb Fred stets gesehen werden wollte, seine Leidenschaft zur Schau stellen, kompromittierende Szenen provozieren?

Liebte er sich so sehr? Oder hasste er sich in Wirklichkeit, degradierte sich zum Spielball seiner Süchte?

Er war unverhofft in ihrem Leben aufgetaucht. Reninas Segelfreunde Hans, der Chemiker, und Otto, der Pharmazeut, hatten ihn eines Septembersonntags zu einem Segeltörn auf Sternchen, ihrem Drachen, eingeladen. Sie behandelten ihn sehr respektvoll, sie sagten: »Achtung, Achtung, hier kommt der Leiter des Atomlabors des Verteidigungsministeriums«, machten sich aber auch über ihn lustig, indem sie ihn den ganzen Tag »Dr. Dietrich« nannten.

Er war der erste Assistent des berühmten Professor Heisenberg, der mit seinem Labor schon während des Kriegs von Berlin-Dahlem ins süddeutsche Hechingen umgezogen war. In einem Dorf am Fuße der Burg Hohenzollern waren sie bestens versteckt gewesen und so nicht ausgebombt worden.

Viel mehr als diese knappen Informationen, die er noch vor dem Ablegen aus dem Konstanzer Yachtclub telegrammartig aufgesagt hatte, gab Fred ihr und den Freunden an jenem ersten Tag auf dem See aber nicht preis. Er sei an Abmachungen gebunden, sagte er beim Picknick in der Bucht von Meersburg geheimnisvoll, um dann in der diesigen Nachmittagssonne über die Ethik des wissenschaftlichen Fortschritts, über ein mögliches Endloswachstum dank revolutionärer Energieressourcen und über Kreislaufökonomien, die das geschundene Ansehen Deutschlands im Ausland wieder aufpolieren könnten, zu dozieren.

Beim Abtakeln zurück im Yachtclub und beim traditionellen Gläschen Weißwein dazu verriet er dann doch noch, dass er eine erste internationale Konferenz zur bahnbrechenden zivilen Nutzung von Kernenergie vorbereite, und die könnte, warum nicht, statt in der sich eben in Genf etablierenden europäischen Organisation für Kernforschung auch am Bodensee stattfinden, ja sogar hier in Konstanz. Sie würde jedenfalls in die Geschichte eingehen.

Hans und Otto, die weit unter der wissenschaftlichen Würde eines solchen Weltverbesserers standen, stießen schmunzelnd mit ihm an.

Vielleicht veränderten bestimmte Arbeitsfelder den menschlichen Charakter? Vielleicht war der Dr. Dietrich ja im Kern – ein gutes Bonmot zu seinem Fach, der Kernspaltung – ein netter Kerl?

Am Abend hatte Renina mit Tipp, ihrer Hündin, und ihrem Vater einen langen Spaziergang am See entlang bis nach Staad zum Turnierstall ihres Reiterfreunds Basil gemacht.

Sie fragte ihn: »Was tut man gegen Liebe?«

»Lieben«, antwortete der Vater.

So war er, Ernstl. Und so war ihr Verhältnis, seit sie ein Kleinkind war. Sie sagten sich alles.

Sie machten liebevolle Scherze über Reninas Mutter, die chronisch krank war, doch dann immer wieder gut gelaunt von ihren Jod- oder Luftkuren in Venedig oder Bad Ragaz heimkehrte.

Sie teilten ihre Sorgen um Reninas Bruder Eduard, der offensichtlich homosexuell war, es aber niemandem gestehen wollte. Wie viele »nette Bekannte« hatten die Eltern schon bei ihren sonntäglichen Mittagessen willkommen geheißen? Sie erschienen immer nur einmal, erzählten wenig bis gar nichts von sich und waren beinahe so alt wie die Eltern. Wenn am Sonntag darauf das Gespräch auf sie kam, erfand Eduard Geschichten von unaufschiebbaren Geschäftsreisen oder familiären Dringlichkeiten. Windige Ausreden.

Über die letzten Monate war er zu Hause beinahe unsichtbar geworden.

Doch vielleicht war das ein gutes Zeichen? Vielleicht hatte er endlich einen wahren Freund gefunden?

Mozarts zweiter Satz und der Dialog des Klaviers mit den Bläsern gingen ihrem Ende zu, und Renina fühlte sich beinahe wieder beschwingt. Sie hatte den Dr. Dietrich letztes Frühjahr »einfach so« geheiratet, wie ein Spiel, das man wagt, wie eine Wette, die man eingeht. Das könnte sie sich heute vorwerfen, doch es war eine Erfahrung, die sie wohl hatte machen müssen.

Im Winter nach ihrer ersten Begegnung war er von seinen Symposien in ganz Deutschland regelmäßig nach Konstanz gereist, um sie zu treffen, und irgendwann war es zu einem Kennenlernen mit den Eltern gekommen. Er hatte sie ins Café am Schottenplatz gegenüber dem Humboldt-Gymnasium eingeladen, es musste ein klirrend kalter Januartag gewesen sein, denn Renina erinnerte sich an die Eisblumen an den Fenstern. Der Ober hatte eine Flasche Roederer Cristal gebracht, und der Blick ihres Vaters war so skeptisch gewesen wie die Blicke von Hans und Otto bei ihrer allerersten Begegnung auf Sternchen ein paar Monate zuvor.

Champagner am helllichten Tag fand Ernstl maßlos, so etwas hatte er sich nie geleistet, auch nicht früher, vor dem Krieg, als die Zeiten besser gewesen waren. Nini, ihre Mutter, hingegen hatte den jungen Wissenschaftler angehimmelt, dessen Verwandtschaft mit Marlene Dietrich sie »erfrischend« nannte. Fred hatte sie jedoch umgehend enttäuscht: Diese Tante Marlene, eine Cousine seines Vaters, habe er nie zu Gesicht bekommen, zumindest nicht, soweit er sich erinnern konnte. Sie sei früh von Berlin nach Weimar gezogen, um Geige zu studieren, und habe sich nach einer nicht heilen wollenden Sehnenentzündung der Schauspielerei zugewandt. Seit ihrem Durchbruch als Blauer Engel sei sie jetzt nur noch in Paris anzutreffen, nicht mehr in Berlin und erst recht nicht bei seiner Familie.

»Sie lebt in ihren eigenen Himmeln«, hatte er abschließend gesagt. Es klang so kalt wie der erstarrte Hauch der Eisblumen an den Fenstern.

Hatte Renina sich, trotzig, wie sie zuweilen sein konnte, in jenem Moment gedacht: »Wir beide, wir schaffen uns einen Himmel ganz für uns«?

Sie hatte sich bemüht. Sie hatte ihn zu Hause eingeführt, tausend Argumente gefunden, dass ihr Vater sich nicht um sie sorgen müsse. Ihre Mutter hatte geklatscht, als sie eines Sonntags im frühen Frühjahr beim Mittagessen verkündet hatte: »Übrigens, ich heirate ihn.«

Brix war entsetzt gewesen, genau wie ihr Vater.

Hans, Otto und Basil hatten nichts gesagt. Kein einziges Wort. Nicht »ah«, nicht »oh«, nicht »was?«. Gar nichts.

Sie hatte sich weiter um Nähe bemüht, auch nach der improvisierten Hochzeit, Fred konnte es ja in nichts schnell genug gehen. Es war aufregend gewesen mit ihm, an jedem Wochenende wartete ein waghalsiger Ausflug, eine durchwachte Nacht.

Doch es blieb kühl zwischen ihnen, außer beim Sex. Er fragte nicht, was sie tat, welche Probleme die neue Zeitschrift aufwarf, ob die Finanzierung stünde, welche Inhalte sie für die ersten Nummern plante. Er mied ihre Familie. Er mied Brix und die Segelfreunde. Erst recht mied er Basil, den er »dein Schätzchen« nannte. Er kam, war da und fuhr wieder.

Ja, so war die Zeit mit ihm vergangen, eine Zeit wie dieser zweite Satz, der in seiner Wehmut Kraft gab für einen neuen.

Der Satz war zu Ende, und wieder legte sich Stille über den Park.

ERICA

Aus dem Festsaal war jetzt eine Stimme zu hören, eine Frauenstimme.

Begrüßte hier jemand die Musiker?

Sie würden doch bitte auch den dritten Satz spielen?

Wieder ein paar Augenblicke Stille, dann hörte man Schritte im Saal, Stühlerücken, die erste Geige klopfte den Takt an. Der dritte Satz begann mit dem virtuosen Klaviereinsatz, den Renina sich oft morgens selbst vorspielte, um gut in den Tag zu kommen. Sie wandte sich instinktiv zum Hotel, um besser hören zu können. Und da sah sie sie.

Eine Dame trat aus der Tür des Seerestaurants auf die Veranda, lehnte sich an das Rosenspalier an der Fassade und steckte sich eine Zigarette an.

Sie war im Alter ihrer Mutter. Oder vielleicht etwas jünger?

Ton in Ton mit der Fassade, trug sie ein Bouclé-Kostüm in Kreideweiß, wie man es sonst nur in Paris sah.

»Ist dieses Konzert nicht der Frühling an sich?«, fragte sie laut in den nebeligen Park. »Zumal, viel Frühling ist hier ja noch nicht zu sehen. Außer in den Bäumen.«

»Guten Morgen«, sagte Renina.

Hatte sie nicht das Gleiche gedacht, vorhin, als sie hier auf die Veranda getreten war und auf den Park und das Hafenbecken geblickt hatte?

»Guten Morgen, Kindchen.«

Sie schwiegen sich einen langen Moment an, denn so wie Renina wollte die Dame, die der Aussprache nach zweifelsfrei aus Norddeutschland kam, nicht aus diesem singsangenden Süden, die Klavierkapriolen des dritten Satzes verfolgen. Es war klar, dass sie es war, die eben den Pianisten begrüßt hatte.

»Kommen Sie zu mir auf ein Zigarettchen?«

Renina rauchte selten und wenn, dann nur abends zu einem Glas Rotwein, doch sie konnte eine solche Einladung nicht ausschlagen.

»Gerne«, sagte sie, ließ ihre Holzsäule los und ging auf die Dame zu.

Diese bot ihr eine schmale weiße Zigarette aus einem Silberetui an und gab ihr Feuer. »Ich bin für das Konzert heute Abend hier.«

Renina antwortete nicht, sondern genoss den ersten Zug aus der geschenkten Zigarette. Irgendwie tat es gerade gut, einem Menschen zu begegnen, dem es nicht nur um Körperliches ging.

»Und auch, weil ich zum Mittagessen meinen Verleger treffe. Dieses Hotel scheint im Augenblick ja der Nabel der Welt.«

»Sie schreiben?« Renina war plötzlich wieder ganz im Hier und Jetzt.

Sie begegnete auf dieser Veranda nicht etwa einer großen Schriftstellerin, die sie nicht erkannt hatte?

»O nein, nicht ich. Mein Mann.«

Schon wieder ein Mann. Konnten uns die Männer nicht einmal in Ruhe lassen?

»Verzeihen Sie«, sagte Renina, »ich habe mich nicht vorgestellt. Marie Dietrich.«

Sie musste sich ihren offiziellen Namen wie immer erst einmal innerlich vorsagen. Renina war ja ihr Kosename, den ihr Vater ihr gegeben hatten, denn bei ihrer Geburt hatte er darauf bestanden, sie nach Tolstois Anna Karenina zu nennen, ein Name, den man auf einem Berliner Standesamt trotz aller Liberalität der Weimarer Republik nicht durchgehen ließ. Da alle Töchter der freiherrlichen Freysold-Familie, aus der ihre Mutter stammte, in guter Hugenottentradition aber Marie und sonst etwas hießen, Marie-Louise, Marie-Charlotte, Marie-Hortense, Marie-Frédérique, Marie-Eugénie und so weiter, hatten die Eltern sie Marie-Anne-Karine getauft, ein wirklich grausamer Kompromiss, der nur auf dem Papier existierte. Keiner hatte sie je so genannt, nicht ihre Eltern, nicht ihre Schulfreunde, nicht einmal ihre Lehrer. Erst als sie Fred kennengelernt und überfallartig geheiratet hatte, war der Vorname Marie auf dem Standesamt in ihr Leben zurückgekehrt. Eine neue Existenz, an die sie sich kaum gewöhnt hatte, erst recht nicht in der Verbindung mit ihrem angeheirateten Nachnamen.

»Ach, was Sie nicht sagen, Sie sind die Tochter von ...«

Renina wartete ab.

»... Lena? Ich meine natürlich ... Marlene? Die Ähnlichkeit zu ihr«, die Dame machte einen Schritt auf Renina zu und betrachtete von der Seite ihr Profil, »ist ja nicht zu verleugnen. Ich kenne Ihre Mutter, seit wir beide noch jung waren und sie zu Professor Reitz nach Weimar kam, um Geige zu studieren. Mein Mann lehrte damals am Bauhaus. Das arme Kind hieß Maria Magdalena, ein unsäglicher Name. Wir machten Lena daraus. Erst als sie Jahre später die erste Filmrolle in Hollywood erhielt, taufte ihr Regisseur sie Marlene.«

»O nein«, winkte Renina ab. Die Verwechslung aufgrund der Namensähnlichkeit mit der Tochter von Marlene Dietrich passierte ihr seit ihrer Hochzeit ständig, und sie hatte sich eine

Standardantwort zurechtgelegt, die sie hersagen konnte, auch wenn sie ihr heute Morgen schwer über die Lippen kam: »Ich bin nicht mit ihr verwandt, nein. Ich habe nur einen ihrer Neffen geheiratet.«

Die Dame machte eine lustige Geste mit der linken Hand, sie fächerte die Luft über die Schultern, was wohl heißen wollte: »Noch mal Glück gehabt.«

Renina musste lachen, und sie lachte mit. Während sie sich beide in einer synchronen Bewegung wieder zum Park wandten und weiterrauchten, sagte die Dame: »Ich bin Erica Taut.«

»Erica Taut«, wiederholte Renina nach einem Moment des Nachdenkens, es musste vertrottelt klingen, deshalb präzisierte sie sofort: »Die Frau von Bruno Taut?«

»Nun, die Witwe tatsächlich, oder sagen wir besser, eine der Witwen«, konterte sie. Sie war entwaffnend direkt.

»Ja, von den Eltern habe ich gehört, dass Ihr Mann verstorben ist. Mein Beileid.«

»Es war noch vor Ausbruch des Kriegs. Bei unserem Aufenthalt in Japan ist er an den Bronchien erkrankt. Dort war es ein tägliches Nebelmeer wie hier an diesem See, drei endlose Jahre lang, ich will mich gar nicht daran erinnern. Dann, am Weihnachtsabend 38, ist er einem fatalen Asthmaanfall erlegen.«

»Schrecklich. Noch so jung.«

Renina wandte sich Erica Taut zu, doch die schaute weiterhin in den Park. Sie schien sich nicht selbst zu bemitleiden wie der Dr. Dietrich gerade vorhin drei Stockwerke über ihnen, sie schien aus ihrem Schicksal keine Tragödie zu machen und niemand zu beschuldigen. Sie hatte ein Fiasko erlebt und es überlebt.

»Warum sind Sie beide denn in Japan gewesen?«

»Wir haben auf der Flucht aus Deutschland vor Hitlers Geheimdienstschergen zunächst in Japan ausgeharrt, um in die USA weiterzureisen. Brunos japanische Kollegen, die das Bauhaus kannten, hatten uns nach Tokio eingeladen, um von dort aus unser Exil in Kalifornien vorzubereiten. Frank Lloyd Wright, den Bruno grenzenlos bewunderte, erwartete uns. Leider wurde nichts aus dieser neuen Heimat.«

»Die Amerikaner haben Sie nicht hineingelassen?«

»Herr Goering hatte beste Kontakte zu Herrn Rockefeller, der seine Immobilien-Investitionen auch mit dem Geld der deutschen Rüstungsindustrie betrieb. Die Spitzel der SS verfolgten Bruno und mich auf Schritt und Tritt bis nach Japan und berichteten an die Amerikaner weiter. Wir galten als kommunistisches Gesindel, und natürlich war es nicht hilfreich, dass wir zudem seit Jahren in wilder Ehe lebten.«

»In wilder Ehe?«

»Wir hatten uns kennengelernt, als Brunos Kinder ein paar Jährchen alt waren. Wir ergänzten uns, wir liebten uns, wir waren füreinander gemacht. Doch seine Frau gab ihn nicht frei.«

»Also zu allem anderen auch noch ... un problème de conduite.«

Bei diesem Begriff, dem »unsittlichen Verhalten«, einer Verurteilung liberaler Lebensformen, die die Nazis in ihrer selbstgerechten Weltenordnung zum feigen Zeugen jeder noch so haltlosen Anklage gemacht hatten, fuhr der Schmerz wieder in Reninas Lendenwirbel. Denn auch sie hatte ja, das konnte sie nicht mehr leugnen, ein problème de conduite. Sie hatte sich über eineinhalb Jahre zur Befehlsempfängerin degradieren lassen, und jetzt, wo sie sich endlich wehrte, wurde sie nicht

einmal mehr ernst genommen. Fred hatte sie ausgelacht. Und –
das durfte sie nicht aus Scham aus ihrer Erinnerung löschen –
wenige Augenblicke später ein weiteres Mal vergewaltigt.

»Genau«, sagte Erica Taut. Sie rauchten ihre Zigaretten zu
Ende und drückten sie im kleinen hauseigenen Aschenbecher
aus, den Erica Taut aus ihrer Kostümjacke zauberte. Es war ein
weißes Porzellanoval mit einem sepiafarbenen Zeppelin darauf.
Kein Wunder, die Familie Zeppelin war im vorigen Jahrhundert
Eigentümerin dieses Inselanwesens gewesen.

Renina musste sich an die Hausfassade lehnen, so sehr dröhnte
jetzt der Schmerz in ihrem Rücken, nahm das Gespräch aber
wieder auf: »In was für einer Bedrängnis Sie gelebt haben müssen. Und das über Jahre.«

»Nun, Bruno war nicht ganz unschuldig an seinem fatalen Re-
nommee. Warum ist er nach der Auflösung des Bauhauses auch
gleich einem Ruf nach Moskau gefolgt?«

»Moskau! Was war das für ein Ruf?«

»Das dortige Infrastrukturministerium versprach ihm den
Bau von Arbeiterwohnungen en masse unter modernsten Kriterien.«

»Und?«

»Nichts. Schon sein allererstes Projekt wurde abgelehnt.«

»Und er blieb?«

»Ein ganzes Jahr.«

»Er hoffte wohl auf ein Wunder.«

»Bei den Kommunisten?« Erica Taut lachte laut und raffte ihren Wollschal enger um die Schultern, das feuchte Klima schien
sie anzugreifen. »Er war eben ein Träumer.«

»Der doch so viele Menschen glücklich gemacht hat.«

Renina erinnerte sich an die Aquarellbücher, die Taut, damals ein blutjunger Architekt, in den Schützengräben des Ersten Weltkriegs verfasst hatte. *Alpine Architektur* zum Beispiel oder *Die Auflösung der Städte.* Sie hatte sie als Kind mit ihrem Vater studiert. Ernstl liebte die Alpen und ihre Geologie. Er hatte in seiner Jugend eine Gesteinssammlung der dort heimischen Gneise, Granite, Schiefer, Quarze und Kristalle angelegt. Er hatte sie stundenlang betrachten und erklären können und dabei für Renina, die an den Sonntagmorgen neben ihm saß und ihm zuhörte, lange Wandergeschichten erfunden. Natürlich waren in diesen Geschichten immer auch Pferde vorgekommen. Flink, der wendige Haflinger, der den Bergführern als Späher vorausging. Dubbas, der behäbige Noriker, der schwerste Lasten auf die Gipfelhütten trug. Hänsel und Gretel, die schlanken Württemberger, die die Kalesche der kleinen Renina über die halsbrecherischen Passstraßen souverän bis vor die Tür des Bad Ragazer Quellenhofs zogen, damit sie ihre kranke Mutter besuchen konnte.

Ihre Köchin Weta hatte sie dann immer unterbrochen. Ihrem »Dem Herrn ist serviert« konnte sich Ernstl nicht entziehen, und erst recht nicht dem feinen Duft der sonntäglichen Tomatensuppe.

Erica Taut neigte sich zu Renina herüber – wie groß sie war! –, und jetzt konnte Renina die Farbe ihrer Augen erkennen, sie waren von einem dunklen Ebenholzbraun, einem Ebenholz, das man frisch geölt haben musste, so sehr glänzte es: »Sie können ihn nicht erlebt haben, dazu sind Sie viel zu jung.«

»Ich nicht, aber meine Mutter. Sie war Aktionärin der Berliner und der Magdeburger Heimstätten-Baugenossenschaft, für die Ihr Mann baute. Mein Vater hingegen las ihn. Und las ihn mir vor. Er hat alle seine Bücher, alle signiert, bis hierher gerettet. Er ist sein ausgemachter Bewunderer.«

»Also sind Sie die Journalistin, die sich für die Frauen unserer jungen Bundesrepublik einsetzen will?«

Renina wusste nichts zu antworten. Wie konnte Erica Taut das wissen?

»Ganz sicher. Ich hörte von meinem Verleger und vom Verleger Ihrer lokalen Tageszeitung von Ihnen, lange bevor ich hierherfuhr. Eine Heidegger-Assistentin würde für einen jungen Konstanzer Verlag ein Frauenjournal gründen, das eine zeitgemäße Frauenrolle propagiere. Das können nur Sie sein.«

Renina war berührt. An den vergangenen Abenden hatte Fred sie seinen Forscherkollegen nur als »seine Frau« vorgestellt, nichts weiter. Und hier stand Bruno Tauts Witwe und wusste alles über sie?

»Gehen wir ein paar Schritte, Frau Taut?« Renina riss sich innerlich zusammen. Bewegung war bei diesen Schmerzen jedenfalls besser als Stillstand. »Ich wohne gleich gegenüber, am Ende der Seestraße«, sie wies mit der Linken auf das kaum sichtbare angrenzende Ufer. »Und ich bin sicher, meine Eltern sind glücklich, Sie zu treffen. Heute ist ja Feiertag, sie sind sicher zu Hause.«

»Gerne doch. Nur muss ich bitte um eins hier zurück sein.«

»Selbstverständlich. Ich freue mich, dass Sie mich begleiten, es ist ein Spaziergang von zehn Minuten.«

»Na dann. Es ist ja erst halb elf. Haben Sie überhaupt gefrühstückt, Kindchen? Sie sind mir ein wenig blass um die Nase.«

»Heute nicht, nein.«

»Ein schwieriger Morgen? Die Morgen, die nie vergehen, weil

man sich fundamentale Fragen stellt, die man allein nie beantworten wird?«

»So kann man es sagen, Frau Taut.«

»Sie lehnen sich an eine klamme Hausfassade, tut Ihnen etwas weh?«

»Ein wenig, ich bin mit schrecklichen Rückenschmerzen aufgewacht.«

»Kein Wunder bei diesem Nebel.« Erica Taut lächelte ihr aufmunternd zu.

»Genau«, lächelte Renina zurück. »Brechen wir auf? Ich begleite Sie zu meinen Eltern. Danach gehe ich in den Verlag, arbeiten ist immer das Beste.«

»Allerdings. Die Inspiration findet uns nur, wenn wir schon bei der Arbeit sind.«

Inzwischen ging der dritte Satz seinem Ende zu. Die Bläser und Streicher hatten sich gut gegen das meisterhaft gespielte Klavier geschlagen, doch es war klar, wer heute Abend der gefeierte Solist sein würde.

»Und, bitte, Marie, sagen Sie Erica zu mir? Frau Taut klingt ja wie schon gestorben.«

Renina öffnete die Tür zum Seerestaurant und ließ Erica vorausgehen. Da kam ihnen Voss, der junge Hoteldirektor, entgegen und nahm ihnen den Aschenbecher und Ericas Wollschal ab.

»Bevor wir Ihre Seestraße entlangflanieren, Marie, darf ich Ihnen in diesem Klosterparadies, das man zum Hotel gemacht hat, die kleine Heldin des heutigen Konzertabends vorstellen?«, fragte Erica.

»Wir lieben Heldinnen«, schmunzelte Renina und begrüßte den Direktor, der sich mehrmals vor Erica verbeugte. Sie schien nicht zum ersten Mal hier zu sein und wenn doch, musste sie von sehr renommierter Stelle angekündigt worden sein.

»Seine Exzellenz«, begann er, »der japanische Botschafter, beruft heute Abend vor dem Konzert eine kleine Besprechung ein, erfuhr ich gerade über das Telefon. Die ARD und der Süddeutsche Rundfunk werden im Anschluss das Konzert live übertragen. Die Techniker sind schon vor Ort und verkabeln die Kirche, Pardon, den Festsaal natürlich. Könnten Sie, gnädige Frau, bitte schon um fünf zu dieser Besprechung anwesend sein? Es ist seiner Exzellenz sehr wichtig.«

»Natürlich, Herr Voss«, sagte Erica schlicht und ging mit Renina weiter in den Saal.

Die Musiker klopften gerade mit den Geigenbögen oder Handrücken in Richtung des Konzertflügels auf ihre hölzernen Notenständer. Ein Dirigent war nicht auszumachen, also musste die erste Geigerin als Konzertmeisterin fungiert haben. Renina erkannte, einen nach dem anderen, die Musiker des Orchesters der Zürcher Oper. Sie machten Erica verhaltene Diener, man konnte meinen, all diese Musiker, die in Ericas Alter waren, wären um Jahrzehnte verjüngt, so sehr stand ihnen die Begeisterung ins Gesicht geschrieben.

»Und der Pianist?«, fragte Renina neugierig.

Da stand jemand hinter dem Flügel auf. Es war ein kleines Mädchen. Sie zitterte vor Aufregung.

»Mitsuko, komm her und begrüße meine neue Bekannte.«

»Ein Kind?«, entfuhr es Renina. Sie musste Luft holen. »Dieses kleine Mädchen hat die ganze Partitur gespielt?«

»Und wie alt war Mozart selbst, als er zu konzertieren begann?«

Es lag eine gewisse Erhabenheit in dem großen Kirchenraum,

obschon eine Gruppe schwarz gekleideter Tontechniker mit Kabeltrommeln und Standmikrofonen durch die Bänke huschte. Wohl wahrten geheiligte Räume ihre Ruhe, denn trotz ihrer verhaltenen »Hierher, ja«- und »Besser von dort«-Rufe herrschte die Feierlichkeit eines Gottesdienstes.

»Haben Sie eigentlich Kinder, Marie?«, fragte Erica leise.

»Nein, noch nicht.«

Sollte sie jetzt an Fred denken? An all die Träume von einer Familie, die sie geträumt hatte, seit er auf Sternchen in ihr Leben gesegelt war? An die kleinen Jungen und Mädchen mit schlanken Beinen und blonden Schläfen, die ihm ähneln würden?

Nein.

Sie würde sich weiter Kinder wünschen. Aber sicher nicht mit ihm.

»Das hat ja Zeit«, beschloss Erica pragmatisch. »Lassen Sie mich Ihnen lieber dieses Kind vorstellen.«

Renina erinnerte sich, als das Mädchen auf sie zukam, an das »Steh auf beiden Fußsohlen« ihrer Urgroßmutter. Sie verhandelte kurz mit ihrem Rücken – »Lass uns vor diesem Talent eine gute Figur machen« – und stellte sich schön gerade hin: »Kompliment, mein Fräulein. Ich kenne diese Partitur, sie scheint nur einfach.«

»Mitsuko, das ist Marie Dietrich. Sie ist Journalistin«, sagte Erica. »Sie hat dir auf der Veranda zugehört, alle drei Sätze lang, und draußen ist es nebelig und ganz und gar nicht gemütlich.«

»Sie spielen Klavier, gnädige Frau?«, fragte das dunkelhaarige Kind in perfektem Deutsch.

»O ja. Ich versuche es, seit ich ein kleines Mädchen war, genau wie du. Allerdings bist du mir weit voraus.«

»Ich tue ja nichts anderes.«

»Da hast du Glück.«

»Die kleine Mitsuko ist in Japan geboren«, erklärte Erica, »ein Ausnahmetalent, ihre Eltern sind Diplomaten, neuerdings in Wien stationiert, und Sie wissen ja jetzt, wie sehr mein Mann und ich jenem Land verbunden waren.«

»Trotz des Nebels«, lächelte Renina.

»Trotz des Nebels, genau. Jenes Land, jene Kultur waren abgesehen von allem zermürbenden Warten auf ein Visum für die Vereinigten Staaten eine Entdeckung und eine anhaltende Inspiration. Bruno schrieb das allseits gefeierte Buch über die japanischen Bautraditionen und durfte daraufhin vor Ort auch ein paar Projekte verwirklichen. Natürlich nicht im Ausmaß wie zuvor in Berlin oder Magdeburg. Doch dank der Freundschaften zu seinen Kollegen, die ich heute noch pflege, einer Art fernöstlicher Wahlverwandtschaft, habe ich die kleine Mitsuko heute hierher einladen können. Sie wird der neue Stern am Mozart-Himmel, davon bin ich überzeugt.«

Sie umarmte das Mädchen, das nicht älter als sieben oder acht Jahre sein konnte, und das Kind schmiegte sich an sie wie an eine vertraute Tante.

»Doch jetzt ruhen Sie sich alle gut aus, ja?«, wandte sich Erica an die vor ihr stehenden Musiker. »Lassen Sie das Kind«, sie zitierte die erste Geigerin herbei, »ein wenig schlafen, bitte. Heute Abend hört Ihnen ganz Deutschland zu.«

DEN SEE ENTLANG

Vor dem Hotel ging ein leichter Wind, und während sie über die Rheinbrücke spazierten und auf die Seestraße abbogen, begann sich der Nebel langsam aufzulösen. Erica hatte nicht einmal eine Handtasche dabei, nur ihren Schal hatte sie an der Rezeption abgeholt.

Sie ging mit bestimmtem Schritt, als wäre sie langes Gehen gewohnt. Das überraschte Renina. Ihre Mutter, die ungefähr gleich alt sein musste, legte ständig Pausen ein und hielt sich immer an Ernstl fest. Die beiden hatten sich ein Gehen in Umarmung angewöhnt, damit es nicht auffiel, wie oft die Mutter sich auf ihn stützen musste.

Das nannte man wohl Liebe. Sich beistehen über lange Jahre, Verluste hinnehmen, aber auch große Freuden feiern.

Sicher war Reninas Berufung als Heideggers jüngste Assistentin eine Freude für sie gewesen, doch erst recht ihre Entscheidung, trotz dieser vielversprechenden Aufgabe in den frisch gegründeten Verlag der Eltern einzutreten. Hingegen war die Entscheidung, ihren Bruder zum Prokuristen zu machen, ein wenig übereilt getroffen worden. Doch irgendetwas musste Eduard ja tun, nachdem er als Flieger sehr spät aus der Kriegsgefangenschaft zurückgekehrt war und sonst keine Ziele hatte.

Fred war in diesem fragilen familiären Gleichgewicht keine Hilfe gewesen. Für den jungen Verlag mussten sich Ernstl und Renina Tag um Tag mit ganzer Kraft einsetzen, und Nini musste ihnen im Hintergrund mit ihrer unternehmerischen Erfahrung beistehen.

Umso besser also, dachte Renina, dass sie heute Morgen zu ihrer Entscheidung gefunden hatte.

»Wie war die letzte gemeinsame Zeit mit Ihrem Mann, Erica?«, fragte sie, als sie die ersten Platanen der Seestraße erreicht hatten.

»Mein Gott, wunderbar«, entfuhr es Erica. »Was sonst könnte ich sagen? Nach dem langen Japan-Exil bot man Bruno das Rektorat der Mimar-Sinan-Universität in Istanbul an. Stadtbaurat Martin Wagner, sein ehemals treuester Berliner Auftraggeber, war schon in die Türkei geflüchtet, damals das liberalste Land Europas. Kemal Atatürk hatte sich das moderne Staatssystem der Weimarer Republik zum Vorbild genommen und wollte mit Wagner und Bruno ein neues Bauhaus in Istanbul etablieren.«

»Wann war das?«

»Im Herbst 1936. Sie, Marie, kamen zu der Zeit wahrscheinlich gerade ins Lyzeum.«

»Ganz genau. Sie rechnen gut mit, Erica.«

»Ich habe eine Tochter in Ihrem Alter.«

Ah, sie hatte eine Tochter. Mit Taut? Oder aus der Zeit vor Taut?

»Und mit dem Rektorat der Mimar-Sinan-Universität war es nicht genug«, fuhr Erica fort, »Atatürk berief ihn als verantwortlichen Städteplaner ins Infrastrukturministerium. Die glorreichen Magdeburger und Berliner Zeiten schienen zurück zu sein.«

»Das hat Baurat Wagner ja gut eingefädelt.«

»Und wie. Ich bin ihm heute noch dankbar.« Erica schaute auf die Nebelschwaden über dem See, die zunehmend durchsichtiger wurden. »Nach Brunos Tod aber brach er zusammen. Er konnte das leere Rektorenbüro der Universität, die verwaisten Gänge und die Trauer der Studenten nicht ertragen. Walter und Ise Gropius, die schon in Amerika Zuflucht gefunden hatten, beriefen ihn nach Harvard, und er folgte ihrem Ruf.«

Sie gingen eine Weile schweigend am See entlang, dessen Konturen von Minute zu Minute besser zu erkennen waren. Die Jugendstilfassaden der Bürgerhäuser zu ihrer Linken wurden sichtbar, zu ihrer Rechten die Hafenmole und das Inselhotel, in dessen Suite im dritten Stock dieser Paul und diese Monika wahrscheinlich weiterhin tief schliefen.

Was machte wohl Fred?

Renina blickte auf die Veranda des Hotels und auf die Holzsäulen, die sie trugen. Sie fand ihre ganz persönliche Säule in der Ferne wieder, dann schweifte ihr Blick über den Park, dessen Farben langsam von Grau- in Grüntöne wechselten. Die Magnolien gewannen von Augenblick zu Augenblick an Rosa.

Ja, der Frühling war in den Bäumen.

Und da hob auch das Zwitschern der Vögel an.

Wenn der Nebel sich lichtete, begannen die Vögel ihren Tag. Sie hörte die Amseln und die Drosseln, die waren immer die Ersten. Die Rotkehlchen, die Zaunkönige, die Meisen, Finken und Schwalben brauchten mehr Zeit, sie sangen lieber unter klarem Himmel. Und siehe da, während sie den Amseln und den Drosseln lauschte so wie vorhin dem Klavier, beruhigten sich die Nerven in ihrem Rücken.

Vertrieben Harmonien, wenn man sie nur aufmerksam wahrnahm, jede Disharmonie?

»Was geschah dann? Wie kam es zu seinem plötzlichen Tod?«
Renina wandte sich wieder Erica zu.

»Es war ein Unfall, am dritten Heiligabend, den wir in Istanbul feiern durften. Er starb auf dem Weg ins Krankenhaus. Es war mir kaum gelungen, ihn davon zu überzeugen, ihn in die Notaufnahme bringen zu lassen. Er wollte zu Hause bleiben, in jenem Haus, das er für uns wie ein Schwalbennest mit Blick auf den Bosporus erbaut hatte.«

Renina fragte nicht nach, sie würde sicher von selbst weitererzählen.

»Er sagte … und ich erzähle das heute zum ersten Mal, Marie …« Ericas Stimme verlor die ihr eigene Tiefe. »Wir bleiben hier. In unserem Nest.«

Sie gingen ein paar Schritte schweigend.

»Dann?«, fragte Renina.

»Wurde die Atemnot immer schlimmer.«

»Und Sie riefen die Rettung.«

»Rufen Sie einmal die Rettung in Istanbul!«

Renina versuchte sich die Situation bildlich vorzustellen: Erica an einem Istanbuler Telefon. Hatten sie schon einen privaten Anschluss, oder musste sie zu einem benachbarten Hotel oder zur Polizeistation laufen? Sie sah sie vor sich, wie sie in gebrochenem Türkisch in einen Hörer schrie und nicht verstand, was man ihr am anderen Ende entgegenbrüllte. Ein Albtraum.

»Ein Anfall von Atemnot kann glimpflich ausgehen, wissen Sie«, fuhr Erica fort, »oder eben nicht. Die Rettung kam schließlich, ich kletterte neben Bruno, der schon auf der Krankentrage lag, in den weißen Kastenwagen, Sirenengeheul am Weihnachtsabend, die Leute liefen auf der Straße zusammen.

Der Notarzt fragte mich, wer ich sei, und Bruno sagte, fast ohne Stimme: ›Meine Frau.‹ Das waren seine letzten Worte.«

»Wie schön«, sagte Renina und blieb stehen.

So konnte eine Geschichte ausgehen.

»Wie schön ... und wie endgültig.«

Erica schien heute noch beflügelt von ihren Jahren mit Taut, auch wenn sein Doppelleben und die sicher existierenden Spannungen mit der zurückgelassenen »wahren« Frau erdrückend gewesen sein mussten. Sie schien keine einzige Minute mit ihm zu bereuen.

Renina hingegen bereute so gut wie jede Minute mit Fred.

Da hörte sie den unverkennbaren Hundegalopp unter den Platanen. Tipp, ihre Weimaranerhündin, stürmte die Uferpromenade entlang.

»Tipp, hierher«, rief sie, und der Hund steuerte durch den Nebel geradewegs auf sie zu.

»Darf ich vorstellen, Erica? Tipperix heißt die Dame.«

»Tipperix? Ein Vollblüterchen? Den Namen versteht doch niemand hier im Süden!«

»Natürlich nicht«, Renina musste lachen, »tatsächlich nennen wir sie Tipp, sie wurde noch bei meiner Urgroßmutter in Magdeburg geboren.«

»Eine Immer-in-Schwung also?« Erica blieb stehen und betrachtete Tipps ausholende Bewegungen. »Ich habe leider nie Hunde halten können, wir wechselten ja ständig die Städte und die Häuser, doch Ise und Walter Gropius liebten Hunde. Allerdings hielten sie diese Rauhaardackel.«

»Die haben Charakter.«

»Schon. Aber sie sind eben sehr klein.«

Vom Ende der Seestraße näherten sich jetzt auch Reninas Eltern, Arm in Arm, wie sie immer gingen. Ernstl hatte seinen hellgrauen Hahnentritt-Frühlingsanzug angezogen, obschon noch gar kein Frühlingswetter war, wie immer mit weißem Hemd und einer seiner lustigen schmalen Fliegen. Über seinem nach hinten gekämmten Haar trug er den schwarzen Steirerhut, den er sich hier in der Nachbarschaft zu Österreich zugelegt hatte. Nini hatte sich für diesen Erster-Mai-Spaziergang in ihr einziges Kostüm gekleidet, das eine Farbe hatte. Es war korallenrot. Sie hatte es sich letztes Jahr zu Reninas Hochzeit geleistet, denn sie leistete sich sonst nichts. Alles, was sie mit Ernstl mit dem neuen Verlag verdiente, floss in den Verlag zurück.

Das Korallenrot tauchte ihre immer blasse Haut in ein vorteilhaftes Licht, selbst bei Nebel. Sie wankte ein wenig in Ernstls fester Umarmung, bei diesem anhaltend feuchten Klima wäre es bald wieder Zeit für eine Luftkur in Bad Ragaz.

»Reninaschatz, guten Morgen«, rief ihr Vater ihnen von Weitem entgegen.

»Guten Morgen, ihr beiden«, rief Renina zurück, während Tipp bei ihnen angekommen war und ihr vor lauter Wiedersehensfreude wie ein kleiner Panter die Vorderbeine entgegenwarf, was für Reninas Seidenstrümpfe keine gute Idee war.

»Sitz, Tipp«, befahl Erica leise, aber bestimmt, und der Hund gehorchte aufs Wort.

»Sie kennen sich aus«, sagte Renina bewundernd.

»Nach den Heerscharen von Dackeln im Dessauer Meisterhaus? Glauben Sie, ich hätte Lust gehabt, mir jeden Tag neue Strümpfe zu kaufen?«

»Verzeihen Sie, Erica. Tipp kann auch ganz anders. Tipp, gib Erica die Pfote.«

Das machte die Weimaranerin brav und schaute Erica mit ihren Bernsteinaugen ins Gesicht.

»Die andere Pfote, bitte?«, fragte Erica, als ob sie den Hund schon jahrelang kannte.

Das war Tipp neu. Sie legte den Kopf schief und klappte die Ohren nach vorn. Dann dachte sie einen Moment lang von rechts nach links um und hob die linke Pfote.

»Kluger Hund«, lobte Erica.

Da standen Reninas Eltern schon vor ihnen.

Nini streckte die Rechte aus, um sie zu begrüßen, und stockte in derselben Bewegung: »Erica, du bist es?«

»Ich denke schon.«

»Was! Ernstl, kannst du es glauben?« Nini wandte sich zu ihm um. »Begrüß Erica, Bruno Tauts Frau. Erinnerst du dich, bei Walter und Ise Gropius im Weimarer Bauhaus zu Gast? Dann die Dessauer Jahre, als ich mit Hugo Junkers zusammenarbeitete? Wie oft haben wir dort Erica und Bruno bei den Bauhausfesten und in Ises Meisterhaus getroffen?«

»Nun, meistens war es dunkel.«

Alle mussten lachen, sie bogen sich vor Lachen wie Schulkinder auf dem Heimweg. Der Bann der Wiederbegegnung war gebrochen. Nini fiel Erica um den Hals. Sie waren wahrscheinlich aufs Jahr gleich alt, doch man konnte Nini ansehen, dass die Kriegs- und Nachkriegsjahre sie aufgrund ihrer schwachen Gesundheit noch härter gefordert hatten als Erica die Rückkehr aus einer vielversprechenden Türkei.

»Komm mit nach Hause, Erica. Ernstl hat diese Woche von einem Hamburger Züchter einen makellosen Portwein geschenkt bekommen, und ich weiß, wo er ihn versteckt.«

IN DER MOZARTSTRASSE

Selten hatte Renina ihre Mutter so beschwingt die Einfahrt zu ihrer Villa am Ende der Mozartstraße hinaufschreiten sehen.

Doch was hieß *ihre* Villa?

Genau wie einst das Inselhotel war dieses Haus im Besitz der Familie Zeppelin, und im Erdgeschoss wohnte die betagte Patriarchin Adele, umgeben von sich alle zwei Tage abwechselnden Gesellschafterinnen und einem Chauffeur namens Korn, genannt Körnchen.

Reninas Eltern wohnten seit der Flucht aus Berlin in der Beletage zur Miete, und das würde sich so bald nicht ändern. Zunächst müssten sie weiterhin mit ihrem jungen Verlag Erfolg haben und erst recht mit der noch nicht einmal geborenen neuen Frauenzeitschrift, die Renina verantwortete. Statt einer hohen Miete, die sie sich noch nicht leisten konnten, hatten die Eltern Adele Zeppelin angeboten, ihren Chauffeur die halbe Woche im Verlag anzustellen und Weta, die Köchin, die sie aus Berlin mitgebracht hatten, mit ihr zu teilen. Und die alte Gräfin hatte gesagt: »Das ist doch herrlich!«

Nur, wer wusste, wie lange ein solch unorthodoxes Übereinkommen hielt? Würde die Zeppelin sich besinnen und von heute auf morgen die volle Miete einfordern, ständen sie alle, Renina und Eduard inklusive, auf der Straße.

Renina erschauderte, als sie den Eltern mit Erica Taut über die bekieste Einfahrt zum Haus folgte.

Sie hatte heute Morgen zu viel gewagt. Die Klatschpresse würde sich das Maul über sie zerreißen: »Jungunternehmerin wagt die Scheidung von Vorzeige-Wissenschaftler« mochte die Schlagzeile lauten oder: »Alter Adel brüskiert innovatives Bürgertum«.

Tat sie sich und ihrer Familie damit einen Gefallen?

Nein.

Doch sie konnte nicht zurück.

Sie musste so bald wie möglich mit ihrem Vater sprechen. Und vor allem mit ihrer Mutter. Würde diese sich in ihre früheren Jahre zurückversetzen können, als sie noch Unternehmerin war und solche Grundsatzentscheidungen täglich mehrmals zu fällen hatte? Würde sie sich der liberalen Ethik der Zwischenkriegszeit, die sie selbst verkörpert hatte, entsinnen und unterstützen, dass ihre Tochter sich gegen reaktionäre Gesellschaftsnormen auflehnte?

»Darf ich erfahren«, fragte da Erica verhalten neben ihr, so wie man fragte, wenn man eine enttäuschende, ja verheerende Antwort erwartete, »wie hat die Geschichte mit der Lackfabrik denn geendet?«

Die Eltern waren schon ins Haus vorausgegangen, sicher um Weta zu bitten, eine Kleinigkeit für den Überraschungsgast vorzubereiten.

»Sie wissen von der Lackfabrik?«

»Marie – und würdest du mich bitte duzen? –, Bruno baute jahrelang in Berlin und Magdeburg, da ist uns kaum etwas verborgen geblieben. Die Lacke, die die Fabriken deiner Mutter gefertigt haben, waren damals das Aushängeschild der Deutschen Wehrmacht und der Luftwaffe. Gemeinsam mit Hugo Junkers, der seine Flugzeuge im benachbarten Dessau baute, hat Nini ein Patent entwickelt, das sie landesweit zur Marktführerin machte, wenn ich mich recht entsinne.«

»Ich bin damals ein Kind gewesen, Erica. Ich habe eine Mutter erlebt, die zu Hause am Gendarmenmarkt ein und aus ging wie ein Reichskanzler, und ich bin stolz auf sie gewesen. In der Schule allerdings hat man mich für sie gehänselt. ›Deine Rabenmutter‹ haben sie die wohlbehüteten Großbürgertöchter aus dem Viertel genannt. Ich habe immer geantwortet: ›Werdet erst einmal so eine Mutter.‹«

»Doch wie ist diese Erfolgsgeschichte ausgegangen? Junkers wurde ja enteignet und musste von einem Tag auf den anderen aus Dessau fliehen. Er starb kurz darauf in seinem süddeutschen Exil. Ein schreckliches Ende.«

»Ja, sogar die Lehrer in der Schule haben hinter vorgehaltener Hand darüber gesprochen. Göring hatte sowohl ihn als auch meine Mutter zwingen wollen, von Flug- und Fahrgerät auf Sprengkörper und Gaswaffen umzusatteln. Junkers hat Nein gesagt.«

»Und deine Mutter?«

»Hat ebenso Nein gesagt.«

»Bewundernswert!«

»Und ist ebenso enteignet worden.«

»Was geschah dann?« Erica nahm im Gehen Reninas Hand.

»Sie hat zum Glück nicht aufgegeben, auch wenn ihre Gesundheit schwer gelitten hat. Sie hat Kontakt mit ihren französischen Vettern in Paris aufgenommen und mit dem wenigen privaten Vermögen, das ihr blieb, die Résistance unterstützt, in der die sich engagierten.«

»Ja, genau ... Die Freie Deutsche Bewegung war ja auch in

Frankreich aktiv. Bruno stand den Gründern in Moskau nahe.«

»Meine Onkel haben das Komitee Freies Deutschland für den Westen in die Résistance integriert. Zumindest also, können wir jetzt im Rückblick sagen, hat es ein paar Menschen rund um Deutschland gegeben, die den Mut hatten, sich gegen einen Irren wie Hitler zu wehren.«

»Alle Attentate auf ihn, jeder Komplott ging schief.«

»Leider. Dafür aber hat die Résistance mit den Alliierten zusammengearbeitet. Sie haben sich das hoffentlich bald besiegte Nazideutschland lange vor Kriegsende untereinander aufgeteilt.«

»Sind nicht Paris, Metz und Konstanz die Hauptquartiere gewesen?«

»Genau.«

»Ah, jetzt verstehe ich, warum ihr in Konstanz gelandet seid.«

»Viele haben auf den geheimen Résistance-Pfaden vor dem totalen Krieg aus Berlin und den schwer bombardierten Städten fliehen können. So schließlich auch Nini selbst.«

»Eine wie deine Mutter auf der Flucht, das kann man sich kaum vorstellen.«

»Und doch, man hat ihr einen Eisenbahntransfer in den Süden beschafft. Es kam wie bei Junkers einem Exil gleich, sie musste über Nacht das Haus verlassen, doch sie wagte es.«

»Sie ist allein gefahren?«

»Ernstl hat sie mit unserer Köchin losgeschickt, er konnte sie nicht begleiten, das hätte Fahnenflucht bedeutet, und darauf stand nicht nur die Todesstrafe, sondern auch Sippenhaft. Die beiden sind aber heil angekommen.«

Vor dem Hauseingang grüßte Renina die spindeldürre Adele Zeppelin auf der Gartenterrasse. Sie stand dort in Lockenwicklern und ihrem blonden Nerzmantel, ohne Strümpfe, aber in hellbeigen Wildlederpumps. Sie streichelte ihre Kamelien, die angesichts des späten Frühjahrs nicht erblühen wollten.

Als sie Renina vor der Freitreppe erblickte, rief sie: »Guten Morgen, mein Kind.«

»Guten Morgen, ma belle«, rief Renina zurück.

»Wo hast du deinen Mann gelassen? Es ist der 1. Mai, ein Feiertag.«

»Im Nebel verloren.«

»Schick ihm Tipp nach.«

»Tipp geht nicht auf Haubentaucher.«

»Da hat sie recht.«

Die alte Gräfin winkte ihr, dann wandte sie sich um, raffte sich den Nerz um die schmale Taille und schritt erhobenen Hauptes zurück in ihren Salon.

Wie schön es war, in Würde alt und auch ein wenig wunderlich werden zu dürfen, dachte Renina. Und wie schön es war, dabei nicht ganz allein zu sein.

Sie wandte sich Erica zu, die sich so aufrecht hielt wie die Zeppelin und doch um Jahrzehnte früher ihren Mann verloren hatte. Offensichtlich war Erica Taut in ihrem Leben jetzt ziemlich allein.

Wie waren ihre Beziehungen zur restlichen Taut-Familie? Wie die zu der Tochter, von der sie auf der Veranda des Inselhotels gesprochen hatte? Wie die zu den ehemaligen Bauhaus-Kollegen? Und wer würde ihr einst an einem Feiertagsmorgen in Berlin »Guten Morgen, ma belle« sagen, wenn sie in Lockenwicklern und ohne Strümpfe auf der Terrasse erschien?

Durch die offene Haustür hörten sie Ernstl die Treppe herunterrufen: »Der Portwein wartet, die Damen.«

Renina ließ Erica vorausgehen und folgte ihr die satt gebohnerten Stufen hinauf. Treppenbohnern und Kiesrechen waren Körnchens Aufgaben, und er erledigte sie gewissenhaft jeden Donnerstagnachmittag, außer Adele Zeppelin wollte ein zweites Mal in der Woche zum Friseur in die Stadt gefahren werden oder für den Verlag waren Kunden vom Bahnhof oder gar vom neuen Zürcher Flughafen abzuholen.

Als sie am Ende der Treppe ankamen, war Renina plötzlich so erschöpft, als hätte sie Adeles gesamte Kamelientöpfe bis hier heraufttragen müssen. Gleich würde der Schmerz im Rücken wieder losdröhnen. Sie lauschte in sich hinein, doch er blieb erstaunlicherweise stumm. Es war nur eine große Müdigkeit in ihr.

Sie hätte sich hier auf den Treppenabsatz setzen können, den Kopf an die Wand lehnen und einschlafen, sich wegträumen aus diesem Morgen, der mit einer haarsträubenden Entdeckung und bösen, ja vernichtenden Worten begonnen hatte.

Die Auseinandersetzung mit Fred und alles, was in der vergangenen Nacht – und wohl auch in den vorigen Nächten – geschehen war, begann sich in ihr Herz zu senken.

Alles in ihr wurde schwer.

Doch da war das Geschenk namens Erica!

Sie würde sich also einen Moment zu den Eltern in den Salon setzen, mit ihnen ihr Wiedersehen mit Erica feiern und sich dann sehr bald entschuldigen.

Weta, die Köchin, begrüßte sie beide an der Eingangstür, und ihr herber Berliner Humor rüttelte Renina wieder wach.

»Zwei junge Damen kommen kurz vor elf Uhr morgens nach Hause und haben noch nicht gefrühstückt?«

»Danke für die junge Dame«, erwiderte Erica.

»Danke, dass Sie mir mitten in meine Quenelles de brochet fallen«, gab Weta knurrend zurück. Weta war mindestens so betagt wie Adele Zeppelin, wobei keiner in der Familie je ihr wahres Alter erfahren hatte. Aus der Küche erklang gerade eine Bachkantate.

»Jesus bleibet meine Freude,
Meines Herzens Trost und Saft,
Jesus wehret allem Leide,
Er ist meines Lebens Kraft ...«

So schmetterte es aus dem Röhrenradio, das auf dem Küchenregal stand.

»Verzeihen Sie, die Dame. Ich bin mitten beim Kochen«, fuhr Weta fort. »Aber ein verlorenes Ei vielleicht? Ein Stückchen Vollkornbrot mit Butter und Schnittlauch?«

»Danke, Weta.« Ernstl nahm Erica die Antwort ab. »Ich finde, Frau Taut sieht großartig aus. Sie hat sicher schon im Hotel gefrühstückt.«

»Frau Taut, aha«, entgegnete Weta. »Aus den Zeiten, in denen die Herrschaften viel in Weimar und Dessau auf Geschäftsbesuch waren, nicht? Wie schön, Sie kennenzulernen, Gnädigste. Und«, sie sah Ernstl direkt ins Gesicht, »darf ich das sagen, der Herr?«

Der nickte wie immer nicht nur mit dem Kopf, sondern mit seiner ganzen schlanken Reiterstatur sein ruhiges, allumfassendes Nicken.

Weta fuhr etwas leiser, sodass es gegen den Bach-Chor kaum zu hören war, fort: »Es tut mir sehr leid um Ihren Mann.«

»Sie sind ein Schatz, liebe …«, entfuhr es Erica. Sie war sichtlich gerührt, wandte sich fragend an Renina und flüsterte: »Wie heißt sie denn, eure Perle?«

»Weta. Sie ist bei uns, seit mein Bruder und ich denken können, und sicher noch ein, zwei Jährchen länger.«

»Sie sind ein Schatz, liebe Weta«, wiederholte Erica also laut. »Sie kommen auch aus Berlin?«

»Die einzige Stadt, in der man leben kann.«

»Dann werden Sie mich einmal besuchen?«

»Ach, wie gerne, Frau Taut. Wenn Gott der Herr mich noch ein wenig leben lässt? Wenigstens kann ich Sie verstehen, wenn Sie sprechen.«

»Ich kann es mir vorstellen, Weta, hier im Süden ist es mit dem Verstehen für Sie nicht einfach.«

Mit einem resignierten »Das Reninakind übersetzt mir den Singsang, so gut sie kann«, drehte Weta sich abrupt um die eigene Achse und verschwand wieder in der Küche. Die Tür fiel zu, Bach spielte nur mehr für sie.

LOSLASSEN

»Verzeih, Erica.« Nini öffnete im selben Moment die Flügeltüren zum Salon. »Weta ist ein Erbstück meines Vaters. Sie
lebt ausschließlich von Nachtschattengewächsen, dafür singt
sie beim Kochen Bach-Kantaten. Ich bin an ihre spröde Art gewöhnt, doch für jemand wie dich ...«

»Ach, Nini, sie ist doch genau wie Leberecht Migge, wenn
er aus seiner Gartenwelt zu uns nach Berlin kam. Nur Nacht-
schattengewächse. Und Bach beim Kochen. So musste all sein
armes Künstlergefolge in Worpswede mit ihm leben. Der Gar-
ten-Meister befahl, sie hatten zu folgen.«

»Genau so war's. Weta hat uns oft von ihrer Zeit in Worpswede erzählt. Sie verließ die Migge'sche Kommune und stellte
sich bei uns vor, als ich ins Lyzeum kam. Sie hatte ein unehe-
liches Kind dabei, das mein Vater in die Schule schickte. Das
Mädchen hat zunächst ihren Weg gemacht, brachte aber bald
ein weiteres verlorenes Kind nach Hause. Dieses Kind, wieder
ein Mädchen, ist heute Art Director bei einer der führenden
Werbeagenturen Deutschlands.« Nini dachte einen Moment
lang nach, dann fügte sie hinzu: »Findest du nicht, Erica, dass
wir uns neuerdings komische Berufsbezeichnungen antun? Art
Director? Früher hätte man einfach gesagt: der ›kreative Geist‹.
Sei's drum. Jedenfalls ist es ein gutes Kind, sie kommt uns regelmäßig besuchen.«

»Ist das nicht eine schöne Geschichte?« Erica öffnete beide

Arme. »Komm her, Nini, ich bin so froh, dich wiederzusehen.«

Wieder umarmten sich die beiden, und Renina folgte ihnen in den Salon. Erste Sonnenstrahlen durchdrangen die Baumwipfel hinter den Fenstertüren, der Raum war in ein surreales Gold getaucht. Tipp jagte den Lichtflecken auf dem Parkett nach. Vielleicht wurde es wirklich noch ein 1. Mai, kein gesichtsloser Nebeltag?

»Was führt dich hierher?«, fragte Nini, als Erica sich setzte.

»Das erzähle ich dir gleich, doch zunächst lass mich deine schöne Etage bewundern. Sie ist so leer. Und so voller Licht.«

»Ja, ein Glück. Wir durften die kardinalsroten und königsblauen Tapeten der Zeppelin abschaben und die Wände schlicht weiß kalken. Wir durften dieses herrliche Eichenparkett ablaugen und statt mit Lack nur mit Leinöl einlassen. Das macht es aus.«

»Der Boden hat so einen ganz eigenen Schimmer.«

»Nicht? Man wähnt sich auf Wolken.«

»Und die Möbel? Die Bilder? Die konntest du aus Berlin retten?«

»Wie durch ein Wunder. Wir hatten im letzten Kriegsmonat plötzlich ein Viertel eines Eisenbahnwaggons zur Flucht nach Konstanz zur Verfügung. Ernstl rief vom Regiment in Neuruppin an, der Transport musste in derselben Nacht geschehen. Was nimmst du dann mit, Erica? Was bleibt zurück? Loslassen ist nicht leicht. Ich habe Renina im Internat angerufen«, Nini zeigte auf ihre Tochter, während sie sich auf das Barocksofa unter die Vedute des Canal Grande setzte, »sie war zum Glück schon hier in Konstanz, in Sicherheit. Sie hat, ohne nachzudenken, entschieden: Du nimmst nur die zarten Möbel mit, Mami, die passen überallhin.«

»Kluges Kind«, sagte Erica.

Ernstl entkorkte derweil den Portwein, holte vier Likörgläser aus der Vitrine und goss ein.

»So habe ich es gemacht. Ich habe jeweils ein Paar mitgenommen, wie auf die Arche Noah. Ein Paar Vitrinen, ein Paar Kommoden, ein Paar Sekretäre, ein Paar Teppiche, dann den Esstisch meiner Großmutter mit seinen Stühlen und dieses Samtsofa mit seinen Sesseln, die uns Ernst Bloch, Ernstls Jugendfreund, um sozusagen zwei Groschen vermacht hat.«

»Ein Unsteter ist ständig in Geldnot«, schmunzelte Ernstl herüber.

»Dann noch zwei Bilder. Nummer eins von zwei: das Porträt meiner Urgroßtante Charlotte von Stein, dort drüben über dem Esstisch, von Angelika Kauffmann gemalt. Für eine Rivalin hat sie sie gut aussehen lassen, nicht? Sieh hin, Tante Charlotte verfolgt dich mit dem Blick, wo immer du dich im Salon aufhältst.«

Erica drehte sich zur Wand hinter dem Esstisch um und sah einen langen Moment hinüber. Dann stand sie auf, ging die paar Schritte bis zu den Fenstertüren an der Gartenfront, dann auf die andere Seite des Salons zu den Flügeltüren des Eingangs. Schließlich kam sie zurück zu ihrem Sessel. Sie nickte verblüfft. »Sie verfolgt uns im Raum, ja.«

»Sicher hört sie auch, was wir sagen«, bestätigte Nini. »Des Weiteren, Nummer zwei von zwei«, sie wandte sich zum Bild hinter ihr, »Ernstls geliebtes Venedig, ein früher Turner, das Hochzeitsgeschenk meines Vaters.«

»Und auch Papis Gesteinssammlung ist natürlich gemeinsam mit den Taut-Büchern bis nach Konstanz gereist«, vollendete Renina die Liste. »Wir haben in meiner Kindheit jeden einzelnen Stein studiert, und dazu hat Papi mir aus *Alpine Architektur* vorgelesen.«

Nini nickte und sah Erica wie eine Verbündete von der Seite an: »Ohne seine Alpensteine und Brunos Bücher wäre Ernstl ja leblos.«

Sie stießen alle mit Erica an.

»Du vergisst aber zu erwähnen, Mami ...«, setzte Renina an. Ein paar Lebensgeister waren in sie zurückgekehrt, während sie ihre Mutter erzählen hörte, die in Ericas Anwesenheit aufblühte wie seit Jahren nicht.

»Ach ja, Erica«, fuhr ihre Mutter fort und lächelte schon im Voraus zur Pointe der Geschichte, die jetzt anstand. »Für wen waren wohl die anderen drei Viertel des Eisenbahnwaggons reserviert?«

Erica trank einen weiteren Schluck und raunte Ernstl ein »Mmh, was für ein Tröpfchen« zu.

»Direkt aus Porto«, raunte er zurück.

»Du scheinst Beziehungen zu haben.«

»Das nicht, nur passionierte Züchterfreunde.«

Erica fischte ihr Zigarettenetui aus der Tasche der Kostüm-jacke. »Darf ich rauchen?«, fragte sie in Richtung der Hausher-rin.

»Mit dem größten Vergnügen.« Ernstl sprang auf, bevor Nini abwinken konnte, und holte einen Aschenbecher und eines sei-ner geliebten Zigarillos aus dem Zigarrenkistchen, das er in der Vitrine versteckte. »Danke, Erica, du lieferst mir endlich eine Ausrede.«

Die Zeit des Feuergebens nutzte Erica, um ostentativ nach-zudenken, und nach dem ersten Zug an ihrer Zigarette wieder-holte sie Ninis Frage, zu Renina gewandt: »Ja, für wen waren wohl die anderen drei Viertel des Eisenbahnwaggons reserviert?«

Renina tat vollkommen unwissend.

»Für die Trakehnerstuten deines Vaters, nehme ich an?«

Nini lehnte sich auf dem Sofa zurück und breitete bejahend beide Arme aus wie in einer Theaterszene.

Erica schüttelte den Kopf: »Ernstl, der ewige Pantheist.«

Ein langer Moment der Stille trat ein, in dem Erica und Ernstl genüsslich rauchten und Renina und ihre Mutter sich ansahen.

Hatte Nini ihr tatsächlich gerade einen angedeuteten Kussmund durch die Luft geschickt? Das hatte sie noch nie getan! Renina konnte es nicht glauben.

Da lag plötzlich ein Zauber im Raum.

Hatte sich, vollkommen unerwartet, ein neues Gleichgewicht in ihrem Leben eingestellt?

Sie hatte Erica Taut getroffen und mit hierhergebracht.

Ernstl durfte endlich einmal ein Zigarillo im Salon rauchen.

Nini war wie ausgewechselt. Sie sah frisch aus, geradezu jugendlich wie ein Backfisch. Und tatsächlich war sie ja noch nicht so alt, wie sie sich immer gab, seit sie hier im »Wilden Süden«, wie sie ihn nannte, gelandet war.

Renina musste mit ihrer neuen Frauenzeitschrift Erfolg haben, das schwor sie sich in diesem Augenblick.

Für ihre Mutter.

Sie könnte Nini doch im Winter zu Schiff nach New York mitnehmen, wo eine Reportage über Florence Knoll anstand, eine Gropius-Schülerin und der aufgehende Stern am amerikanischen Design-Himmel? Und im Frühjahr darauf nach Paris, wo sie Simone de Beauvoir interviewen dürfte?

Nini müsste sich endlich ein, zwei neue Kostüme schneidern lassen, zwar nicht mehr bei Robert Piguet in Paris wie in ihrem früheren Leben, aber immerhin bei der hiesigen Schneiderin, Frau Lohrer, die äußerst redlich war und die neue A- und H-Linie des Piguet-Schülers Christian Dior bestens kopierte. Sie könnte endlich aufhören, nur an sonntägliche Mittagessen zu denken, ihr Englisch und ihr brillantes Französisch auffrischen und so Renina bei ihren Interviews von größter Hilfe sein.

Ernstl und Eduard hatten inzwischen ja genug zu tun, die *Tierärztliche Revue*, die Ernstl im zweiten Nachkriegsjahr gegründet hatte, war im ganzen deutschsprachigen Raum ohne Konkurrenz und trug sich inzwischen selbst. Er hatte die Idee dazu gehabt, als er aus der Kriegsgefangenschaft in Konstanz angekommen war und überlegen musste, wovon sie jetzt, ohne sein Regiment und ohne Ninis Lackfabrik, leben würden.

»Was sagt ihr, meine Damen?«, hatte er an einem Sonntag, an dem Renina die Eltern erstmals aus dem Internat hier in der Mozartstraße besuchte, bei einer duftenden Tomatensuppe gefragt. »Mache ich eine Kleintierpraxis auf?«

»Hier gibt es nur Dackel, aber nun gut, das sind in gewisser Weise ja auch Hunde«, antwortete Nini. Alles, was unter der Größe eines Bracken war, galt für sie als Kissen, nicht als Hund.

»Oder gründe ich eine Zeitung?«

»Ja, den *Konstanzer Harper's Bazaar*!«, warf Renina ein und brachte ihn zum Lachen.

»Nicht ganz. Oder sagen wir besser ... noch nicht, Kind.« Er wurde gleich wieder besonnen, wie es seine Art war. »Ich denke

73

wurde also zum Verlagsbuchhalter, was Nini zu einem eleganter klingenden »Prokuristen« umetikettierte. Seither übersah er die Konten.

Am Anfang der Mozartstraße, in der Neuhauser Straße gleich hinter dem Yachtclub, hatten sie im letzten Jahr drei Zimmer im Erdgeschoss der Villa Fehr mieten können, und so gingen die beiden Männer wieder jeden Morgen aus dem Haus. Ernstl nahm Eduard, da die Verlagseinkünfte das jetzt zuließen, zu allen relevanten Messen und Zuchttreffen mit, sie fuhren nach Marbach und Bad Cannstatt zu den Körungen der Württemberger- und der Trakehner-Zuchthengste, in diesem Frühjahr sogar schon bis nach Hannover, Warendorf, Oldenburg und Verden.

Nur Nini blieb zu Hause.

Hatte ihr Unternehmermut sie so ganz verlassen? Trauerte sie um eine große Familienvergangenheit?

Renina hatte sie das jedes Mal zwischen den Zeilen gefragt, wenn sie vom Studium, das sie in Freiburg begonnen hatte, nach Hause gekommen war. Doch ihre Mutter hatte immer das Gleiche geantwortet: »Jemand muss hier die Stellung halten.«

Das war eine faule Ausrede, doch sie blieb dabei. Tagaus, tagein stand sie allein auf dem Balkon über dem Garten der Adele Zeppelin, der für ihre Verhältnisse ein Schrebergärtchen war, und langweilte sich.

Inzwischen hatten Erica und Ernstl zu Ende geraucht. Renina sah ihrem Vater die Genugtuung an, mit seiner zarten Davidoff den Salon erobert zu haben, und Erica nahm die Unterhaltung wieder auf.

»Die Stuten waren ihm also wichtiger?«, wandte sie sich an Nini.

Pause.

Nini genoss diese Frage, sie ließ Ernstl antworten.

»Als Vitrinen und Sekretäre? Sicherlich«, sagte er aus dem Ohrensessel des Ernst Bloch.

»Und weit wichtiger als ich«, lachte Nini jetzt auf. »Am liebsten hätte er nämlich Weta und mich und das ›ganze Gerümpel‹, wie er sagte, für zwei weitere Trakehnerinnen am Bahnsteig zurückgelassen.«

Alle mussten lachen wie vorhin auf der Seestraße, und Ernstl stand auf und füllte die Gläser nach.

»Verzeih diesen Ausflug in die Vergangenheit, Erica. Also, was führt dich heute hierher?«, wiederholte Nini ihre Frage von vorhin.

Erica öffnete ihr Zigarettenetui und fischte sich eine zweite Zigarette heraus, nicht ohne Renina mit einem Augenzwinkern eine über den Sofatisch hinweg anzubieten. Renina lehnte aber mit dem gleichen Augenzwinkern ab. Sie spürte den Portwein auf nüchternen Magen, und ihre Rückennerven begannen wieder zu rumoren. Sie würde sich jetzt wirklich gleich verabschieden.

Inzwischen gab Ernstl Erica Feuer und setzte sich wieder. Er war sichtlich gespannt zu erfahren, was die Witwe des von ihm so verehrten Bruno Taut hierher ans südlichste Ende Deutschlands geführt hatte.

»Ich bin auf dem Sprung zu einem Mittagessen, das wir seit Monaten geplant haben. Es ist ein Freiburger Verlag, der Brunos Architekturtheorie herausbringen will. Johannes Weyl, der früher in Berlin den Ullstein-Verlag geleitet hat und jetzt der Verleger eurer hiesigen Tageszeitung *Südkurier* ist, hat uns zusammengebracht.«

»Ja, der gute Weyl hat unter den Nazis viel durchgemacht.

Und ist sich doch treu geblieben«, sinnierte Nini mit einem mitfühlenden Kopfnicken hinaus in den Frühlingshimmel.

»Du meinst«, fragte Ernstl nach, »die Theorie, die Bruno in euren letzten Jahren in Istanbul niedergeschrieben hat?«

Ernstl kannte Tauts Schriftenverzeichnis anscheinend auswendig.

»Genau.«

»Und die ist bisher in Deutschland nicht erschienen?«

»O nein. Wir haben seine Architekturlehre gemeinsam in Japan zu schreiben begonnen, in einem nebeligen Exil wie eurem hier.« Sie lächelte Renina an. »Doch vollendet haben wir sie erst in Istanbul, als wir endlich Martin Wagner wiedertrafen.«

»Ein so phantastischer Junge, dieser Wagner«, bestätigte Nini.

»Und wie. So uneigennützig. Und so fein.«

»Sie ist also Brunos Hauptwerk?«, insistierte Ernstl.

»So würde ich sagen.«

»Na dann her mit dem Taut!«, begann er auf den Noten von Bachs Kantate in den Raum zu singen:

»Taut der wehret allem Leide,
Taut ist meines Lebens Kraft,
Meiner Augen Lust und Sonne,
Meiner Seele Schatz und Wonne ...«

»Hör auf, Ernstl«, lachte Erica.

»Ja, hör auf, Ernstl«, fuhr Nini streng dazwischen. Sie liebte keine Scherze, wenn es um ihren Glauben ging. »Im Ernst, Erica, wann erscheint das Buch?«

»Nun, zunächst müssen wir es aus dem Türkischen übersetzen.«

»Aus dem Türkischen«, wiederholte Renina baff.

»Ja, eben. Doch endlich lichtet sich der Nebel. Mithilfe von Weyl haben wir eine junge Architekturdoktorandin an der Mimar-Sinan-Universität in Istanbul ausgemacht, die auf die dortige Deutsche Schule ging. Sie ist schon bei der Hälfte von *Mimarî Bilgisi.*«

»Klingt nach einer teuren Angelegenheit. Ist der Freiburger Verlag denn auf Architektur spezialisiert?« Ernstl dachte laut nach. »Wir könnten das Buch mitverlegen, Erica.«

»Und an wen vertreiben?«, wandte Nini sofort ein. »Deine Trakehnerzüchter? Nimm das nicht ernst, Erica, halte dich an deinen Verleger.«

»Natürlich. Doch ich nehme deine Begeisterung zur Kenntnis, Ernstl.« Erica warf ihm einen Handkuss zu. »Ihr kommt doch heute Abend zum Konzert?«

Wieder legte sich Stille über den Salon. Die Sonne tanzte über den Eichenboden, Tipp hatte sich mit überschlagenen Vorderpfoten neben Renina gelegt und beobachtete das Licht- und Schattenspiel mit gerunzelter Stirn.

»Wir haben heute Abend unseren Bankier und unseren Rechtsanwalt zum Essen.« Wie Nini das sagte, klang es nach einer Entschuldigung.

»Ja und? Ihr ladet sie zum Konzert ein, und danach gehen wir alle in dieses Lokal im Hotel. Wie nennen sie es?«

»Die Dominikanerstube«, warf Renina ein.

»Genau. Also abgemacht?«

Ernstl war anzusehen, dass er eine solche Einladung ungern auf das Verlagskonto buchen wollte. »Erica, verzeih. Solche Ausgaben leisten wir uns nicht, denn alles, was wir mit dem Verlag einnehmen, investieren wir in Reninas neue Zeitschrift.«

»Ich habe davon gehört.«

»Ach?«

»O ja. *Lady* nennt ihr sie, nicht? Man spricht außer hier rund um den Bodensee schon in Freiburg von ihr, in Frankfurt, in Hamburg, in Berlin.«

»Tatsächlich?«

»So hat es mir Weyl erzählt. Glaub mir, Ernstl, dieses Kind hier«, sie nickte Renina zu, »ist euer bestes Pferd im Stall. Doch die Einladung heute Abend drücke ich meinem Verleger auf, keine Sorge. Wenn man den großen Bruno Taut haben will, dann nur mit euch.«

»Und wenn ich die *Lady* haben will, dann nur mit meiner Mutter.«

Das war Renina so entfahren.

Vielleicht war, was sie da sagte, zu gewagt, und doch waren es die Gedanken, die sie bewegten, seit sie mit Erica die Einfahrt der Villa hinaufgegangen war.

»Das ist ja schön«, rief Erica so laut, dass Tipp aufsprang.

Auch Ernstl erhob sich: »Renina, ist das dein Ernst?«

»Ich muss sie im Winter nach New York mitnehmen, dann im Frühling nach Paris.«

Nini schüttelte den Kopf. »Du musst gar nichts im Leben.«

»Verzeih, Mami, ich muss nicht, ich will.«

Da kam Weta mit einem Tablett duftender Fenchel-Beignets und einem kleinen Stapel frisch gebügelter Cocktailservietten herein und verteilte alles auf dem Sofatisch. Sie machte dazu wie immer einen gehörigen Lärm.

»Und der junge Herr? Kommt er nicht zum Aperitif?«, fragte sie, an die Salontür zurückgekehrt.

Ernstl und Nini sahen sich perplex an.

»Wer weiß, Weta? Es ist Feiertag heute«, sagte Ernstl entschuldigend in die Runde.

»Er ging aber früh aus dem Haus, er sagte, nach Staad, zum Reitstall«, berichtete Weta.

»Zum Reitstall?«, entfuhr es Ernstl und Renina im Duett. Nie hatte sich Eduard für Pferde interessiert, geschweige denn war er je reiten gegangen.

»Weta, du verwechselst das«, kam Renina der Köchin zu Hilfe, »ich bin es doch, die immer freitagnachmittags nach Staad zum Reiten geht.«

»Diesmal eben auch er«, konterte sie trotzig und verließ den Salon, nicht ohne geräuschvoll die Flügeltüren hinter sich zu schließen.

FREIHEIT REICHT
DEN FRAUEN NICHT

»Eine Frage noch, Renina.« Erica rutschte auf die Sesselkante, zum Kosten der Beignets bereit. »Oder besser gleich zwei, bevor ich euch eurem Feiertag überlasse und später im Hotel erwarte. Das Konzert beginnt um sieben Uhr. Ich setze euch, habe ich richtig gezählt, ihr seid drei und euer Bankier und euer Rechtsanwalt zwei, auf die Gästeliste.«

»Das ist sehr großzügig von dir, Erica«, warf Nini ein.

»Ach was«, sie winkte ab, »alles, was wir tun, kommt irgendwann zurück. Die Fügung hat mich heute Morgen deine Renina kennenlernen lassen und mich zu euch geführt.«

Jetzt musste sie erst einmal ein Beignet genießen, doch dann stellte sie ihre erste Frage: »Also, schönes Kind.«

Renina nickte ihr zu.

»Die Marie Dietrich, als die du dich vorhin auf der Hotelveranda vorgestellt hast, die existiert nur auf deinem Personalausweis?«

»So kann man sagen, ja.« Renina sah in die Runde, ihr Vater sinnierte dem Rauch eines frisch angesteckten zweiten Zigarillos nach, ihre Mutter schaute an die Wand über dem Esstisch, von der aus ihre Tante Charlotte den ganzen Salon überblickte.

»Warum?«

»Eine dumme Idee, muss ich zugeben.«

»Kinder haben dumme Ideen, das ist ganz normal.« Erica gab

ihr nun den gleichen Halt, den ihr heute Morgen die Holzsäule der Veranda des Inselhotels gegeben hatte.

»Renina, musst du wissen, nennen wir sie seit ihrer Geburt.« Ernstl fasste jetzt knapp ihre Namensgeschichte zusammen: »Ich hatte den verrückten Einfall, unser Kind nach Anna Karenina zu taufen.« Er schien sich für diese Schnapsidee noch heute entschuldigen zu wollen. »Tolstoi ist eben mein Lebensautor.«

»Und warum auch nicht?«, fragte Erica aufmunternd.

»Weil das einen endlosen Namen ergab, den niemand je in den Mund genommen hat.«

»Ihr nanntet sie Renina.«

»Ihr neuer Name Marie Dietrich ist aber doch sehr apart?«, warf Nini ein. »Und herrlich modern? Kurz, präzise, in jeder Sprache zu verstehen.«

»Den behalte ich nicht«, entfuhr es Renina.

Sie wusste, das war grob. Nini sah sie groß an.

»Nicht im Leben, Mami. Bitte verstehe mich. Und erst recht nicht im Schreiben.«

Schweigen legte sich über den Salon. Es musste Wind aufgekommen sein, denn die Blätterwolken der Bäume vor den Fenstern warfen wippende Schatten aufs Parkett.

»Du willst wieder deinen Mädchennamen annehmen?«, fragte Ernstl mit freudigem Unterton.

Erneute Stille.

»Was wird dein Mann dazu sagen?«, fragte Nini und rutschte dabei auf die vordere Kante des Sofas.

»Er wird es nicht gutheißen, doch das sollte mir gleich sein.«

Renina atmete tief ein und aus, jetzt war der Moment gekommen, ihre Entscheidung zumindest anzudeuten.

»Sagtest du mir nicht gerade, ›du musst gar nichts im Leben‹, Mami? Also auch nicht bei einem Mann ausharren, der mich ...« Sie konnte nicht weitersprechen, es verschlug ihr die Sprache.

Ernstl sagte: »Nur die Ruhe, Schatz. Wir haben alle Zeit. Wir hören dir zu.«

Erica stand von ihrem Sessel auf und setzte sich auf den Samthocker neben Reninas Sessel, sie nahm ihre Hände in ihre. Die Kühle ihrer Haut auf Reninas Handrücken war eine Wohltat.

»Ich verstehe nicht, Kind.« Wenn Nini irritiert war, nahm ihre Stimme sofort den früheren Generaldirektorinnenton an. »Geht es hier um einen neuen Namen für die Chefredakteurin, die du jetzt bist?«

»Ja. Aber auch um die Trennung von meinem Mann. Ich muss mich scheiden lassen.«

»Scheiden lassen?« Nini krallte beide Hände in die Sofakante. Doch dann, im Bruchteil einer Sekunde, löste sie diesen Griff und streckte die Arme durch, bereit zu einem der tausend präzisen Urteile, die sie früher täglich hatte fällen müssen.

Ernstl sprang ein, da er wusste, wie hart Nini sein konnte, wenn sie eine Situation nicht ganz durchschaute. »Das hast du deinem Fred schon gesagt?«

»Ja, Papi.«

»Wann?«

»Heute Morgen.«

»Was hat er geantwortet?«

»Nichts. Er hat mich ausgelacht.«

Und nicht nur das. Er hatte sie an die Wand gestellt und ...

Renina erschauderte bei der Erinnerung an seinen Atem, an sein sich Verbeißen in ihrem Nacken, an sein Stöhnen, an den

Geruch seiner Erregung. Vor Scham sah sie vor sich auf den himmelblauen Perserteppich und folgte seinen geometrischen Blütenmustern.

Einen langen Moment bewegte sich niemand, dann hörte sie Erica gleich neben sich bitterböse sagen: »Feigling.«

Nach einem weiteren Augenblick des allgemeinen Schweigens sagte Nini: »Er nimmt dich nicht ernst.«

Ihr Ton war unerwartet sanft. Hier sprach keine Lackfabrikantin, nein, hier sprach eine Mutter.

Renina schaute auf. Ninis Gesicht war so weiß wie die Wand hinter ihr. »Das hat er nie«, gab sie zu.

»Hab ich's gewusst«, murmelte Ernstl.

»Gut. Ich habe verstanden.«

Ninis Blick glomm herüber. Wahrscheinlich war es das Sonnenlicht, das ihre Augen traf, sie waren von einem hellen Smaragdgrün, so funkelnd wie nie zuvor. Aus einer gelangweilten Hausfrau war wieder die Löwin geworden, die sie immer gewesen war und die jetzt ihr Junges verteidigte.

»Du wirst dich in Acht nehmen, Kind«, schloss sie.

»Allerdings.« Das war Erica neben ihr, ebenso zum Angriff bereit. »Feiglinge werden immer brutal. Es gibt keine Ausnahme, auch wenn man sich das vorgaukelt.«

»Jede Tyrannei züchtet Feiglinge. Man nimmt ihnen den Mut zur Wahrheit«, bestätigte Ernstl.

»Und gibt ihnen dafür den Freibrief zur Gewalt.« Erica drückte Reninas Hände und stand auf. Tipp folgte ihr die paar Schritte zu den Fenstertüren zum Garten. »Feiglinge haben wir unter Hitler zu genüge erlebt, nicht wahr, Nini?«

»Ernstl nicht minder.« Nini lächelte ihm traurig zu.

»Wir haben die Tyrannei überstanden«, nickte der, »auch wenn wir beinahe das letzte Hemd dafür gegeben haben. Wir werden keine weitere zulassen.«

»Erst recht nicht für unser Reninakind«, nickte Nini zurück. »Morgen früh beim Kaffee besprechen wir alles, mein Schatz. Du brauchst die beste Strategie. Kein Mensch, den wir kennen, hat sich je scheiden lassen, es ist ein immenses Wagnis.«

»Ich bin jedenfalls dabei«, sagte Erica.

»Gut«, sagten Nini und Ernstl im Duett.

Stille im Salon.

Ernstl stand auf und goss allen aus der Portweinflasche nach, Nini erhob sich währenddessen und stellte sich hinter den Sessel ihrer Tochter. Alle drei stießen auf Renina an, ohne etwas dazu zu sagen.

Wie erleichtert Renina war!

Sie hatte die Zerrüttung der Beziehung zu Fred in den Raum gestellt, und alle hatten ihren Standpunkt akzeptiert, ohne nach weiteren Details zu fragen. Das nannte man Vertrauen.

Morgen früh würden sie alle notwendigen Schritte besprechen, sie wäre also nicht allein.

»Doch nun meine zweite Frage.« Erica nahm sich ein weiteres Beignet vom Tablett auf dem Sofatisch und setzte sich wieder auf ihren Samthocker neben Reninas Fauteuil. »Zu deiner ersten *Lady*-Ausgabe: Was wird sie uns erzählen?«

»Oh, meine *Lady*.« Renina wurde beim schieren Gedanken an ihr Zeitungsbaby warm ums Herz. »Sie bringt eine Reportage über«, sie schnipste mit den Fingern in die Luft wie ein Zauberer, »Mamis neuen Lieblings-Couturier, Christian Dior.«

»Toll! Du beschreibst seine endlich wieder weiblich machenden Blütenkelch-Linien? Die jetzt aktuelle A- und H-Linie? *Your dresses have such a new look*, sagte die Chefredakteurin von *Harper's Bazaar* dazu.«

»Genau diesen New Look porträtiere ich, Erica. Dior verkörpert eine neue Hoffnung, nicht?«

»Allerdings«, bestätigte sie, »und haben wir die nicht alle nötig?«

»Ich finde, ja«, kam es jetzt trocken, aber mit einem weiterhin weichen Unterton von Ninis Sofa.

Renina war sprachlos, ihre Mutter bekannte sich vor Gästen zu einer Meinung zur Mode? Einem Thema, das sie sonst nur im Geheimen, sozusagen mit sich selbst diskutierte?

»Eine Dame muss erscheinen, nicht auffallen«, das war alles, was Renina in ihrem ganzen Leben von Nini dazu gehört hatte. Ihre Mutter kleidete sich bedacht, aber schlicht und ohne je darüber zu sprechen. Jede Art kurzlebige Flausen und Tendenzen lag ihr fern. Deshalb wahrscheinlich liebte sie die französische Couture.

»Denn«, ergänzte Nini, »haben die grauen Kriegs- und Nachkriegsjahre uns Frauen nicht die Lebensfreude aus dem Budget gestrichen?«

Erica setzte sich gerade auf ihrem Hocker zurecht und kreuzte die Arme vor der Brust. »Hoffnung also, ja bitte, Renina! Ich nehme an, Willy Maywald hat euer Gespräch fotografiert?«

»Genau. Du kennst dich aber aus, Erica. Er war Diors Bedingung. Zudem habe ich aber auch noch einen jungen Fotografen hier vom Bodensee engagiert, den ich aufbauen will. Er heißt Siegfried Lauterwasser.«

Ernstl warf, an Erica gerichtet, ein: »Autodidakt, der Junge, aber er ist gut. Und er liebt Mozart. Er könnte dein Nachwuchstalent, das heute Abend im Hotel auftritt, porträtieren.«

»Erst einmal muss die kleine Mitsuko gut spielen.«

Komisch, in genau diesem Moment fiel es Renina ein.

Während sie an das Gespräch mit Christian Dior und seinem jungen Assistenten zurückdachte, wurde ihr bewusst, woran sie Freds Augenrollen und sein Schwächeanfall heute Morgen erinnert hatten.

In Paris hatte sie das gleiche Augenrollen gesehen. Das gleiche gehetzte Atmen durch die Nase gehört.

Sie hatte Dior auf der Rive Gauche getroffen, weil er geschrieben hatte: »Auf der Avenue Montaigne, auf der ganzen Rive Droite haben die Wände Ohren. Frei sprechen kann ich nur jenseits der Seine.«

Er hatte als Treffpunkt den Garten der Closerie des Lilas, einer Bar am Ende des Boulevard du Montparnasse, vorgeschlagen, und erschien zum Interview mit seinem frisch akquirierten Assistenten, einem Bild von einem Jungen, zwanzig vielleicht, wenn überhaupt. Während Dior eher wie ein ältlicher Buchhalter wirkte und Frauen gegenüber nicht wirklich charmant war, verblüffte sie jener Assistent. Er war die Empathie in Person.

Und wer hatte so schöne blaue Augen wie er?

Er musste genauso kurzsichtig sein wie Renina, denn er trug dicke Brillengläser, die schwer auf seine gerade Nase drückten.

»Eine Last, nicht?«, fragte sie ihn, als Dior aufgestanden war, um sich im Innern der Bar für die Fotos zurechtmachen zu lassen.

»Ein Gottesurteil«, antwortete er.

»Doch ist es nicht das geringste Gottesurteil, das man sich vorstellen kann?«, konterte Renina. »Ich bin so kurzsichtig, dass ich Sie nur schemenhaft erkennen kann, doch meine Mutter hat mir eine Brille verboten.«

»Verboten?«

»Ich sollte mir meine Wege einprägen, eine Landschaft, eine Stadt, die Strecken auf einem Trottoir, in einem Museum, einem Restaurant, die Bewegungen der Menschen ... Und es funktioniert.«

»Darüber muss ich nachdenken«, sagte er beeindruckt, während er sich seine schwere Hornbrille zurechtrückte. »Und, verzeihen Sie, Mademoiselle, ich heiße Yves. Darf ich hoffen, Sie bald wiederzusehen?«

Dabei strahlte er wie ein Engel.

Dior kehrte ordentlich frisiert und gepudert zum Tisch zurück, und die zwei Fotografen begannen mit ihrer Arbeit. Renina stellte ihre Fragen zur neuen Rolle der Frau im Nachkriegseuropa, und Dior antwortete bereitwillig. Worte wie Unabhängigkeit, Gleichheit, Freiheit fielen, doch irgendwann sagte der junge Yves, der sich mit großem Respektabstand neben Dior auf die Gartenbank der Closerie gesetzt und über die gesamte Fotostrecke den Himmel von Paris nach interessanten Wolkenformationen abgesucht hatte, wie aus dem Off: »Freiheit reicht den Frauen nicht. Sie brauchen Macht.«

Renina war entzückt, und ihr fiel auf, dass er zu diesem Satz seine Brille abgenommen hatte. Sie lag auf dem Bartischchen vor ihm. Dior aber war ungehalten, er winkte die Fotografen weg und rief den Ober herbei. »Sur mon compte«, herrschte er ihn an und machte sich bereit zu gehen.

In jenem Moment lehnte Yves sich zurück, und seine Pupillen kippten nach hinten, genau wie heute Morgen die Pupillen von Fred. Er atmete durch die Nase ein und aus wie auf der Flucht.

Der Ober fächelte ihm mit seinem Servierhandtuch Luft zu, doch Dior maßregelte ihn erneut: »Lassen sie ihn. Die Jugend von heute macht nur Unfug.«

So war das Gespräch abrupt zu Ende gegangen.

Renina hatte es nicht bereut. Sie hatte ihren Inhalt, sie hatte ihre Fotos, und die waren einzigartig, brandneu, rebellisch.

In ihrer Abschrift hatte sie Yves' »Freiheit reicht den Frauen nicht. Sie brauchen Macht« belassen, und Dior hatte es nicht herausgestrichen. Er war nicht dumm, er setzte auf sein blutjunges Talent, und die Leserinnen der *Lady* würden ihn dafür umso mehr vergöttern.

Erst heute, in diesem Moment, wurde Renina die Parallele zwischen Yves und Fred klar.

Kokain.

Das war ihr Wachmacher, wenn die Dämmerung kam und die Nacht auf sie zukroch, ihr Zuhörer, wenn die Welt voller Konkurrenten und Gefahren schien, ihre starke Schulter, an die sie sich anlehnen konnten, wenn namenlose Massen sie verfolgten.

DIE *LADY*

»Renina.« Ihre Mutter holte sie in die Konstanzer Mozartstraße zurück. »Du hast in Paris doch auch seinen neuen Assistenten, diesen Yves, getroffen?«

»O ja, er sagte den relevantesten Satz des ganzen Interviews.
Ihr werdet ja die Titelzeile sehen, ich setze sie auf Doppelseite.«

»Wann erscheint die erste Ausgabe?«, fragte Erica.

»Nächsten Monat, im Juni. Ich plane die Nummern zum
Quartalsende, im März, dann im Juni, im September und im
Dezember.«

»Und was lesen wir außer der Geschichte von Dior?«

»Immer auch ein Haltungsthema, eine politische Position. Ich
habe vier Hefte im Jahr, vier Jahreszeiten, also auch vier Charak-
terporträts.«

»Mit wem beginnst du?«

»Mit Konrad Adenauer, unserem Bundeskanzler. Er hat mir
ein Interview zu seiner Frau Gussie gegeben, ein schmerzvolles
Thema, das er bisher umgangen hat. Bei mir erzählt er erstmals
von ihr.«

»Ach, der Herr Keine Experimente kann etwas zur Rolle der
modernen Frau sagen?«

Erica war sichtlich kein Fan von Adenauer.

»O ja. Er bereut bis heute den, wie er sagt, von den Deutschen
vom Zaun gebrochenen Krieg, der uns alle in eine Art von Mit-

telalter zurückversetzt hat. Und diese Haltung verdankt er allein seiner zweiten Frau.«

»Ihr wisst, Gussie war die Jugendfreundin von Ise Gropius«, warf Nini ein. »Die das Bauhaus aus dem verschlafenen Weimar statt nach Dessau beinahe nach Köln gebracht hätte.«

»Wer weiß, was dann geschehen wäre?«, sinnierte Ernstl.

»Allerdings, in direkter Nähe zu Holland, Belgien, Frankreich ...«

Jetzt fuhr Renina fort: »Jedenfalls bezeugt Adenauer, wie sich Gussie, und ihr kennt ja alle ihr tragisches Lebensende, seit Hitlers Machtergreifung kontinuierlich gegen die fortschreitende Unterjochung der Frauen durch die NSDAP eingesetzt hat. Und wer vor ihr machte gegen die Radikalisierung des deutschen Volkes mobil? Wer sprach sich gegen Hass und Straßenterror aus? Als Frau? Als Tochter aus gutem Hause?« Renina musste kurz innehalten, von der Erinnerung an das Interview ergriffen. »Das Gespräch mit dem Kanzler in Gussies Haus in Rhöndorf, in dem sie auch starb, Lauterwasser hat lautlos mitfotografiert ... Es geht mir nicht mehr aus dem Sinn.«

»Ise wäre stolz auf dich, Renina«, sagte Erica tonlos.

»Sie *wird* stolz auf sie sein«, bekräftigte Ernstl. »Wir senden ihr eine *Lady* per Schiffspost nach Harvard.«

»Das wird ihr guttun, der Armen«, bestätigte Erica.

»Warum der Armen?«, fragte Nini. »Die Gropius haben sich dort doch glänzend eingelebt, ein schönes neues Haus gebaut, die Kopie ihres Meisterhauses in Dessau? Und wie man hört, hat sich Ise wieder zum Mittelpunkt der Architektenszene gemacht?«

»Das schon. Doch sie darf nicht mehr schreiben«, erwiderte Erica.

»Wirklich? Warum?«

»Die dortigen Professoren haben ihr jede Art progressive Veröffentlichungen verboten.«

»Verboten«, wiederholte Nini fassungslos.

»Ihr erinnert euch, wie sie in ihren brillanten Dessauer Artikeln das Bauen zum Katalysator sozialer Selbstverwirklichung erklärt hat?«

»Und das auch umgesetzt hat«, bestätigte Nini. »Ernstl, weißt du noch, ihre verrückte vollautomatische Meisterhaus-Küche? Die sollte jungen Frauen die öde Hausarbeit ersparen und sie frei machen für sinnvolle, gut bezahlte Berufe.«

»Ja, Bruno hat sie für sie gestaltet, gemeinsam mit dem jungen Breuer«, ergänzte Erica, während Ernstl amüsiert durch den Raum nickte.

»Und die Dessauer Bürgerfrauen schüttelten brüskiert die Köpfe. Ich sehe die schrillen Szenen heute noch vor mir«, lachte Nini auf. »Doch Fortschritt ist zum Glück nicht aufzuhalten. Nur zwei Jahre später kam die ›Frankfurter Küche‹ heraus, dann die ersten Einbauküchen, die wir uns heute aus keinem Haus mehr wegdenken können. Ise hatte eben den Mut zur Vision.«

»Und Gropius hat sie vor den Harvard-Professoren nicht verteidigt?«, kam Renina zum Thema Schreiben zurück.

»Wie sollte er? Er ist dort drüben nicht mehr der smarte preußische Edelmann und Rektor, sondern ein gerade eben wohlgelittener Kollege.«

War das nicht pure Niedertracht? Einer Ise Gropius, die die gesamte Bauhaus-Theorie geschrieben hatte, dann während der Judenverfolgung zahllose Lehrer und Assistenten nach Amerika gerettet, erteilte man Schreibverbot?

Das war so gut wie Denkverbot!

»Leider. So liberal, wie wir alle meinen, ist Amerika nicht«, schloss Erica.

»Und was tut jetzt eine Ise Gropius den ganzen Tag?« Renina konnte es immer noch nicht glauben.

»Wahrscheinlich kocht sie«, riet Nini, »serviert den Gästen ihres Mannes Portwein, blickt auf den Garten ...« In ihrer Stimme lag kein Groll. Sie beschrieb schlicht und einfach ihre eigene Situation.

Doch zumindest sprach sie sie endlich einmal aus!

Ebendieser Gedanke schien auch Nini gerade durch den Kopf zu gehen, um ihre Augen erschienen die für sie so typischen Lachfältchen. Denn, das konnte sie, gewichtige Themen wälzen, präzise Anordnungen geben, in heiklen Situationen die Contenance behalten und dabei ganz ernst bleiben. Doch wer sie gut kannte, sah um ihre Augen ein Schmunzeln.

Beobachtete sie sich in diesem Moment selbst und machte sich über ihr neuerdings so beschauliches Leben lustig? Würde sie mit dem heutigen Tag beginnen, ihre Lage nicht nur zu belächeln, sondern zu beschreiben? Sie zu beobachten, sie auszusprechen, sie zu besprechen?

Nur so konnte doch Veränderung entstehen.

Renina führte schon den ganzen Morgen Selbstgespräche, beobachtete ihre Reaktionen, beruhigte ihre Nerven, zügelte ihre Wut ...

Ein Bild, eine surreale Szene kam ihr dabei in den Sinn, die sie nicht verscheuchen konnte. In einem nicht kontrollierten Anfall von »Auge um Auge« hatte sie Fred doch einen Feuerlöscher an den Kopf geworfen und ihn, flink wie er war, natürlich verfehlt. Dafür hatte die Suite des Inselhotels sich umgehend mit weißem Schaum gefüllt, sie standen in der Innenwelt eines Sahnebaisers, und Fred hatte durch den Schaum geprustet: »Dann geh halt. Nun geh schon!« Es hatte beinahe belustigt geklungen, je geradezu nett.

Ging ihre Geschichte vielleicht doch noch gut aus? Könnten sie sich ihre Verletzungen verzeihen, Schwamm drüber, Schnee von gestern, und ganz einfach wieder ihre eigenen Leben leben?

Dankbar für diese geschenkte Freiheit? Ohne Groll, so wie ihre Mutter gerade gesagt hatte: »Wahrscheinlich kocht sie ... blickt auf den Garten ...«

Renina musste sich diesen Moment einprägen, sie würde sich sicher später oft an ihn erinnern: Da saß ihre Mutter auf Ernst Blochs Samtsofa und zeichnete ihren faden Alltag mit feiner Ironie ins Frühlingslicht. Einen Alltag, der von einer vermeintlichen Sicherheit getragen war, jetzt, wo der Krieg vorbei war und wo rundherum Aufbruchsstimmung herrschte. Ihre Tage hatten sich zu Wochen, zu Monaten, zu Jahren gereiht, nicht enden wollende Alltage, die sie heillos unterforderten.

Es war ein tristes und doch rührendes, ja sogar komisches Selbstporträt.

Wie viele solche außergewöhnlichen Frauen hatte dieses Jahrhundert hervorgebracht, und alle versteckten sich hinter frisch gewaschenen Gardinen und peniblen Kochrezepten?

Sie sollten sich alle einmal zusammentun und geschlossen Nein sagen!

Doch dazu brauchte es wohl einen Anreiz, eine Chance, jemand, der einen so sehr liebte, dass er Ansprüche stellte, und zwar die höchsten. Ernstl war mit Renina so anspruchsvoll gewesen, seit sie ein kleines Mädchen war.

»Umso mehr wird auch Ise sich in die *Lady* verlieben«, warf er gerade ein.

Renina musste es wagen, sie musste die Gelegenheit beim Schopf packen: »Was sagst du, Mami? Machen wir auch ein Porträt von Ise Gropius? Was gibt es Besseres, als eine Frau zu zeigen, die gegen Mauern der Ignoranz anläuft?«

Nini öffnete die Hände in einem wortlosen »Warum nicht?«.

»Ich abonniere die *Lady* gleich heute«, resümierte Erica. »Habe ich also richtig verstanden, ihr habt immer zwei exklusive Geschichten in der Ausgabe, ein Lebensporträt und eine politische Position. Dann das Neueste zu Frauen und Mode, Frauen und Literatur, Frauen und Musik, Frauen und … Theater, Kino, Küche, Garten, Reisen?«

»Frauen und Technik, Frauen und Handwerk, Frauen und Forschung nicht zu vergessen«, ergänzte Renina und dachte sich dabei: Zu Frauen und Gewalt komme ich eines Tages auch noch …

»Frauen und Forschung, eine tolle Alliteration«, bestätigte Erica.

Renina fiel dabei diese Monika wieder ein, die heute Morgen in ihrem Bett gelegen hatte. Der Gedanke war wie ein Eimer eisiges Wasser, den man ihr über den Rücken schüttete. Doch sie fing sich wieder, und ihre Rückennerven hatte zum Glück nichts von der plötzlichen Kälte erspürt.

»Natürlich bringe ich nicht immer alle Themen gleichzeitig, ich verteile sie je nach Aktualität. Und da ich mich nicht überall auskennen kann, hat Mami mir ein Netzwerk von Expertinnen zusammengestellt.«

Nini nickte herüber, sichtlich stolz auf diese Arbeit, für die sie ihre gesamten Kontakte von vor dem Krieg aufgefrischt hatte.

»Junge Frauen natürlich, keine betagten Damen wie wir«, erklärte sie dazu, »denn wer will heute noch die Geschichten von Fliegeralarm, Luftschutzkellern und Trümmerfrauen hören? Auch unsere diversen Fluchten vor einem Männerbund selbstherrlicher Irrer interessiert niemanden mehr. Warum hat das deutsche Volk diesen Abschaum denn gewählt? Warum haben wir dem Parvenü von Hitler denn die Macht zugestanden? Wir sollten uns schämen. Doch Schwamm drüber, Schnee von gestern.«

Schwamm drüber, Schnee von gestern ... Hatte Nini Reninas Gedanken von gerade eben gelesen?

Das war ja erstaunlich.

Währenddessen fuhr die Mutter fort: »Deutschland braucht junge, kompetente, emanzipierte Frauen, die etwas leisten wollen und in ihren Berufen wie im Leben etwas wagen.«

Was für ein Plädoyer!

»Also, es ist entschieden, Mami, im Winter fahren wir gemeinsam nach New York.«

»Gut«, konstatierte Ernstl und zog an seiner Davidoff, sichtlich zufrieden.

»Ich habe eine Reportage über Florence Knoll in der Tasche«, erläuterte Renina, »und wenn wir schon dort sind, machen wir auch ein Interview mit eurer Freundin Ise.«

»Der Frau Bauhaus.« Unvermittelt nahm ihre Mutter den sonoren Ton der Radiomoderatorinnen an, die neuerdings die Berichte zu Mode, zu Haus und Garten sowie zum breit gefächerten Thema Reisen übernahmen.

Warum bekamen sie nur diese Themen? Gut, dass man für Politik, Wirtschaft und Kultur etwas Zeit brauchte, war verständlich, lag die Tagesmeinung der Bürger doch seit Jahrhunderten in männlicher Hand. Doch warum überließ man den Moderatorinnen nicht wenigstens das Thema Küche? Weil es Männer waren, die beruflich beinahe täglich ausgingen, sich in ihren Clubs und Zirkeln auswärts trafen, vom Stammtisch des Dorfgasthauses bis zum Jägerstübchen des Bundespräsidenten? Durften nur sie die Qualitäten von Gastronomie beurteilen, und Frauen konnten froh sein, einmal in der Woche, im Monat oder sogar im Jahr ausgeführt zu werden, ohne sich je eine Meinung zu bilden?

Warum eroberten die Moderatorinnen nicht auch das Thema Forschung und Erziehung, wo es doch die Mütter waren, die verantwortlich gemacht wurden, wenn ein Kind sich nicht im Schulwesen zurechtfand?

Und warum nicht ein so simples Thema wie das Wetter, das doch nicht nur wissenschaftlich interessant war, sondern sich in Anbetracht von Familienthemen wie Gesundheit und Sport mit vielem, ja mit fast allem vernetzen ließ?

»Und da hätte ich noch eine weitere Idee, Kind.«

Jetzt zeigte Nini nicht nur Interesse an Couture und Emanzipation, sondern hatte sogar weitere Ideen?

»Warum machst du nicht auch ein Porträt von der allerersten Assistentin deines Professors, deiner Vorgängerin sozusagen? Die lehrt doch jetzt in New York? Und dürfte, genauso wie Ise, mit der intellektuellen Ivy League ihre Probleme haben.«

»Hannah Arendt? Die ist unerreichbar, Mami. Doch wenn du mich begleitest, bekomme ich vielleicht einen Termin.«

»Ha, ich bin dein Résistance-Ass.«

»Ganz genau.« Renina kramte im Geiste in den Arendt-Artikeln, die sie an der Universität gelesen hatte. »Eine klasse

Idee, tatsächlich. Erinnerst du dich an ihre Rezension von *Das Frauenproblem in der Gegenwart*, in der sie bedauert, dass die weiblichen Pflichten nicht mit der Unabhängigkeit der Frau zu vereinbaren seien? Der Artikel ist zwanzig Jahre alt, wir können alle gespannt sein, wie sie heute darüber denkt.«

»Frauen und Philosophie, tatsächlich ein weiteres knackiges Thema für eure *Lady*«, bestätigte Erica.

»Und auch ihre Meinung zur Technikkritik deines Herrn Heidegger ist interessant«, steuerte Ernstl einen weiteren Aspekt zur Diskussion bei. »Seine Zurück-zur-Erde-Philosophie mag ja in Anbetracht der überbordenden Ausnutzung unserer Ressourcen dringlich sein, doch führt sie nicht zu einem gefährlichen Aberglauben, der die Natur – und wer oder was repräsentiert die Natur? – über den Menschen stellt?«

Renina erinnerte sich an den Wortwechsel mit Fred an diesem Morgen, wo sie ihn gefragt hatte, wer den verruchten technischen Fortschritt, der unseren Planeten auf lange Sicht zerstören würde, denn ermögliche. »Ein schlichtes Ergebnis der Evolution«, hatte Fred geantwortet, und das war, musste sie anerkennen, eine wissenschaftlich korrekte Antwort.

»Der Professor tut sich schwer damit, sich neu zu erfinden«, gab Renina zu, »ihr wisst ja, dass er emeritiert wurde, das war eine notwendige Entscheidung.«

»Ich hörte, die Arendt schreibt an einer neuen Theorie des Tuns, die sie, in Anlehnung an euer ›Bauen – Wohnen – Denken‹ *Vita activa* nennen will?«

»Das stimmt, es geht ihr um die Formen menschlicher Aktivität, um das Herstellen, das Verdinglichen, das Handeln. Kurzum, es geht um die Frage: Welche Spuren hinterlassen wir in dieser Welt?«

»Könnte nicht sie uns also erklären, wie diese Welt aus den Sackgassen positivistischer und nihilistischer Fanatismen herausfindet?«

Nini stellte die essenzielle Frage des Vormittags.

»Also abgemacht, auf nach New York«, schloss Renina und nickte ihr zu. Die Mutter nickte zurück.

»Wann wird die erste *Lady* gedruckt?« Erica kam wieder auf die Fakten zu sprechen.

»In einer Woche. Das Layout steht, alle Fotos sind eingetroffen, mir fehlt nur noch ...«

»Der Leitartikel.«

Renina war baff, hatte Erica schon eine Zeitung gemacht? Oder als Journalistin gearbeitet?

Vielleicht. Sie wäre ein unbezahlbarer Schatz für den Verlag.

»Frau Taut, wann fangen Sie bei uns an?«, wagte sie eine Avance.

Erica musste schallend lachen. Tipp sprang von ihrem Platz auf und legte schwanzwedelnd die Schnauze auf ihr Knie. Es war ein schönes Bild, die lachende Dame in kreideweißem Bouclé, der seidenschimmernde Hund mit den Bernsteinaugen, beide in das goldene Licht der Vormittagssonne getaucht.

Der Leitartikel, ja, den trug Renina seit Wochen mit sich herum. Und heute war der Tag, an dem sie ihn beginnen würde.

Sie würde die Eltern jetzt gemeinsam mit Erica allein lassen und sich in ihrem Dachgeschoss umziehen gehen. Dann würde sie in den Reitstall spazieren, ein Weg von zwanzig Minuten, und mit Basil ausreiten, wie immer freitagnachmittags, wenn ihre Verlagswoche offiziell beendet war.

Dieser Nachmittag war ihr Kopf-frei-Ritual, ihre Erdung

durch die Arbeit mit den Pferden. Es war zwar kein Vergleich zu vorher, bis vor zwei Jahren, als sie noch täglich für ihre Turniere trainiert hatte, aber immerhin eine kleine Erinnerung daran.

Die Luft draußen würde ihr guttun, sie würden im gestreckten Galopp über die Felder stürmen, und dabei würde ihre Entscheidung, Fred betreffend, sich in ihr festigen.

Voll frischer Gedanken würde sie hierher zurückkehren, duschen, sich fein anziehen, vielleicht den von Frau Lohrer genähten schwarzen Marlene-Smoking, ihr erstes »modernes« Stück. Denn für das Konzert heute Abend wollte sie Erica Ehre machen. Über die Spätnachmittagsstunden ginge sie dann in den Verlag und begänne ihren Artikel.

Und endlich wusste sie, wie der heißen würde.

»Ich überlege es mir!« Erica klopfte belustigt Tipps Schultern ab, während sie sich erhob. »Aber jetzt gehe ich erst einmal das schöne Seeufer entlang zurück ins Hotel. Wie viel Uhr ist es, gegen zwölf? Dann bleibt mir vor dem Mittagessen noch Zeit für eine Runde um euer Wahrzeichen, das Konstanzer Konzil.«

»Also bis heute Abend.« Ernstl erhob sich ebenfalls. »Wir freuen uns sehr.«

»Eine allerletzte Frage, verzeiht, liebe Freunde.« Erica verharrte vor dem Porträt der Charlotte von Stein. »Was, wenn das bornierte Nazi-Gefolge, und von dem gibt es noch genug, eure *Lady* in der Luft zerreißt? Ja Renina sogar bedroht? Ich habe mit Bruno erlebt, wie gefährlich diese Bande werden kann. Gewalt, zumal gegen Frauen, ist für sie ja ein ererbtes Recht, sie wurden dafür mit Orden und Auszeichnungen überhäuft.«

Die Eltern sagten nichts.

Wahrscheinlich hatten sie ihrer Tochter nicht mit solchen

Ängsten die Flügel stutzen wollen. Sie sahen sich diagonal durch den Raum an.

»Vor Gewalt kann man sehr wohl Angst haben.« Renina wurde es wieder schlagartig kalt.

Heute Morgen auf der Veranda hatte sie diese Angst, die Angst vor der eigenen Ohnmacht, ergriffen, und beinahe hätte sie Gewalt mit Gewalt vergolten. Erica hatte wohl vom ersten Moment ihrer Begegnung an erkannt, dass sie gerade auf einem haarsträubend schmalen Grat balancierte: Zwischen Gewalt gegen andere und Gewalt gegen sich selbst war der Grat schmaler, als man dachte ...

»Oder besser vor der Ohnmacht, die Gewalt in uns bewirkt.«

Sie merkte, wie ihre Stimme schwankte, über den Salon legte sich gespannte Stille.

Doch bloß kein Drama jetzt!

Nach diesem herrlichen Gespräch!

Reninas Zukunft lag in ihrer *Lady*, die rundum alle zu beflügeln schien, und die Sache mit Fred würde sich schon irgendwie lösen. Sie müsste nur innerlich zur Ruhe finden.

»Diese Ängste bestehe ich aber. Ich habe ja ... euch«, schloss sie also etwas tonlos, aber bestimmt.

Erica faltete spontan die Hände, während Nini sich aufsetzte und von ihrem Sofa aus leise zu Renina hin applaudierte. Dann sandte sie Erica Handküsse durch die Luft, fischte sich die Portweinflasche vom Bartischchen und schenkte sich einen Schluck nach.

Sie würde, während ihr Mann Erica die Treppe hinunter zur Haustür und wahrscheinlich auch bis ans Einfahrtstor begleitete, hier unter ihrer Venedig-Vedute sitzen bleiben und in den Garten blicken.

Doch es war ein Glanz in ihren Augen.

Goldoni hätte gesagt, ein Verschwörerblick.

Bevor Renina die Flügeltür zur Eingangshalle hinter Erica und ihrem Vater schloss, sah sie sich nochmals zu ihrer Mutter um. Und da war die Überraschung: Sie sah ihr nach. Ihre Blicke trafen sich, kurz, aber direkt. Nini zwinkerte ihr kaum merklich zu, dann aber wandte sie sich ab, fuhr sich durch die lichtgrauen Haare, die sie seit Neuestem im Nacken kurz trug, und suchte ihr Spiegelbild in der Vitrine.

IM HOERLEPARK

Renina flog mit Tipp die Treppe ins Dachgeschoss hinauf.

Woher kam diese neue Energie? Hatte in ihrem Leben jemand Licht gemacht?

Sie hängte ihr Kostüm und ihre Bluse ans Fenster, die brächte sie gleich morgen in die Reinigung. Sie würde in den nächsten Wochen alles andere anziehen, was sie im Schrank hatte, um sich ja nicht mehr an die Suite des Inselhotels zu erinnern.

Hätte Fred nur den Humor, mit dem er vorhin in ihren Gedanken gesagt hatte: »Dann geh halt. Nun geh schon!« Könnte er nur einmal einfach lustig sein, einmal zu irgendjemand nett? Nein, lachen war »für Idioten«, freundlich sein »machte einen zum Diener«, wie er Renina oft belehrt hatte. So sahen es wohl die, die sich endlos wichtig nahmen?

Dafür konnte er den weltenrettenden Helden und den mies gelaunten Übelnehmer auswendig, diese Wagner'schen Rollen präpotenter Widerlinge verkörperte er bis in die Haarspitzen.

Das Bild von der mit weißem Schaum gefüllten Suite und ihrem plötzlich einmal souveränen Siegfried ging ihr nicht mehr aus dem Kopf, und sie musste laut lachen, während sie vor ihrem Waschtisch stand und sich Gesicht, Hals und Dekolleté wusch, weiter bis zu den Achseln, zum Bauch und bis hinunter zu den Beinen. »Eine Katzenwäsche« hatte Weta das immer genannt.

Wenn die wüsste!

Und doch, wer konnte ahnen, was die junge Weta in der

Künstlerkommune von Worpswede alles erlebt hatte? Vielleicht war ein Aufwachen neben zwei Nackten, die man erst am Abend zuvor kennengelernt hatte, für sie der Alltag gewesen?

Wahrscheinlich sogar.

»Du armer Fred«, probierte Renina ein Resümee des heutigen Morgens laut vor sich hin.

Sie wartete ab, es klang verlogen.

»Nein, seien wir ehrlich: Du Widerling!«

Das klang gut.

Weta hatte das sicher auch gesagt, als sie entdeckt hatte, dass sie von irgendeinem Mann schwanger war, der sich nur für sich selbst interessierte.

Renina fischte ihre Reitsachen aus dem Schrank, die schwarzen Jodhpurhosen, die weiße Baumwollbluse, das Tweed-Jackett. Sie zog sie an, dann die Stiefeletten, die auf dem Treppenabsatz immer poliert bereitstanden, und flog mit Tipp wieder die Treppe hinunter. Sie landeten direkt in der Küche, wo Weta dabei war, die Sauce ihrer Quenelles de brochet abzuschmecken. Bei den Freysolds waren seit Jahrhunderten nicht nur die Vornamen französisch, sondern auch die Mode und die Küche.

»Was machst du noch hier, Reninakind? Ich denke, du gehst reiten?«

»Was hältst du von Fred?«

Weta verschränkte die Arme über der Brust, über eine so direkte Frage erstaunt.

»Nun, was? Sag's ehrlich, Weta.«

»Ehrlich?«

»Ehrlich.«

»Nichts.«

»Gut!«

Draußen ging der Wind. Und zwar stark. Der See trug Schaumkrönchen und zischte ans Promenadenufer, sodass Tipp direkt am Wasser entlangsprang. Sie liebte Wellenfangen.

Gemeinsam liefen sie das Seeufer bis zur Mündung des Eggerbachs entlang, dann aber nicht weiter um die Küste des Hörnles herum, sondern die Abkürzung den Hockgraben hinauf bis zum Lorettowald. Von hier hatte man den Höhenblick aufs andere Ufer, auf Meersburg und die trutzigen Silhouetten seiner Schlösser. Zwei schwanenweiße Fähren kreuzten sich auf der Mitte des Sees, der geradezu stürmisch aussah, wie vor einem aufziehenden Unwetter. Renina musste unweigerlich an heute früh denken, als Fred sie an die Wand des Badezimmers gepresst hatte und ihr Atem genau solche schweren Gewitterwolken auf den Spiegel gemalt hatte.

Wie schnell hatte Fred heute Morgen sein Gesicht verändert, als sie ihm ankündigte, sich scheiden zu lassen!

Aus dem blendenden Eroberer war plötzlich ein durch und durch gewöhnlicher Getriebener geworden. Ein Schlägertyp, den man sich in zwielichtigen Bars, auf verlassenen Bahnhöfen oder an nächtlichen Tankstellen vorstellen konnte, doch sicher nicht im Umfeld, das er sich für sein strahlendes Ego erschaffen hatte ...

Gerade vorhin, kurz vor ihrem Aufbruch aus der Mozartstraße, hatte Erica sie vor genau solchen Zeitgenossen gewarnt. Als ob sie Fred und seine Generation von Nazi-Erben und Kriegsgewinnlern nur allzu gut kenne.

In Renina stieg erneut die Angst auf.

Mit ihrer *Lady* ginge sie genau diese Mitläufer an.

Sie sah nach Tipp, die im raschen Tempo, das Renina vorgegeben hatte, vor ihr den Hang hinunterlief. Dann blickte sie wieder in die Ferne, aufs gegenüberliegende Ufer. Über Meersburg braute sich ein Wolkenturm zusammen, der Giovanni Tiepolo gefallen hätte.

Wie schnell auch dieser See sein Gesicht veränderte!

Renina hatte sich immer noch nicht an dieses Phänomen gewöhnt, auch wenn sie jetzt schon seit Jahren hier lebte. Zu Beginn in der Lindauer Bucht, am Ende des Sees, waren die Wetterkapriolen nicht so auffällig gewesen, doch hier in Konstanz, in der Mitte des Sees, der beinahe ein Meer war, tanzten die Fallwinde Hexentänze.

Sie blieb kurz stehen, in das Betrachten des schwefelgelb umrandeten Wolkenturms vertieft, dann lief sie weiter im Laufschritt den Waldweg nach Staad hinunter.

Aus dem Gespräch mit Erica und ihren Eltern fiel ihr im Rhythmus ihrer Schritte auch die Arendt wieder ein. Die hatte während ihrer Assistenzzeit bei Heidegger, und da musste sie so alt gewesen sein wie Renina jetzt, erste Gedichte geschrieben. Hannah Arendts Überzeugung nach prägten sich Gedichte aufgrund ihres Rhythmus und ihres Reims am allerbesten dem menschlichen Gedächtnis ein.

Und das war wahr.

Renina begann, die letzten vier Zeilen eines der frühen Arendt'schen Gedichte aufzusagen, das ihr immer besonders gefallen hatte und das »Trost« hieß.

»Die Stunden verrinnen,
Die Tage vergehen.
Es bleibt ein Gewinnen:
Das bloße Bestehen.«

Sie hatte die Zeilen nur ein Dutzend Mal laut deklamiert, da waren Tipp und sie schon im Hoerlepark angekommen.

In diesem grünen Küstenstreifen mit Blick auf die Weinberge und Obstwiesen des gegenüberliegenden Ufers lagen die Konstanzer Sport- und Freizeitreinrichtungen aufgereiht, der Tennisclub, der Hockeyclub, die Segelschule, der Wassersport- und der Fußballverein, dazu ein Campingplatz, ein Naturschwimmbad und eine Grillstation.

Als sie die alten Kutschremisen im Norden des Parks erreichte, die Basils Eltern für eine kleine Gruppe Turnierreiter zum Reitstall ausgebaut hatten, war Renina zwar außer Atem, aber froh, dass die Müdigkeit, die sie bei den Kamelientöpfen der Adele Zeppelin überfallen hatte, endgültig verflogen war.

Basil hatte Birke, Reninas Nachwuchsstute, schon gesattelt. Sie stand neben dem Abreitplatz, der auf dem ehemaligen Rangierhof zwischen den Remisen und den Ställen der Kutschpferde angelegt worden war. Um den rechteckigen Abreitplatz herum zogen sich die weithin sichtbaren, weiß gestrichenen Planken eines Turniervierecks, dann eine doppelte Allee von Platanen, die im Sommer erfrischenden Schatten spendeten.

Basils Vorfahren waren die Wagner der Bodenseeregion gewesen, ihre Lastkutschen hatten die Obst- und Weinernte, seit jeher der wichtigste Wirtschaftszweig der fruchtbaren Seeufer, besorgt, und die Thurn und Taxis hatten ihre berühmten Berline-Postkutschen bei ihnen bauen lassen. Zwischen den Kriegen hatte Basils Vater visionär auf den Vertrieb der neu aufkommenden Automobile umgesattelt und den Kutschbetrieb eingestellt. Heute war die Firma das allererste Autohaus der Gegend.

Basil ritt Reninas Grand-Prix-Stute Pappel auf dem Abreitplatz. Sie ging wie immer konstant am Zügel, ein Schaustück der Durchlässigkeit. Birke und Pappel erkannten Renina von Weitem, und selbst Pappel, die ältere der beiden Trakehnerinnen, die ein echter Profi war, schnaubte ihr kurz zu.

»Noch ein wenig Geduld bis zum Ausreiten, bitte?«, rief Basil zu ihr herüber. »Wir haben morgen ein Turnier, und die fliegenden Wechsel haken.«

Haken? Das ließe sich die betagte Pappel nicht zweimal sagen, sie war die Königin der Fliegenden.

Renina begrüßte Birke kurz und ging dann mit Tipp bis ans Ende des Abreitplatzes. An der linken Ecke der kurzen Seite stellte sie sich mit ein wenig Abstand vor den weißen Turnierplanken auf. Tipp setzte sich neben sie und schaute gespannt auf die lange Seite gegenüber, wo Basil mit Pappel zur Versammlung ein paar Rechtsvolten drehte. Wie vorauszusehen war, wiederholte er die Volten auch auf ihrer langen Seite, dann bog er von der gegenüberliegenden Ecke auf die Diagonale, und Pappel begann ohne sichtbare Hilfen ihre perfekten fliegenden Dreierwechsel. Drei Sprünge Rechtsgalopp, Wechsel, drei Sprünge Linksgalopp, Wechsel, drei rechts, Wechsel, drei links, Wechsel, drei rechts, Wechsel, drei links. Fünf klar durchgesprungene Wechsel mussten auf die Diagonale passen, Pappel ermaß die Länge blind, in jahrelang erarbeiteter Routine.

Es war eine Freude, ihr zuzusehen.

Dann galoppierte Basil auf der linken Hand einmal ums Viereck, ließ Pappel an der langen Seite leicht die Zügel aus der Hand kauen und nahm sie vor der Ecke wieder auf. Versammlung. Pappel schob sich automatisch zusammen, man konnte zusehen, wie die Sprünge ihrer Hinterhand sich unter die der Vorhand setzten.

Die Zweierwechsel schien Basil auszulassen, die konnte Pappel im Schlaf, doch jetzt kam die letzte, die schwerste der Grand-Prix-Aufgaben dran, die Einerwechsel. Basil bog mit Pappel auf die Diagonale, fünfzehn Wechsel von links nach rechts nach links nach rechts und so weiter standen an, da verlor man leicht das Gleichgewicht, sowohl als Reiter als auch als Pferd. Die Sprünge mussten hoch und langsam angesetzt sein, damit keine Anstrengung sichtbar war und das Pferd die Bewegung durchsprang, als wäre es ein Spaziergang. Der Reiter durfte außer einem minimalen Verschieben der Unterschenkel gar nichts tun, nur mitgehen, in dieser Berg-und-Tal-Fahrt mitschwingen und hoffen, dass man die geforderte Sprungzahl gelassen und gut vor der Ecke erreichte.

Pappel setzte zum ersten Wechsel an. Sie richtete sich auf, sie entwickelte den ihr eigenen Schwung, ja sie begann zu schweben.

Das war kein Reiten mehr, das war Tanzen.

Sie schwankte nicht, sie wich nicht über die Vorhand aus. Sie berührte den Boden leicht wie eine Feder.

Als sie nach präzisen fünfzehn Wechseln bei Renina angekommen war, sah sie sie aus ihren perlenschwarzen Augen direkt an.

Vielleicht zwinkerte sie ihr sogar zu? Wie eben gerade ihre Mutter im Salon der Mozartstraße?

Zwei illustre Damen, die im Leben viel an Vergangenheit hinter sich gelassen hatten und die doch angekommen waren in einer neuen Zeit …

»Du siehst, Basil, sie kann's«, rief Renina den beiden zu.

Basil galoppierte weiter, schlug den Zirkel ein und ließ Pappel die Zügel aus der Hand kauen. Es war ein Bild eingespielten Vertrauens, der eine verließ sich auf die andere, denn der Erfolg war immer geteilt, genau wie die Schmerzen, die Enttäuschungen und die Zweifel, die ein Turnierleben mit sich brachte.

Und eigentlich, ja natürlich – Renina erkannte in diesem Augenblick die Analogie, war sie all die Jahre zuvor blind gewesen? – das Leben an sich.

Pappel und Birke hatten Renina im Leben Glück gebracht. Aber auch selbst Glück gehabt.

Zunächst hatten sie in Ninis Fluchtwaggon in den Süden einen Platz gefunden, sie hätten auch dem Bombenhagel über Berlin zum Opfer fallen können. Dann war ihnen Basils Stall zur neuen Heimat geworden. Schließlich, nachdem Renina seit zwei Jahren keine Turniere mehr reiten konnte, hatten sie ihren neuen Reiter in Basil selbst ausgemacht.

Renina vermisste die Arbeit mit den Pferden seither, eigentlich vermisste sie sie täglich. Doch wie oft war sie, als sie noch allwöchentlich Turniere ritt, vor den Dressurrichtern atemlos zusammengesackt, hatte ihre Aufgabe abbrechen müssen, weil ihr schwindelte. Dr. Binswanger, der Chefarzt des Kreuzlinger Sanatoriums Bellevue, den sie konsultiert hatte und bei dem auch ihre Mutter in Behandlung war, hatte bei seinen Untersuchungen von »emotionaler Überlastung« gesprochen, die asthmaartige Anfälle auslöste, sich also in einer Verengung der Bronchialkapillare niederschlug. Das könnte, nein, würde sogar eines Tages tödlich enden, denn eine prophylaktische Behandlung aus Kamelien-Essenzen wäre, obschon ratsam, nie effizient genug, einen Notfall abzuwenden.

Ernstls beide Hände hatten beim Abschlussgespräch im Sanatorium gezittert. Nini war so weiß geworden wie gerade eben auf dem Samtsofa der Mozartstraße.

Renina hatte also einen Nachreiter für Pappel und Birke suchen müssen und Basil und seinen Bruder Berndt gewählt, die mit diesen Pferden das höchste Niveau der Dressurkunst erklimmen konnten.

Hätte sie damals nicht so konsequent entschieden, wäre sie vielleicht schon tot? Ericas Bericht von Bruno Tauts tragischem Ende heute Morgen hatte ihr gezeigt, wie schnell ein solcher asthmatischer Anfall zum Äußersten führen konnte.

»Ja, sie kann's. Aber nur, wenn ihr Reninaliebling ihr das Händchen hält«, rief Basil jetzt gut gelaunt zurück.

»Ach wo, Basil. Das wird großartig morgen. Berndt wäre von euch beiden begeistert.«

»Dich wollen wir begeistern, nicht Berndt.«

Von seinem großen Bruder sprach Basil ungern, der Schmerz war noch zu frisch. Berndt war letzten Winter mitten beim Training vom Pferd gesackt. Blinddarmdurchbruch. Als die Rettung zum Stall kam, war er schon tot.

Basil musste seither das elterliche Autohaus führen, und dabei war sein Traum gewesen, eine Baumschule zu gründen. Sein Botanikstudium hatte er nach Berndts Tod notgedrungen an den Nagel gehängt.

»Kämst du mit mir aufs Turnier, Renina? Es ist mein erster Grand Prix mit Pappel. Und Donaueschingen ist nicht weit.«

»Ja, warum eigentlich nicht?«

»Wirklich?« Basil drehte sich im Sattel zu ihr um. »Du hast morgen nichts Atemberaubendes mit deinem Fred-the-Conqueror vor?«

»Diesmal nicht.«

»Er ist unpässlich? Muss zum Friseur nach Paris? Zum Schneider nach London?«

»Er ist Vergangenheit.«

»Ach, Vergangenheit?«

Basil versammelte Pappel wieder, nahm über einige lockere Galoppsprünge die Zügel auf und bog auf die Mittellinie. Bei X, auf dem exakten Mittelpunkt des Vierecks, parierte er sie zum Halt. Sie stand aus dem Flug.

Ein Prachtstück von einem Pferd! Kein Zittern, kein Wackeln, nicht das klitzekleinste Nachgeben eines Hufs.

Basil klopfte ihr den Hals ab und kam im Schritt auf Renina zu: »Wie schön! Dann gehört die Zukunft ja uns.«

»Lass mir die Birke.« Er sprang von Pappel ab und gab Renina die Zügel in die Hand. »So kann ich sie auf den Feldwegen hernehmen. Sie liebt Traversalen im Freien.«

»Auf offener Straße? Vor den Augen des Königs?« Renina kam eine Zeile aus Carl Sternheims Komödie *Die Hose* in den Sinn, in der der Protagonist, ein gewisser Herr Maske, ein nur scheinbar perfekter Untertan, alle, aber auch alle seine persönlichen Befindlichkeiten in der Öffentlichkeit zeigen muss. Seine Bildung, seinen Status, seinen vermeintlichen Anstand, der in Wahrheit aber gefährliche Begierde ist. Klarerweise führte diese Referenz sie in Gedanken wieder zu Fred. Der hatte es sogar geliebt, »auf offener Straße« Sex zu haben. Und sie hatte mitgespielt. Hatte nicht ein einziges Mal Nein gesagt.

Sie war nicht nur ein Schwächling, nein! In gewisser Weise war sie auch ein Feigling, wie Erica Fred gerade eben in der Mozartstraße genannt hatte. Sie hatte ihm alle jene Übergriffe durchgehen lassen, sie hatte seiner Begierde die Zügel lang gelassen, und er hatte diese Unbedachtsamkeit, ja diese mangelnde Konsequenz ausgenützt.

Der, der nicht Nein sagte, machte sich schuldig.

Renina wankte bei diesem Gedanken ein wenig, doch sie fand Halt an Pappels Schulter, riss sich zusammen und stieg auf.

»Ja, manche sind eben extrovertierter. Birke gehört zu jener Sorte«, antwortete Basil, während er Birkes Mähne glatt strich, ihr einen Klaps auf die Hinterhand gab und dann ebenso aufstieg.

Wie verliebt er in diese beiden Stuten war!

Es war eine Freude, ihm zuzusehen, wie er sie betrachtete, wie er sie berührte, voller Liebe und Respekt, doch mit dem notwendigen allerhöchsten Anspruch. Ein Anspruch, wurde Renina klar, während sie Basil und Birke betrachtete, war das genaue Gegenteil von tumber Gewalt. Es gab in einem gemeinsamen Ziel keine Beschränkung und keine Unterordnung. Es gab nur den endlosen Raum ...

Jede Minute, die Basil nicht im Autohaus stehen musste, um seine bildschönen, aber sündhaft teuren Mercedes-Benz zu verkaufen, verbrachte er mit diesen ihren Pferden.

»Du kommst mit Birke gut zurecht?«

»Sie macht Fortschritte. Aber sie kann auch eine Diva sein.«

Birke war Pappels Tochter und hatte als Fohlen die abenteuerliche Reise im Eisenbahnwaggon von Berlin nach Konstanz angetreten. Ernstl hatte sie aus einem höchstgekörten Hannoveraner-Hengst gezogen, sie war demnach massiver gebaut und langbeiniger als Pappel, hatte dafür aber nicht den feinen Araberkopf, der typisch für die reinen Trakehner war. Ihre Gesamtstruktur war dennoch ideal für die Dressur, sie könnte eine ganz große Protagonistin des Vierecks werden.

Renina hatte sie bis zur mittelschweren M-Klasse ausgebildet und stets als Zweitpferd mit auf die Turniere genommen, um dort zunächst die Anfängeraufgaben, dann aber auch die höheren Prüfungen mit ihr zu reiten. Birke machte immer eine gute Figur, hoch gewachsen und scharlachrot, wie sie war, doch sie war weniger zuverlässig als Pappel. Von manchen Turnierwochenenden waren sie ernsthaft zerstritten zurückgekehrt.

Für Birke war es gut, einen männlichen Reiter zu haben, denn zickige Stuten konnten auf Dauer nicht mit Reiterinnen.

»Bist du mit Birke inzwischen auch schon einen Prix St. Georges gegangen?«

Im Moment, in dem sie das fragte, fiel ihr auf, dass sie Basil seit einem geschlagenen Jahr nicht nach seinen Turniererfolgen gefragt hatte.

Warum?

Die Antwort war ernüchternd. Fred hatte sie mit seiner *Siegfried*-Bravour aus ihrem bisherigen Leben entführt.

»O ja, Frau Guck-in-die-Luft. Morgen geht sie ihren dritten. Du wirst sehen.«

Sie bogen vor dem Abreitplatz auf die Straße und trabten rechter Hand Richtung Allmannsdorf. Von dort würden sie die Hügel hinauf zum Sonnenbühl reiten, dann im gestreckten Galopp über die Felder.

»Und? Wie lief es bisher?«

»Einmal die Höchstnote für die Nachwuchsklasse der Siebenjährigen, einmal dritter Platz.«

»Sie liebt dich also.«

»Wer weiß?«

Basil war ein bescheidener Junge, und wie angenehm war das nach diesem rüden Morgen mit Fred!

Renina wiederholte in Gedanken ihre Unterhaltung mit Basil beim Losreiten vom Abreitplatz. Und plötzlich wurde ihr klar, dass sie in puncto Fred gedacht hatte: »Der hatte es sogar geliebt, ›auf offener Straße‹ Sex zu haben.« Genau so hatten ihre Gedanken es formuliert, im Plusquamperfekt, der vollendeten Vergangenheit.

Eine Welle von Glück durchströmte sie.

Unter ihr trabte Pappel, ihre wundervolle Pappel, die ihr alles beigebracht hatte, was sie je hatte lernen können, denn ein gutes Pferd bildete den Reiter aus, nicht umgekehrt. Vor ihr ritt Basil, neben Brix der zuverlässigste ihrer Freunde, der ihre junge Birke sichtlich gut in der Hand hatte. Ihre Eltern saßen bei duftenden Quenelles de brochet und hatten Gesprächsstoff für das ganze Wochenende. Erica Taut knöpfte ihrem Verleger gerade fünf Konzerttickets und eine mondäne Abendessenseinladung ab. Und der Dr. Dietrich, ein Sternheim'scher vermeintlich perfekter Untertan, existierte für sie nur noch in der vollendeten Vergangenheit.

BASIL

Sie erreichten den Feldweg zum Sonnenbühl und trabten nebeneinander.

»Vorhin war übrigens dein Bruder bei mir«, sagte Basil mehr
zu sich selbst als zu ihr. In seiner Stimme lag Besorgnis.

Also hatte Weta recht gehabt?

Er schwieg aber, statt weiterzuerzählen, wechselte vom leich-
ten Trab in den ausgesessenen und ließ Birke die Schritte verkürzen. Bergauf war das eine hervorragende Übung, um das Schulterherein und die Trabtraversalen zu üben, die sie morgen in der
Prix-St.-Georges-Aufgabe auf dem Turnier in Donaueschingen
zeigen müssten. Basil stellte sie leicht nach rechts, und Birke
trabte ein Dutzend Schritte im Schulterherein. Kein Taktfehler,
kein Verbiegen, kein Ausweichen über die Schulter. Sie schien
amüsierter als auf dem Abreitplatz und auch aufmerksamer.

Ja, manchmal lernte man besser in ungewohntem Umfeld.

Nach dieser perfekt absolvierten Übung stellte er sie am linken Außenrand des Feldwegs wieder gerade und tätschelte ihr
die Schulter gleich vor den Sattelpauschen. Für einen Außen-
stehenden oder einen Dressurrichter kaum einzusehen, war das
der Ort, den auch Renina immer gewählt hatte, um ihre Stuten
zu loben.

Jetzt aber würde es ernst werden, er gab die Hilfen zur Trabtraversale. Birke spitzte die Ohren. Vom linken Wegrand begin-
nend, warf sie die Schulter etwas übereilt nach rechts – und ver-

kantete. »Langsam, Kleines«, raunte Basil ihr zu und richtete sie gleich wieder gerade. Verpatzte erste Schritte in die Traversale konnte man nicht korrigieren, die Linie begann schief und endete schief, also musste man neu anfangen.

Renina blieb mit Pappel zurück und ebenso Tipp, sie gaben das Publikum.

Basil klopfte Birke einmal mit den Fersen wach, verkürzte nochmals die Trabtritte und begann erneut. Und jetzt startete Birke durch. Die Schulter ging geschmeidig voraus, die Hinterhand setzte unter, und sie warf ihre langen Beine in die Diagonale. Basil verlagerte sein Gewicht nach links, um ihrer Schulter jede Blockade zu nehmen, und der Pferdekörper machte sich ganz nach rechts frei. Wie ein Segelboot bei bestem Wind kamen die beiden nach einigen hingeschmissenen Trabschritten am anderen Wegrand an. Jetzt Geraderichten, dann nach links umstellen, das ging in wenigen Sekunden, und sie marschierten in die andere Diagonale los.

An den linken Wegrand zurückgekehrt, ließ er sie nochmals einige Tritte den Trab verkürzen. Ein Ruhefinden vor der letzten Prix-St.-Georges-Lektion. Dann aber legte er zum Mitteltrab zu.

Birkes Vorderbeine flogen gestreckt durch die Luft.

Vor dem Brückchen über den Eggerbach waren die beiden fertig und verkürzten wieder zum versammelten Trab. Lektion beendet, Basil parierte zum Schritt und ließ Birke die Zügel lang.

»Genug für heute.« Er klopfte ihr den Hals ab, während Renina und Tipp nachkamen. »Die Galopparbeit für morgen kann sie auswendig.«

»Ihr seid ein schönes Paar.«

»Danke. Doch schau, wie sie schwitzt. Pappel schwitzt nie.«

»Ach, Pappel ist ja auch keine Anfängerin mehr. Nur die Erfahrung macht uns gelassen.«

»Wenn du das sagst, Reninaschatz.«

»Also, Eduard war hier?«, nahm Renina jetzt im Schritt das Gespräch von vorhin wieder auf. »Er wird sich doch nicht auf Pump bei dir einen Mercedes bestellen?«

Basil musste schallend lachen. »Der und Autos? Hat er überhaupt einen Führerschein?«

Renina lachte mit. Recht hatte er, niemand war unpraktischer in Alltagsdingen als ihr Bruder.

Autofahren? Schuhe putzen? Koffer tragen? Rasen mähen? Blumen gießen? Beete umgraben?

Das machten andere.

Vielleicht hatte man die Flieger so gedrillt? Sie schwebten über den Dingen der weltlichen Welt?

»Einen Führerschein hat er schon. Doch du hast recht, ein Auto ist ihm viel zu banal. Wenn, dann pumpt er dich gleich um einen Sportflieger an.«

»Erst einmal soll er arbeiten.«

Renina konnte darauf nichts antworten. Basil war nicht nur von Natur aus bescheiden, sondern auch ohne jeglichen Luxus aufgewachsen. Eine Frage der Erziehung, und man sah, wie gut ihm das getan hatte.

Vielleicht hatten ihre Eltern Eduard zu sehr verwöhnt? Zu sehr für nichts gelobt?

»Wie läuft es bei dir im Autohaus?« Renina wollte Basil erst einmal von seinen Erfolgen berichten lassen, das Problem Eduard könnten sie später besprechen.

»Oh, dort? Ausnehmend gut. Die neue Mercedes 220er-Linie ist ein Hit, du glaubst es nicht. Der erste Sechszylinder-Ottomotor auf dem Markt, da waren sie in Stuttgart sehr weitsichtig. Von der Limousine habe ich schon vier Dutzend verkauft, und gerade kam der Auftrag für die württembergische Polizei herein, sie wollen als Tourenwagen ausgebaute viertürige Cabriolets, ganze zwanzig an der Zahl. Die haben Geschmack, die Gendarmen.«

»Ich freue mich für dich.«

»Die neuen Trendfarben sind British-Green und Bordeaux-Français, und Mercedes nennt sie genau so. Als ob der Krieg nie stattgefunden hätte.«

»Perfektes Marketing, sie werden sie bei unseren Nachbarn wunderbar verkaufen.«

»Tatsächlich, das kann ich in den europäischen Verkaufslisten nachvollziehen. Beide Farben sind hinreißend mit dem cremefarbigen Interieur.«

»Aber nichts geht über das Weiß *unseres* Coupés.«

Mit dem im letzten Herbst herausgekommenen Mercedes 220er-Coupé, das auf dem Chassis des zweisitzigen A-Cabriolets der Vorkriegsjahre gebaut worden war, verband sie eine kleine Geschichte.

Basil hatte von seinem Bruder einen Sonderauftrag erhalten, die Auslieferung des allerersten in Stuttgart gefertigten Coupés nach Paris, natürlich sogar mit den brandneuen Sonderausführungen des ersten Stahlschiebedachs und der ersten gewölbten Windschutzscheibe der Automobilgeschichte ausgestattet. Eine Reise nach Paris kam Renina in jenem Moment sehr gelegen, da sie dort Christian Dior interviewen sollte, und so hatte sie ihm ihre Begleitung angeboten.

Was war das für ein Erlebnis gewesen!

Die Karosserie des Coupés war für ihren Geschmack zwar etwas altmodisch, so wie es die ganze 220er-Linie war – hoch geschwungene Great-Gatsby-Kotflügel und eine viel zu steile Nase als Kühlergrill, bei einem Pferd hätte man gesagt: eine Ramsnase, dazu ein viel zu kurzes VW-Käfer-Heck ...

Doch der Motor! Das tief gelegte Fahrgestell! Und somit die Straßenlage!

Renina hatte es kaum erwarten können, dass Basil sie auf der Höhe von Karlsruhe bat, sich ein wenig ausruhen zu dürfen. Er hatte auf dem Beifahrersitz ein Mittagsschläfchen gehalten, und sie hatte das Volant übernommen.

Und wie viele galante Herren hatten sie kurz darauf verfolgt ...

Kein Wunder, wann sah man auf einer deutschen Autobahn schon eine Frau am Steuer und noch dazu am Steuer des gerade eben auf dem Genfer Auto-Salon präsentierten Mercedes Coupé?

Die Herren hatten alle Tricks angewendet, aufholen, überholen, ausbremsen, Slalom fahren. Sie hielten Schilder mit »Ein Kaffee?« oder »Zigarettenpause?« durch ihre heruntergelassenen Seitenfenster.

Abgesehen von solchen Ablenkungen war es aber einfach nur herrlich gewesen, den Motor auf 150 Stundenkilometer aufzudrehen und die sechs in Reihe geschalteten Zylinder schnurren zu lassen. Wälder und Städte flogen vorbei wie im Traum.

»Ja, *unser* Coupé ...«, bestätigte Basil, »meine Klientin in Paris schien höchst zufrieden. Ich bekam per Post sogar eine signierte Autogrammkarte zum Dank.«

»Verrate nicht zu viel, ich weiß, deine VIP-Kundschaft verlangt absolute Diskretion.«

»Ich würde mir diesen Wagen ja nicht leisten, selbst wenn ich könnte. 22 000 Mark, dafür bekommt man gleich sechs VW-Käfer. Und ich erhalte einen Vorkriegslook mit Ramsnase? Da bleibe ich bei meinem Fahrrad.«

»Und ich komme weiterhin zu Fuß zu dir.«

»Für eine gerade Trakehnernase, die so perfekt wie die deiner Pappel ist, brauchen sie in Stuttgart mindestens noch zehn Jahre, denn erst müssen sie erfinden, wie sie die Zylinder unter die Motorhaube legen, nicht stellen.«

»Die Zeit haben wir, Basil.«

»Du bekommst das allererste Coupé, das uns wirklich gefällt, versprochen. Natürlich in Renina-Weiß.«

Sie waren am Aussichtsplatz am Sonnenbühl angekommen. Der Feldweg endete hier. Normalerweise war das der Beginn ihrer Galoppstrecke durch die Felder, Birke und Pappel wussten das und wurden unruhig, Tipp lief ihnen voraus. Doch das Gras stand schon hoch, sie blieben also im Schritt. Basil kam ihr mit Birke so nah, dass ihre Steigbügel sich berührten.

»Hast du irgendetwas an Eduard bemerkt?«, fragte er leise.

»Wann, heute? Ich habe ihn noch gar nicht gesehen.«

»Nein, so generell.«

»Du weißt, wir sind nicht gerade die besten Freunde.«

Seit ihrer Kindheit lebte ihr großer Bruder in einer anderen Welt. Sie waren aufgrund des Altersunterschieds nie in dieselbe Schule gegangen, hatten keinen gemeinsamen Freundeskreis, kein einziges gemeinsames Interesse. Reninas Liebe zur Musik, zur Literatur, zum Theater, zu den Pferden, ja, auch zur modernsten aller Pferdestärken, dem Automobil, teilte er nicht.

Renina konnte auch nicht sagen, welche anderen Leidenschaften er hätte. Seit jeher sprach er zu Hause, wenn überhaupt, nur von sich. Sein Haar war ihm wichtig, sein ihm irgendwann gewachsenes Schnurrbärtchen, seine Kleidung, seine Schuhe. Bevor er zu den Fliegern ging, hatte er versucht, Weta zu seiner persönlichen Zofe zu machen, und Nini hatte das, zu Reninas Ärger, geschehen lassen. Zum Glück hatte sich Weta selbst gewehrt. Sie konnte den Freuden und Leiden des »jungen Herrn« ebenso wenig folgen wie Renina.

Als er aus der Kriegsgefangenschaft zurückgekehrt war, hatte er monatelang das Opfer gespielt, den, dem man die Jugend genommen hatte. Er hatte seine Tage zu Hause verbracht und jedes Wochenende skurrile Freunde zum Essen eingeladen. Seit die Eltern ihm aber einen bezahlten Posten im neu gegründeten Verlag angeboten hatten, sah man ihn kaum mehr in der Mozartstraße. Er verließ den Verlag jeden Tag um präzise fünf Uhr nachmittags, zog sich um und war verschwunden.

»Hat dir schon mal jemand gesagt, dass man ihn oft in unserem Spielcasino sieht?«

»Nein«, erwiderte Renina. »Welcher jemand denn auch? Du weißt, ich bin erst seit einem Jahr wieder aus Freiburg in Konstanz.«

Renina rief Tipp zurück, die weit vorausgelaufen war.

»Also, spuck's aus, Basil. Was hörst du hier im Städtchen?«

»Ich höre, dass er beinahe jeden Abend ins Casino geht. Und abgesehen von der wechselnden Begleitung, immer Leute von anderswo, die doch leicht nachzuverfolgen sind, eine über die Region hinaus bestens vernetzte, ja berüchtigte Clique, die sich keineswegs versteckt, höre ich, dass er spielt.«

Renina musste Atem holen und hielt Pappel kurz an.

Am langen Zügel, an dem sie sie im Schritt hatte gehen lassen, brauchte es dazu nur eine leichte Verlagerung ihres Gewichts nach hinten, keinen Zügel, keinen Schenkel. Pappel konnte, wie jedes gut ausgebildete Pferd, aus der kleinsten Bewegung ihre Gedanken lesen.

»Er spielt?«

»So sieht es aus.«

»Und woher hat er das Geld dazu?«

»Das weiß ich auch nicht. Doch vorhin war er bei mir, um mich um meine VIP-Kartei zu bitten.«

»Deine VIP-Kartei? Er will um Kredite für seine Spielsucht anfragen?«

»Nein, Renina, er bietet eher etwas im Gegengeschäft an.«

»Und das wäre?« Renina musste kurz nachdenken. »Er prostituiert sich doch nicht etwa?«

»Nein, im Gegenteil, solche Dienstleistungen kauft er, denke ich, eher ein.«

Allein das war eine Aussage. So sah man ihren Bruder im Städtchen?

»Also?«

»Renina. Denk einmal nach. Er bietet etwas an, das vielen heute enorm wertvoll ist. Die aufstrebende Society kauft meine Automobile, spielt im Golfclub von Bad Schachen, hat ein Segelboot bei dir vor der Tür im Yachtclub liegen, kleidet sich in der Schneiderei Lohrer ein, unterhält Nummernkonten in Vaduz.«

»Er bietet etwas an. Was kann das sein?« Renina kam sich so naiv vor wie heute Morgen nackt vor Fred, als er gesagt hatte: »Bitte leg das Provinzkind ab.«

»Drogen natürlich, Kokain, Morphin. Der letzte Schrei ist Crystal Meth, der sogenannte Glückskristall.«

Freds Glückspulver, Eduards Glückskristall ... Es war kaum zu glauben.

Sie ritten schweigend eine Weile im Schritt weiter, und da der übliche gestreckte Galopp vertagt war, denn die Wiesen würden bald blühen und morgen stand ein großes Turnier an, gab Pappel mit den Ohren zu erkennen, dass sie gerne für ein Nickerchen in den Stall zurückkehren würde.

»Drehen wir um, Basil?«

»Gute Idee. Ich habe heute Nachmittag ohnehin eine Kundin für unser unbezahlbares Coupé im Haus.«

»Und ich habe den Leitartikel meiner ersten Ausgabe zu schreiben.«

»Der heißen wird?«

»Wer lehrt uns Nein-Sagen?«

»Nein-Sagen! Das muss einem beigebracht werden.«

Basil sagte das laut auf die Baumwipfel zu, die entlang des Allmannsdorfer Seeufers vor der gegenüberliegenden Meersburger Küste thronten. »Kritisch denken, nicht in Abhängigkeit. Selbstkritik üben, jeden Morgen, jeden Tag.«

»Man kann auch einmal einen Fehler machen.«

»Ja, und dann liegt dein Bruder tot in der Stallgasse.«

»Das war nicht deine Schuld.«

Basil parierte Birke durch zum Halt. Er saß auf diesem Monument von Stute und schien plötzlich unsichtbar, als wollte er sich aus dem Panorama der durchwindeten Wiesen und des welligen Sees auslöschen.

»Basil ...« Renina sprang von Pappel ab und führte sie zu Birke. Tipp lief herbei und sprang an Basils linkem Steigbügel hoch. Tiere merkten, wenn es uns Menschen nicht gut ging.

»Du hast mir gefehlt, Renina.« Basil bewegte sich nicht, nur Birke drehte Tipp den Kopf zu und schnaubte aufmunternd. »Verzeih.«

Er konnte anscheinend nichts weiter sagen. Seine Augen waren ein Meer von Tränen.

»Komm, steig ab, wir gehen ein wenig spazieren«, bot Renina ihm an.

Er verharrte einen Augenblick in seinem Schweigen, dann aber huschte ein Lächeln über seine Züge: »Mit meinen vier Vollblüterinnen?«

»Genau. Immerhin haben wir uns.«

»Uns ... wiedergefunden.« Er schwang sich von Birke herunter und fiel Renina in die Arme.

Was für ein attraktiver Junge er war!

Warum hatte sie das nie zuvor bemerkt? Warum hatte sie Berndts entzückenden kleinen Bruder für den mondänen Fred stehen lassen?

Sie gingen schweigend den Feldweg hinunter, und nach einer Weile kamen sie zur Stelle der Trabtraversalen. Birkes Hufspuren waren in den Feldweg eingraviert wie in ein Manual der Dressurreiterei.

»Würdest du mich trainieren, die nächsten Jahre?«, fragte Basil leise, während er die Spuren betrachtete.

»Ich kann dir nichts mehr beibringen, Basil, du machst das sehr gut.«

»Du kannst aber da sein. Ich bin ohne Gegenüber, weißt du? Ohne kritischen Blick. Nicht einmal Berndt sieht mir mehr zu.«

»Dann«, sie nahm im Gehen seine Hand, »kann ich mir nichts Schöneres vorstellen.«

»Was ist mit Fred? Der beschlagnahmt dich ja an den Wochenenden.«

»Basil, er ist, wie gesagt, Vergangenheit. Ich werde mich scheiden lassen.«

»Er ist tatsächlich Vergangenheit? Die Zukunft gehört ... uns?«

Basil blieb stehen, drehte sich ihr zu und sah ihr mit immer noch von Tränen verschleierten Augen ins Gesicht.

»Doch eine Scheidung, Renina! So etwas gibt es doch gar nicht. Ich meine, kennst du jemand, der sich hat scheiden lassen?«

»Ich weiß, deine und meine Eltern stehen seit jeher zueinander, wir können uns ein solches Szenario gar nicht vorstellen. Doch es gibt eine Grenze des Erträglichen. Und Fred hat diese Grenze überschritten.«

»Ach.«

»Erkläre ich dir ein anderes Mal.«

»Warum ein anderes Mal?«

»Weil ich erst mein Köpfchen aufräumen muss.«

Sie waren beim Beginn des Feldwegs angekommen und bogen auf die Straße zum Hoerlepark. Basil wandte sich nach einigen Schritten wieder Renina zu.

»Wie funktioniert so eine Scheidung denn, rein rechtlich?«

»In Rechtsphilosophie habe ich gelernt, dass man sich nach den heute in Deutschland geltenden Zivilgesetzen des Kontrollrates scheiden lassen kann. Wir leben nicht mehr im Dritten Reich.«

»Und das geht?«

»Das geht. Allerdings nur, wenn die Schuldfrage geklärt ist.«

»Ha! Dann wird Fred dich vor Gericht in den Dreck ziehen.«

»Von mir aus. Also weise ich ihm schon vorweg die Schuld zu.«

»Renina, ich bitte dich. Kein Richter, und das sind allesamt Männer, wird dir glauben. Auf der Gegenseite steht ein landesweit bekannter Forscher, sozusagen eine Zukunftshoffnung der Bundesrepublik, ein Kandidat für den Nobelpreis.«

»Den der Richter insgeheim bewundert, ja, ja. Forscher, der Jugendtraum jedes kleinen Jungen.«

»Klar! Mein Jugendtraum zum Beispiel war Entdecker werden, wie Alexander von Humboldt. Aber abgesehen von einem Forscher«, fuhr er fort, »ist Fred, und irgendetwas muss er ja an sich haben, sonst hättest du ihn anderen nicht vorgezogen, der Neffe von Marlene Dietrich.«

Basil war die Aufmerksamkeit in Person. Er hatte wenige Augenblicke zuvor seinen Bruder betrauert, dass es Renina eng ums Herz geworden war, doch jetzt befasste er sich ganz mit ihr.

»Die die Richterriege der jüngeren Generation verehrt.«

»Selbst ich, muss ich sagen. Avenue Kléber 17, du erinnerst dich? Du bist mit mir vor dem Hotel Raphaël ausgestiegen, kurz vor deinem Treffen mit Christian Dior. Sie war es, die das allererste 220er-Coupé geordert hat.«

»Jetzt hast du dich verraten.«

»Ist ja egal.« Er griff sich an den Hinterkopf und zerzauste sich das Haar, sein gerade gezogener Scheitel verschwand im Nu. »Doch verstehst du, was ich meine? Du gehst hier gegen ein System von Chauvinisten an.«

»Basil, ich kann konsequent sein, wenn ich will.«

»Und gleichzeitig gibst du eine neue Zeitschrift heraus? Willst das Profil einer Chefredakteurin etablieren, die die aufgeklärten Frauen Deutschlands und der Welt vor den Vorhang holt? Da solltest du Menschen hinter dir haben, die dich decken, nicht angreifen. Ein öffentlich ausgetragenes Scheidungsverfahren gegen den viel gelobten Dr. Dietrich kann sich über Jahre hinziehen. Und du versackst im Sumpf der Klatschblätter.«

»Da hast du recht.«

Reninas Knie versagten. Sie lehnte sich instinktiv an Pappels Schulter.

Genau das hatte sie befürchtet, als sie heute Morgen auf der Veranda des Inselhotels stand. Sie würde zur Raben-Ehefrau gemacht. Und Fred zum Opfer.

Das Nein, das sie endlich zu den Geschehnissen gesagt hatte und auf dem sie bestand, weil es rechtens war, würde über sie hinauswachsen, sie erdrücken, ja vielleicht sogar erschlagen.

»Basil«, sie blieb stehen.

Er ebenso.

»Ich muss mich doch wehren dürfen?«

»Was ist denn so Schlimmes geschehen?«

Und jetzt begann sie zu weinen.

Endlich begann sie zu weinen.

Es gab nichts mehr, das sie sich vormachen konnte, keine Haltung, die sie vor ihren Eltern, Erica oder Weta bewahren musste.

Sie weinte, weil sie verletzt worden war und weil diese Wunde jahrelang, jahrzehntelang nicht heilen würde. Vielleicht nie mehr in ihrem Leben.

BEIM ABSATTELN

Pappel tat ihren typischen Befreiungsseufzer, als Renina ihr den Sattelgurt löste. Im Trog ihrer Box lag schon ihre Haferportion bereit, und da sie nie schwitzte, war kein Trockenreiben notwendig.

Renina ließ sie allein die Stallgasse entlanggehen. Pappel dehnte sich im Rücken, schüttelte sich und bog dann mit einer koketten Wendung der Kruppe in ihre Box ein. Kurz darauf hörte man das zufriedene Graben einer Pferdeschnauze in einem Haferhügel aus purem Genuss.

Birke hatte die ebenso geräumige Box in der gegenüberliegenden Stallgasse, es war also keiner hier, um zu merken, wie Renina sich auf die Strohballen, die an der Wand zum Abreitplatz lagerten, setzen musste, weil sie nach Luft rang.

Was hatte Dr. Binswanger ihr attestiert?

»Emotionale Überlastung.«

Bei einer solchen Überlastung wurden asthmaartige Anfälle ausgelöst, die nicht zu kontrollieren waren.

Früher war ihr das im Angesicht von drei Dressurrichtern geschehen, die bei ihrem Urteil die Kriterien der Grand-Prix-Bewertung zu berücksichtigen hatten: Reinheit der Gänge, Schwung, Gehorsam. Renina versuchte, flach und gleichmäßig zu atmen, wie sie es im Sanatorium Bellevue gelernt hatte, und an etwas Konkretes zu denken, das ihr Gedächtnis beschäftigte. So, hatte ihr Dr. Binswanger erklärt, wurde eine Atemnot für unsere bewussten Hirnfunktionen »weniger wichtig«, der Körper fand von selbst in sein Gleichgewicht zurück.

Bisher hatte dieser Trick immer funktioniert.

Woran könnte sie denken, das sie nicht aufregte wie die Erinnerungen an den heutigen Morgen?

An etwas Grundsätzliches. Etwas Unantastbares. Zum Beispiel die Bewertungskriterien der Dressurrichter?

Die kannte sie für jede einzelne Figur, jeden Gang, jedes Tempo der schwersten Dressuraufgaben auswendig. Und die hatten sie, seit sie in die Königsklasse dieses Sports aufgestiegen war, immer an die Ansprüche ihres allererersten Reitlehrers erinnert, der sie in Allenstein unterrichtet hatte, als Ernstl das dortige Trakehnergestüt leitete.

»Takt, Aufrichtung, Schwung«, hatte der alte Zitzewitz tagtäglich mit seiner rauen Stimme durch die Reithalle gebrüllt. Und für Renina, die damals in die erste Volksschulklasse ging, waren diese Prinzipien zu einer Art Lebensregel geworden.

Takt, der war relativ einfach, den konnte jedes Metronom vorgeben. Man ging oder tanzte im Takt, man besaß aber auch Takt. Es war eine Frage des Feingefühls, der Disziplin und des Respekts.

Sie prüfte kurz, wie ihr Atem ging. Beim Einatmen schnappte er noch, sie konnte das Flattern in der Brust spüren. Wenn dieses Flattern sich auch im Ausatmen installierte, würde es gefährlich. Und keiner war hier, der das bemerken könnte.

Hingegen war die Aufrichtung schon schwieriger. »Schau den Himmel an, Kindchen«, hatte ihre Urgroßmutter immer gesagt, »nur so ermisst du den Horizont.« Aufrichtung betraf sowohl das Pferd als auch den Reiter. Je mehr das Pferd sich aufrichtete, umso mehr musste der Reiter sich zurücknehmen, denn wer tanzte, war das Pferd.

Schwung schließlich, denn keine Bewegung war schön ohne die Lust auf mehr. In jedem Schritt, in jedem Sprung musste schon die Freude auf den nächsten liegen, die nächste Figur musste sozusagen sichtbar sein. »Ich kann es kaum erwarten«, musste das Pferd mit jeder Faser seines Körpers zum Ausdruck bringen, um dann, am Ende der Übung, in einen Halt fallen zu können, der erlösend war. Aus dem Flug in den Stillstand, wie es Pappel vorhin draußen auf dem Abreitplatz gezeigt hatte. Keine Unsicherheiten, keine Ängste, keine Zweifel, den Blick nach vorn gerichtet, auf kommende Aufgaben.

Renina saß auf ihren Strohballen und hörte in sich hinein.

Das Flattern hatte sich beruhigt.

Nicht nur ihr Körper, auch ihre Seele hatte wohl diese Sentenz begriffen. Sie wiederholte sie laut in die Stallgasse.

»Den Blick nach vorn gerichtet, auf kommende Aufgaben.«

Das musste ihr Motto werden, nach alldem, was vorgefallen war.

Denn warum kehrte solch ein Anfall »emotionaler Überlastung« ausgerechnet jetzt wieder?

Sie versuchte, etwas tiefer ein- und auszuatmen, und es gelang. Früher hatten diese Zustände sie übermannt, wenn die Angst in ihr aufgestiegen war, im Angesicht von drei Dressurrichtern zu versagen.

Und plötzlich war ihr der Zusammenhang klar.

Heute und von nun an war es die gleiche Angst, die ihr den Atem nehmen würde – nicht mehr im Angesicht von drei Dressurrichtern, sondern im Angesicht eines Scheidungsrichters.

Was war zu tun?

Sie brauchte den besten Rechtsanwalt, der zu finden war. Am besten sogar eine Rechtsanwältin.

Sie würde sich weiter ganz und gar ihrer Verlagsarbeit widmen, und noch dazu würde sie jeden Abend, wann immer es ihr zeitlich möglich war, hierherkommen, um Basil zuzusehen. Ja, mit dem größten Vergnügen, kam es ihr jetzt in den Sinn, würde sie sogar Pappel und Birke für ihn abreiten. Diese körperliche Betätigung, diese schöne routinierte Ruhe, in der ja alle Kraft lag, würde sie durch ihre anstrengenden Tage tragen.

Sie würde Brix bitten, sie regelmäßig aus Düsseldorf, wo Jürgen seine Spezialisierung an der Universitätsklinik machte, zu besuchen. Sie würden gemeinsam spazieren gehen oder segeln oder einfach nur ein Glas Wein trinken.

Wenn sie solche Sicherheiten zusätzlich zu dem Rückhalt von ihren Eltern und Erica um sich spürte, würde sie diese Scheidung durchfechten, egal, wie lang der Prozess sich hinzog.

»Du solltest Menschen hinter dir haben, die dich decken, nicht angreifen«, hatte Basil gerade vorhin auf dem Heimweg zum Stall gesagt ...

Pappel hatte aufgefressen. Ein Rascheln war am Ende der Stallgasse zu hören, sie machte sich das frisch eingestreute Stroh zum Mittagsschlaf zurecht. Und da überfiel auch Renina eine schöne, tiefe Müdigkeit. Sie legte sich auf ihre Strohballen, drehte sich zur Seite und atmete weiter regelmäßig ein und aus.

Eine Rechtsanwältin.

Basil. Brix.

Die Eltern und Erica.

Mehr brauchte sie nicht.

Irgendwann hörte sie eine Stimme. »Renina, ich weiß jetzt, wen du treffen musst.«

»Wen du treffen musst«, wiederholte sie leise. Sie müsste erst einmal erwachen. Und begreifen, wo sie war.

Sie lag auf einem harten Untergrund, der nach Reitstall duftete. Ihr Kopf fühlte sich leicht an. Sie konnte kein Flattern in den Bronchien ausmachen. Also musste Zeit vergangen sein. Sie musste geschlafen haben.

Als sie die Augen öffnete, sah sie die Dämmerung vor den Fenstern, es war wohl später Nachmittag. Unter ihr waren Strohballen, sie erkannte sie im Schein der schmiedeeisernen Leuchter entlang der Boxenwände, die Stallgasse war in ein warmes Licht getaucht. Hinter ihr, am Ende der Strohballen, musste etwas liegen. Sie stieß mit den Absätzen ihrer Stiefeletten daran. Das war sicher Tipp.

Sie richtete sich auf die Ellenbogen auf. Es war nicht Tipp, sondern Basil saß dort, den Rücken an die Stallwand gelehnt. Er trug einen dunkelgrauen Anzug, ein frisches weißes Hemd, eine dunkelrote Krawatte und blickte hinaus in die Dämmerung.

»Ah, Bordeaux-Français«, schmunzelte Renina.

»Ja. Das hat mir heute Glück gebracht.«

»Das Coupé?«

»Verkauft.«

»Bravo.«

»Darauf trinken wir gleich im Reiterstübchen. Haben gnädige Frau inzwischen wohl geruht?«

»Himmlisch, Basil. Ich danke dir für diesen Nachmittag. Ich war so erschöpft.«

»Das habe ich …« Er machte eine kleine Pause. Wahrscheinlich wollte er sagen: »Das habe ich dir angesehen«, doch er verkniff es sich. Es gab nichts Schlimmeres als Menschen, die einem ständig ins Gesicht sagten, wie müde oder schlecht man aussah.

»Das habe ich mir vorstellen können. Du arbeitest ja auch viel zu viel für deine zarte Gestalt.«

Gut aus der Affäre gezogen, lieber Basil!

»Ich weiß also, wen du treffen musst«, knüpfte er an den Satz an, mit dem er sie geweckt hatte.

»Eine Rechtsanwältin bräuchte ich.« Renina fiel die Liste ein, die sie vor dem Einschlafen gebetsmühlenartig wiederholt hatte: Eine Rechtsanwältin. Basil. Brix. Die Eltern und Erica. Mehr brauchte sie nicht.

»Sie fährt gerade mit unserem Coupé nach Hause. Sie ist die Tochter von Dr. Krauß, du weißt, dem bekannten Vertragsanwalt.«

»Er ist auch der Anwalt meiner Eltern. Er kommt heute Abend mit uns essen.«

»Du siehst? Und sie, Ruth, ging zwei Klassen über mir aufs Humboldt-Gymnasium, wir haben zusammen im Schülertheater gespielt. Sie hat ihr Studium in Rekordzeit hingelegt und sich, wie sie mir vorhin erzählte, auf Familienrecht spezialisiert. Inzwischen arbeitet sie in der Kanzlei ihres Vaters, und die scheint gut zu laufen, wenn sie, ohne viel nachzudenken, bei mir unterschreibt.«

»Wie ist sie so?«

»Beharrlich ... oder, was sagen die Amerikaner, *tough*? Ich wollte sie jedenfalls nicht zum Feind haben.«

»Genau so jemanden brauche ich.«

»Das sage ich ja. Komm, wir gehen ein Fläschchen köpfen.«

Sie liefen nebeneinander die Stallgasse hinunter. Wie gut es hier roch! Nach warmen Pferdekörpern, nach Hafer, nach Sattelfett. Vor Pappels Box fanden sie Tipp liegen. Sie hatte sich zusammengekringelt wie eine Nussschnecke, stand jetzt auf und streckte sich. Ebenso wie Renina und Tipp musste auch Pappel gut geschlafen haben, das sah man ihren Augen an, als Renina kurz ihre Boxentür öffnete. Morgen wäre sie in bester Form.

Auf dem Weg zum Reiterstübchen kamen Renina die Bilder in den Sinn, die sie in dieser langen Mittagspause geträumt hatte. Ihre Urgroßmutter war ihr erschienen, wie so oft, wenn sie Zweifel hatte oder unsicher war. Diese Träume spielten immer auf ihrem Gut, Reninas eigentlichem Zuhause, als sie ein Kind war. Nach dem Tod der Urgroßmutter hatte die Mutter den Besitz weiter verwaltet, doch nie hatte Renina sie im Garten angetroffen, in der Gutsküche, der Tischlerei oder den Marställen, so wie sie ihre Urgroßmutter dort erlebt hatte, Tag für Tag.

Die Hortense-Omi, wie alle in der Familie sie nannten, hatte im Traum in ihrem Hortensiengarten gestanden und Sträuße für einen ihrer üblichen Umtrunke mit den Instleuten geschnitten. Die Blüten hatten diesmal aber irreale Farben, sie waren bordeauxrot und schwarz.

»Du beginnst den Leitartikel?«, fragte die Urgroßmutter.

»Ja, gleich heute Nachmittag«, antwortete Renina.

»Worüber schreibst du?«

»Es geht um Ängste, um Zwänge.«

»Wer zwingt dich denn? Und wozu?«

Renina beobachtete, wie die Hortense-Omi den Blütenstaub von ihren Gartenhandschuhen schüttelte und die Gartenschere auf ein Eisentischchen legte.

Plötzlich aber wuchsen die Hortensien im Traum, die dunkelroten wucherten am Boden entlang, die schwarzen wölbten sich über ihre Köpfe. Im Nu standen sie in einem Wald von Finsternis.

Renina suchte die Gartenschere, doch es war zu dunkel, um das Eisentischchen zu finden. Sie wurde nervös. Sie rief: »Hortense-Omi!« Es hallte durch den Garten, doch die Urgroßmutter antwortete nicht.

Inzwischen waren die Blüten immer weitergewuchert und berührten sie mit ihren Blättern. Sie waren schwerer und schwerer geworden. Renina spürte sie an den Schläfen, im Nacken und auf den Schultern und versuchte, sie wegzustoßen. Doch sie waren riesig und drohten sie zu erdrücken.

»Weißt du, Basil, als du mich geweckt hast, war alles unter mir dunkelrot, alles über mir nachtschwarz.«

Er sah sie im Gehen von der Seite an. »Deine Gartenträume mit der Urgroßmutter?«

»Du erinnerst dich?«

»Und wie. Immer wenn irgendeine Entscheidung im Leben der Renina ansteht, kommt die Urgroßmutter aus ihrem Hortensiengarten herbei.«

Renina musste lachen, während sie im Reiterstübchen zwischen den beiden Stallgassen ankamen. Basil hatte schon zwei Gläser auf den Tisch gestellt, er ging zum Kühlschrank neben der Spüle und fischte eine Flasche Aigle heraus.

Renina liebte diesen trockenen Weißen aus dem Jura, den man rund um den See den Eidechsen-Wein nannte, weil sich eine froschgrüne Smaragdeidechse auf seinem Etikett sonnte.

Und Nini erst! Sie sagte gern, dass sie den »Wilden Süden«

für den Rest ihres Lebens ertragen würde, stände immer ein Fläschchen Aigle im Kühlschrank bereit.

Basil holte den Korkenzieher aus dem Besteckschrank, entkorkte die Flasche und schenkte ein.

»Auf meine Renina, die endlich wieder zur Freifrau wird. Ich werde stolz auf sie sein.«

»Und ich auf dich«, antwortete sie.

»Also der Traum mit der Urgroßmutter, hier in unserer Stallgasse geträumt. Gibt es eine neue Variante der Traumgeschehnisse?«

»Ja.« Renina rief sich die Bilder in Erinnerung, vor allem die letzten. »Der Gartengrund. Dieses Mal war der Boden dunkelrot.«

»Kein Wunder: Bordeaux. Wie das Coupé deiner Rechtsanwältin.« Basil war sichtbar bester Laune. »Und wie ich hörte, treffen wir uns alle heute Abend beim Konzert?«

»Wer, wir alle?«

»Na, deine Eltern mit dir und eurer Freundin aus Berlin, Dr. Krauß und unserem gemeinsamen Bankier. Dann meine Eltern und ich, ich habe sie schon vor Wochen eingeladen, meine Mutter liebt Mozart.«

»Ich weiß.«

»Schließlich deine zukünftige Rechtsanwältin. Ich habe sie heute Nachmittag zu unserem Tisch hinzugefügt, das ist sie mir für dich wert.«

»Meine Rechtsanwältin? Bist du sicher, sie übernimmt einen hoffnungslosen Fall wie mich?«

»Wer, wenn nicht sie? Ein Präzedenzfall in unserer rechtslastigen Region? Den übernimmt sie mit Kusshand.«

»Wir sind heute Abend also eine erstklassige Truppe.«

»Ich würde sagen, die beste aller Avant-Garden. Nur Brix fehlt, das ist schade.«

»Sehr beschäftigt, die Gute, doch ich hoffe, sie kommt bald an den See, jetzt, wo der Frühling doch noch Einzug hält.«

Basil trank einen langen Schluck und lehnte den Kopf an die Stubenbank. »Was ist mit Fred? War er nicht die ganze Woche hier bei diesem Atomkongress?«

»Ja.«

»Und ... nichts weiter? Kommt er heute Abend?«

»Wer kann das wissen?«

»Du, seine Frau?«

»Ach, Basil. Ich habe dir doch gesagt, ich habe ihn verlassen.«

»Wann das?«

»Heute Morgen.«

Basil lachte, er richtete sich so schnell im Sitzen auf, dass der arme Aigle in seinem Glas drohte, über den Tisch zu schwappen.

»Was gibt es da zu lachen?«

»Du glaubst, er akzeptiert das?«

»Das muss er wohl.«

»Das muss er überhaupt nicht.« Basil dachte kurz nach. »Hast du von ihm gehört, über den Tag?«

»Wann denn? Ich bin heute Morgen aus dem Inselhotel nach Hause gegangen, dann zu dir, und wir sind ausgeritten. Schließlich habe ich hier in der Stallgasse ein zugegeben sehr langes Mittagsschläfchen gehalten.«

»Was hatte er denn geplant? Sind diese Forscher nicht alle überbeschäftigt und fahren, während wir hier reden, auf ihre Schwäbische Alb oder sonst wohin auf der Welt zurück? Was interessiert die Mozart?«

»Ich habe gestern beim Abendessen nichts von Plänen gehört. Doch du weißt ja, so war er immer. Er kam, wann er kam, er ging, wann er ging.«

»Ich weiß gar nichts. Wir sind uns in dem Jahr deiner Ehe genau dreimal begegnet. Bei Brix' Hochzeit, wo er mit deinem Bruder fraternisierte und mit Brix' Schwiegervater, dem alten Rittberg. Ich denke übrigens, die drei sind Teil der berüchtigten Casino-Clique, von der ich dir sprach. Ein zweites Mal traf ich ihn mit Hans und Otto im Yachtclub, da war dein Fred mies gelaunt. Ein drittes Mal sonntags bei euch zu Hause, wir saßen bei eurer köstlichen Tomatensuppe, doch er stand auf und ging.«

»Ach ja, ich erinnere mich. Doch hilf mir, Basil, was war der Grund seines Aufbruchs? Was war ihm dieses Mal nicht recht?«

»Was heißt ›dieses Mal‹, passierte das oft?«

»Regelmäßig. Mein Vater fragte ihn etwas zu seiner Arbeit, Fred fuhr ihn an, machte sich mit Staatsgeheimnis und so weiter wichtig. Meine Mutter beschwichtigte die beiden. Ernstl schwieg eine Weile, fragte dann aber nochmals nach, und Fred verließ das Haus.«

»Kindisch.«

»Schluss damit.«

»Ja. Schluss damit.«

»Sag, Basil, wie viel Uhr ist es? Ich muss mich umziehen, in den Verlag gehen und dann zum Konzert.«

»Kurz vor fünf.«

»Trinken wir morgen weiter, wenn wir vom Turnier zurück sind?«

»Der Hänger steht um acht Uhr früh bereit.«

IM VERLAG

Der neue Marlene-Smoking saß perfekt, er war sogar ein wenig
weit in der Taille, anscheinend hatte Renina in den letzten Tagen
so viel gearbeitet, dass sie das Essen vergessen hatte.

In den letzten Tagen.

Und in den Nächten?

Sie mochte gar nicht daran denken.

Den Leitartikel hatte sie sauber in ihre Hermes Baby getippt,
eine schlanke Schreibmaschine, die sie schon seit Jahren begleitete. In den vergangenen Monaten hatte die Hermes in ihrer immer noch blütenweißen Karosserie einen Platz auf dem neuesten
Schreibtisch des Verlags gefunden: dem der Chefredakteurin der
Lady.

Chefredakteurin. Wie gut das klang.

Renina hatte sich den Erker des Redaktionsbüros mit einem
Ost- und einem Südfenster aussuchen dürfen und die Maschine
auf dem Tisch nach Osten platziert. So traf sie das Morgenlicht.
Für jemand wie sie, die am besten morgens schrieb und oft schon
um acht Uhr am Schreibtisch saß, war das der perfekte Platz.
Sie hatte sich den neuen Tisch im gleichen Reinweiß wie die
Hermes gewünscht, dazu einen Beistelltisch und zwei Breuer-
Freischwinger, die von Knoll in New York gefertigt wurden. Die
Sitzflächen hatte sie in gebleichter Eiche bestellt, und so war der
ganze Erker der *Lady* von morgens bis abends in Licht getaucht.
Nur hinter den Fenstern grüßten, als einziger Farbtupfer, die

hellgrünen Kronen der Platanen herein, die die Promenade der Seestraße säumten.

Den Leitartikel hatte sie heute ausnahmsweise nicht bei Morgenlicht, sondern in der Dämmerung aus dem Handgelenk geschüttelt. Manchmal gelang das, ohne dass man es vorher erwartet hätte. Ein Satz gab den nächsten, und schneller als normalerweise, wenn man absetzte, nachdachte, in Büchern oder Lexika nachblätterte, aufstand, den Tisch in Ordnung brachte, das Leselicht herdrehte, war eine Seite geschrieben.

Eine Seite genau war der Leitartikel lang. Mehr war nicht zu sagen, und mehr wollte sie auch nicht sagen.

»Wer lehrt uns Nein-Sagen?« begann mit einer rhetorischen Frage: »Sie lieben Ja-Sagen?«

Und schon war sie im Dialog mit den Lesern und Leserinnen: »Ich auch nicht.«

Man würde auf dieser Seite viel von Renina selbst zwischen den Zeilen lesen, und das würde sie, hatte sie entschieden, während sie schrieb, zu ihrem Markenzeichen machen. Sie würde immer persönlich sein, doch nie befindlich. Sie würde ein Leitmotiv wählen, das sie in jenem Moment ihres Lebens bewegte, doch keine Gefühle ausbreiten, keine Zustimmung erhaschen.

Bloß das nicht. Mitleid bekam man geschenkt, Respekt musste man sich verdienen.

Nach diesem schier endlos scheinenden Tag war sie bereit, für ihre Ziele zu kämpfen.

Sie würde, wie Erica sie gewarnt hatte, als »radikal Emanzipierte« angefeindet werden, die den braven Hausfrauen am Herd einen Floh ins Ohr setzte. Ein Heer perfider Kritiker würde keinen Halt vor ihrem Privatleben machen, sie würde als Raben-Ehefrau diffamiert werden, die eine skandalöse Scheidung vom Zaun gebrochen hatte. Doch sie würde das durchstehen.

Für sich selbst.

Für ihre Mutter.

Für alle Frauen, die es wagten, ein eigenes Leben zu leben.

Morgen früh würde sie den Artikel gegenlesen und mindestens sieben Fehler finden, so hatte sie es von Heidegger gelernt: »Kürzen sie auf jeder Seite mindestens eine Zeile, denn auf jeder Seite stehen mindestens sieben Fehler.«

Doch noch viel wichtiger war dieser Rat: »Faseln Sie nicht herum, kommen Sie zum Punkt: Ein Satz – ein Gedanke.«

Sie las sich Zeile um Zeile laut vor.

Entsprach jeder Satz einem Gedanken?

Soweit sie sehen und hören konnte, ja. Sie zog das Blatt aus der Schreibmaschine, legte es unter die Leselampe und strich es mit der Rechten glatt. Dann lauschte sie durch die Räume.

Es war der Feierabend eines Feiertags, kein Laut war im Haus zu hören, nur der Wind von draußen, der durch die Kronen der Platanen zog. Über der Seestraße rauschte es wie hoher Wellengang am Meer. Oder wie Mozart zu Beginn seines 20. Klavierkonzerts die Geigen rauschen ließ.

Mozart!

Um Himmels willen!

Hoffentlich hatte sie beim Schreiben nicht die Zeit vergessen und käme zu spät zum Konzert?

Sie sah auf die Uhr über der Bürotür, nein, erst sechs Uhr, sie hatte in einem Zug geschrieben, ohne abzusetzen, sie hatte alle Zeit der Welt.

Eine Frage blieb offen.

Wie sollte sie morgen unterzeichnen?

Als Renina?

Das klang nach Kindergeburtstag, als Chefredakteurin konnte sie so nicht heißen.

Als Marie Dietrich?

Das war, da hatte ihre Mutter ja recht, knackig. Doch sie hieß bald nicht mehr so, die Dietrich-Geschichte versänke in der Vergangenheit.

Mit ihrem Mädchennamen, wie Ernstl heute Mittag zu Hause im Salon angenommen hatte?

Doch man sähe sofort, dass ihre Familiennamen von Adel waren, und das käme bei der Mehrheit der Leserinnen, die sie erreichen wollte, nicht gut an.

Warum erfand sie also kein Pseudonym?

Heute wäre der richtige Tag, der Tag, an dem sie ein neues Leben beginnen musste.

Sie spielte mit den Silben.

Anna Karenina.

Renina.

Anne-Karine.

Karine.

Nanine?

Nanine, ou le Préjugé vaincu – Nanine oder Das überwundene Vorurteil – war eine vollkommen vergessene Komödie von Voltaire, die sie in Paris gelesen hatte, als sie vor ihrem Abschluss in Freiburg ein Austauschsemester an der Sorbonne belegte. Allein die Rezeption der zeitgenössischen Literaturkritik, die befand, dass man diese Komödie auch als Bagatelle, als Larmoyanz oder als Tragödie bezeichnen könne, hatte ihr damals gefallen.

Denn konnte man ein Werk jemals im Voraus definieren? Konnte man ein Schicksal im Voraus untertiteln?

Würde sich ein Leben, ganz gleich welches, als Komödie gestalten, wie sie Goldoni, Da Ponte oder Molière meisterhaft zu schreiben verstanden hatten?

Als eine Geschichte, die in ihrem Aufruf aktuell blieb, über Jahrhunderte?

Oder würde es eine schnöde Bagatelle, an die sich außer ein paar Gefühlsduseln keiner erinnerte?

Würde es eine Larmoyanz, ein rührendes Lustspiel, wie es Schiller oder Racine hätten schreiben können?

Oder etwa eine Tragödie, das Schicksal einer Maria Stuart, einer Tosca, einer Kameliendame, die an ihrer eigenen Haltung zerbrachen?

In Voltaires *Nanine* geht es um ein Waisenkind, das in der Fremde aufwächst und dessen Herkunft und Auftrag erst nach vielen Verwirrungen aufgedeckt werden können. Am Ende siegt nicht der gesellschaftliche Stand, sondern das wahre Gefühl.

Vor Jahren in Paris hatte Renina aus dieser Komödie eine Parallele zu ihrem Exil im »Wilden Süden« herausgelesen, einer Gegend, aus der sie nicht kam, in der sie die Sprache kaum verstand und in der sie keinerlei Rückhalt hatte. In der sie sich aber heute, dank Menschen, die sie an einer Hand abzählen konnte, geborgen fühlte.

Nanine also?

Sie schrieb die Signatur mit Bleistift unter den Artikel, um zu sehen, wie sie sich machte. Allein grafisch nicht schlecht. Das N hatte sie schwungvoll und ganz aufrecht geschrieben.

Es könnte ein gutes Omen sein.

Morgen wäre der 2. Mai, der erste Tag im neuen Leben der ... Nanine?

Sie würde das Blatt, gleich wenn sie hier hereinkäme, von Weitem ansehen und wissen – der Name war gut oder nicht.

Die Türklingel ging.

Um diese Zeit?

Bitte nicht Fred. Er hatte sich doch nicht mit seinen Kollegen besprochen und stand jetzt mit einem Strauß Rosen vor der Tür?

Mit einer Totalentschuldigung, einem Mea Culpa in Kombination mit einer Bitte um Neubeginn, zu der sie schwer Nein sagen könnte?

Sie würde es aber tun.

Sie blickte auf den Text unter der Leselampe. »Sie lieben Ja-Sagen? Ich auch nicht.«

Sie stand langsam auf, bloß keine Eile, glättete die Sitzfalten ihrer Smokinghose und sah sich ihr Spiegelbild in den Erkerfenstern an. Heute Vormittag hatte sie ihre Mutter beobachtet, die diesen kritischen Spiegelbild-Blick so routiniert beherrschte. Dabei ging es nicht um ein Gut-oder-schlecht-Aussehen, es ging um die Sicherheit, sich in der eigenen Haut, im eigenen Körper von den Haar- bis hinunter zu den Zehenspitzen wohlzufühlen.

Schwarz stand ihr gut, sagte das Spiegelbild, und ebenso Hosenanzüge.

Sie musste schmunzeln, ausgerechnet in diesem Marlene-Smoking würde sie jetzt Fred, dem Marlene-Neffen, die Tür öffnen, ihn hereinbitten, sich mit ihm in die Teeküche setzen und ihm zuhören?

Sie öffnete die Tür des Redaktionsbüros und trat in die Eingangshalle mit den großformatigen Steingutfliesen. Sie zeigten eine stilisierte Schwertlilie, die Fleur de Lys der französischen Könige, Bordeauxrot auf Weiß, und dieses Motiv hatte Nini sofort überzeugt, als sie hier zum ersten Mal eingetreten war, um das Erdgeschoss für den Verlag anzumieten. Die Familie Fehr, die in den zwei oberen Etagen wohnte, konnte diese Affinität sicher nicht nachvollziehen, Renina und Ernstl aber sehr wohl. Der Mietvertrag war in kaum einer halben Stunde verhandelt und unterschrieben worden.

Vor der raumhohen Eingangstür sah Renina aber nicht eine, sondern zwei Silhouetten in der Dämmerung stehen.

Fred hatte doch nicht etwa diesen Paul mitgebracht?

Und was, überfiel sie jetzt ein eiskalter Gedanke, wenn sie nicht in guter Absicht kämen, sondern einen erneuten Übergriff auf sie vorhätten?

Keiner war im Haus. Sicher waren die Fehrs zu einem Erster-Mai-Besuch zu irgendwelchen Verwandten spaziert. Keiner würde ihr hier beistehen.

Im schlimmsten Fall würde man sie erst mitten in der Nacht finden. Am Boden liegend. Vergewaltigt. Blutend. Eine schwarze Silhouette auf einem Steingutboden, der dunkelrot getränkt war, wie sie es heute in der Stallgasse geträumt hatte.

Sie näherte sich der Tür und schaltete die Laternen an der Außenfassade an, die das Treppenpodest und die bekieste Einfahrt beleuchteten.

War sie schon ganz verrückt?

Vor der Tür stand kein Fred. Und kein Paul. Sondern Brix. Und eine weitere junge Frau.

Renina lachte laut, als sie ihnen öffnete.

Wie erlöst sie war!

Gleichzeitig sagte sie sich jedoch: Du musst diesen Verfolgungswahn ablegen, du wirst sonst noch krank ...

Dazu wäre aber später Zeit, jetzt umarmte sie erst einmal Brix. In dem weit ausschwingenden Chiffonkleid, das sie trug, kam sie Renina kleiner vor als sonst.

Vielleicht weil sie sie so lange Monate nicht gesehen hatte? Oder weil Erica Taut mit ihrer in helles Bouclé gekleideten Statur heute Morgen ein neues Gardemaß vorgegeben hatte?

Doch sonst war ihr an Brix alles vertraut, ihre rotblonden Locken, ihre hellgrünen Augen, ihre Haut, ihr Duft.

»Willkommen in meinem neuen Zuhause«, begrüßte sie die Freundin. »Und noch dazu mit einem Gast.«

»Der dir bekannt ist, meine Liebe. Darf ich vorstellen, Carla Löw, die Enkelin von Weta. Ich habe sie in Düsseldorf kennengelernt.«

»Nein!«

Renina machte ein paar Schritte rückwärts durch die Eingangshalle in Richtung ihrer Bürotür, um diese junge Frau zu betrachten.

Konnte das wahr sein?

Natürlich erinnerte sie sich an die Besuche der »kleinen Carla«, wie ihre Mutter sie nannte, die sicher zwei oder drei Jahre jünger war als sie. Doch ihr letztes Treffen musste weit vor dem Krieg zu Hause am Gendarmenmarkt stattgefunden haben, dann war Renina aufs Internat nach Lindau gegangen und gleich darauf nach Freiburg zum Studium.

Carla war schwarzhaarig, genau wie Weta, und sie hatte die durchscheinende helle Haut und die tief liegenden Augen, die den aus dem Osten stammenden Aschkenasim eigen waren.

Sie war eine Schönheit.

Sie trug Schwarz, genau wie Renina, zwar keinen Smoking, aber ein um den Körper drapiertes Cocktailkleid, das den jungen Yves in Paris hingerissen hätte.

»Guten Abend, Carla. Und meine Brix in Apfelgrün, passend zu ihren Augen ...«

»Ein Geschenk von Jürgen. Wir haben gute Neuigkeiten, Renina.«

»Kommt herein.«

Statt Fred in die Teeküche zu bitten, öffnete sie den beiden jungen Damen die Tür zum Redaktionsbüro. Sie knipste alle Lichtschalter an, damit die Räume größer wirkten, als sie waren.

»Ah, der Renina-Erker ganz in Weiß?« Brix ging auf ihr neues kleines Reich zu.

»Ja, mit Morgensonne. Bitte setzt euch.« Sie wies auf die zwei Breuer-Freischwinger. »Was kann ich anbieten?«

»Gar nichts, wir kommen dich nur abholen.«

Brix war aufgedreht, wie sie es sein konnte, wenn sie gerade in ihrer Himmelhoch-jauchzend-Phase war.

»Ihr kommt mich abholen? Wohin gehen wir denn, wir drei?«

»Ins Konzert im Inselhotel natürlich. Jürgen hat schon vor Wochen für uns Karten besorgt, sieh nur dieses Kleid, das er mir dazu geschenkt hat. Es ist doch unser erster Hochzeitstag! Nur war er im letzten Moment in der Klinik unabkömmlich, du weißt, die Ärzte. Da habe ich Carla gebeten, mich zu begleiten.«

»Und ihr seid im Bilde, wer heute Abend spielt?«

»Ganz egal, wir sind ja nur gekommen, um dich zu sehen.«

Brix flog in allen erdenklichen Himmelshöhen herum.

Renina fischte sich den rollenden Bürosessel von Fräulein

Schmitt, der Sekretärin, die dreimal in der Woche kam und ihren Schreibtisch gleich vor der Eingangstür des Redaktionsbüros hatte. Sie setzte sich ihren beiden Gästen gegenüber.

»Ich bin sehr geehrt, die Damen, doch heute Abend geht es sicher nicht um mich, sondern um ein Ausnahmetalent in Sachen Mozart. Ein kleines Mädchen, das im weit entfernten Japan aufgewachsen ist, doch unsere Harmonien verinnerlicht hat wie wir oft selbst nicht. Ihr werdet überrascht sein.«

»Schön! Und, Renina, darf ich das sagen, du siehst wunderbar aus, wenn du so von jemand schwärmst. Wie geht es deiner neuen Zeitschrift?«

»Sie kommt nächsten Monat heraus.«

»Tatsächlich? Carla, du musst wissen, diese junge Lady hier vor uns wurde letztes Jahr als Heideggers jüngste Assistentin berufen, doch, hopp, präsentiert sich ihr eine neue Lebenschance und ... sie springt hinein.«

»Wie habt ihr beiden euch denn kennengelernt, in dem doch nicht ganz so kleinen Düsseldorf?«, wollte Renina wissen.

»Ja, das ist ein Teil der guten Neuigkeiten.«

Brix drehte sich zu Carla, doch die wandte sich direkt Renina zu: »Es ist mir ein wenig unangenehm, Renina. Als Kinder haben wir uns geduzt, doch jetzt sind wir erwachsen.«

»Ja, und?« Brix war nicht zu halten.

»Ich würde sagen, wenn du Brix erobert hast, eroberst du auch mich. Also bleiben wir beim Du«, bot Renina ihr an.

»Danke.«

Carla war ein aufrechter Mensch, das nahm einen neben ihrer Schönheit sofort für sie ein.

»Die Neuigkeiten also, darf ich die jetzt erzählen?«, fragte Brix dazwischen.

Renina verschränkte die Arme wie vorhin Weta in der Küche der Mozartstraße und schlug auf ihrem rollenden Bürosesselchen die Beine übereinander. »Wir hören.«

»Ich bin schwanger.«

Brix war schwanger. Renina atmete tief ein.

Das war an sich natürlich eine schöne Nachricht. Doch was würde das für Brix bedeuten?

Dr. Binswanger hatte zahllose Fälle Manisch-Depressiver untersucht, die eine Schwangerschaft in Euphorie versetzte, die die Brecht'schen ›Mühen der Ebenen‹ danach aber zum Selbstmord getrieben hatten.

»Weiß es Jürgen schon?«

»Er ist hingerissen.«

Ärzte ...

War es nicht verwunderlich, wie sehr die klassische Medizin sich von allen Erkenntnissen ihrer neuesten Lehre, der Psychologie, abwandte? Warum bezogen andere Wissenschaften die Erforschung der Gefühls- und der Seelenwelten in ihre Theorien ein und gerade die Heilkunst nicht?

Jürgen machte an der Düsseldorfer Uniklinik seine Spezialisierung zum Chirurgen und würde sicher ein guter werden, hatte aber eine Frau geheiratet, die man nicht mit »normalen« allopathischen Methoden behandeln konnte.

War ihm klar, was eine Schwangerschaft für sie bedeutete?

Sie könnte in bodenlose Abgründe stürzen. Sie könnte sich selbst, aber auch dem Kind etwas antun.

»Das freut mich, Brix. Für dich, für ihn. Für eure Eltern.« Renina stand auf und umarmte sie, wie sie da auf ihrem Freischwinger neben der bildschönen Carla Löw saß. »Und, wie fühlst du dich?«

»Perfekt gekleidet in die neue fließende A-Linie«, lachte Brix. »Man erkennt schon ein Bäuchlein, nicht?«

Renina trat einen Schritt zurück und winkte einen stummen Gruß zu diesem Bäuchlein hin »Wenn man ganz genau hinsieht ... Doch wie fühlst du dich so Tag für Tag? Müdigkeit? Gefühlsschwankungen? Appetit? Appetitlosigkeit?«

»Ach, ich sehe das gelassen. Schwanger sein ist keine Krankheit, sagt meine Mutter.«

»So haben wir uns auch kennengelernt«, ergänzte Carla.

»Auch du bist schwanger?«

»Nein, gar nicht«, winkte Carla ab, »wir haben uns nicht in einem Werdende-Mütter-Kurs kennengelernt, sondern in einer Selbsthilfegruppe.«

Selbsthilfegruppe.

Es gab Dinge, die uns schon allein als Wörter Angst machten.

»Selbsthilfe zu wem oder was?«, fragte Renina vorsichtig.

»Oh, keine Angst, wir sind keine Alkoholiker, keine Drogensüchtige, keine notorischen Gewalttäter ... Wir sind beide als manisch-depressiv diagnostiziert. Und wir finden uns in so ziemlich allen Symptomen wieder.«

Carla wandte sich zu Brix und nahm ihre beiden Hände in ihre. So blieben sie einen langen Moment sitzen, sich zugewandt, Schneewittchen sah Alice im Wunderland in die Augen und umgekehrt. Renina beobachtete ihre Hände, die sich nicht nur hielten, sondern berührten.

Sie war erstaunt.

Doch dann auch bewegt, ja geehrt, dass die beiden die Gefühle, die sie offensichtlich füreinander hegten, nicht vor ihr verbargen.

Wie sollte sie reagieren? Nichts gesehen haben? Oder alles verstanden haben?

Sie war zu überrascht, um sich für das eine oder das andere zu entscheiden.

Doch war dies nicht die Offenheit von Frauenleben, die sie mit ihrer *Lady* propagieren wollte?

Sie müsste sich so rasch wie möglich an solch neue Lebensformen gewöhnen. Sonst würde sie wirklich den Provinzhasen abgeben, den Fred ihr vorwarf.

»Ein Gläschen darauf.« Sie erhob sich, überflüssig, wie sie jetzt hier war.

»Gerne, oder besser gesagt: jetzt doch gerne, Reninaschatz. Es gibt ja so viel zu feiern.«

Brix riss sich aus Carlas Blick los und stand auf, um mit den Drinks zu helfen.

»Bleibt, wo ihr seid, ihr beiden. Ich gehe nur kurz hinüber in Papis Schreibzimmer, da versteckt sich unsere Verlagsbar.«

NEHMEN SIE HALTUNG AN!

Renina verließ das Redaktionsbüro. Das Empfangszimmer und die Teeküche lagen die Treppe entlang geradeaus und blickten nach Nordosten. Wenn man diese Räume durchschritten hatte, gelangte man ins Büro ihres Vaters, in dem auch Eduards Schreibtisch stand.

Im Empfangszimmer begrüßte sie die dunkle Pracht des sogenannten Gelsenkirchener Barocks. Dieses unsäglich »deutsche« Mobiliar aus der Hitlerzeit, eine bauchige Vitrine, eine Anrichte, ein tonnenschwerer Tisch und acht Stühle mit hohen Lehnen und Löwentatzen, hatte der Verlag in Ermangelung eines Einrichtungsbudgets von den Fehrs übernommen. Jedes Mal, wenn Renina den Raum betrat, sagte sie sich: Ich muss mit der *Lady* Erfolg haben und all diese finsteren Dinosaurier in weiße Schmetterlinge verwandeln.

Egal ob bei Tag oder am Abend, ging sie stets durch das Empfangszimmer, ohne Licht zu machen. Zumindest blieben die Gelsenkirchener Bestien so in der Dunkelheit gefangen und sprangen sie nicht an.

Als sie bei der verglasten Tür zu Ernstls Büro ankam, sah sie, dass dort Licht brannte. Sie klopfte also lieber an.

War ihr Vater etwa in den Verlag gekommen, und sie hatte ihn nicht bemerkt? Kaum vorstellbar, er gönnte sich sicher schon einen Aperitif an der Bar des Inselhotels, mit Nini, Erica, dem Verleger, dem Bankier und Dr. Krauß.

Keiner antwortete, also betrat sie den Raum.

Zunächst war niemand zu sehen. Doch dann erkannte sie Eduards Silhouette an seinem Schreibtisch im Norderker. Er saß dort, oder nein, er lag dort. Er hatte seinen Schreibtischsessel zurückgeschoben, die Beine auf dem Tisch überkreuzt und schlief. Er war im Smoking, sein Schnurrbärtchen war das Pendant zur schwarzen Fliege.

Was machte er hier an einem Feiertagsabend, für ein Galadiner angekleidet, das er vielleicht verschlief?

Renina ging zum Bartischchen, das hinter Ernstls Schreibtisch stand, und griff nach drei Cocktailgläsern. Sie goss in jedes drei Viertel Gin und füllte mit einer Träne Noilly-Prat-Wermut auf. So gemixt, stellte sie sie auf Ninis Serviertablett. Das Eis würde sie aus dem Kühlschrank in der Teeküche holen.

»Ist jemand hier?«, nuschelte Eduard herüber.

»Niemand, schlaf weiter.«

»Renina? Bist du's?«

»Wer könnte dich sonst hier besuchen?«

»Du arbeitest?«

»Ich bin schon fertig.«

»Was machst du dann hier?«

»Mit Freundinnen einen Drink nehmen. Dann gehen wir ins Inselhotel.«

»Ich bin auch eingeladen.«

»Ich sehe, wie schön du dich gemacht hast.«

»Den Abend darf ich nicht verpassen.«

Er richtete sich ein wenig in seinem Sessel auf, fiel aber gleich wieder in die Lehne zurück und schniefte laut durch die Nase. Ein, zwei Augenblicke später war er erneut eingeschlafen.

Litt die Generation der Mittdreißiger, so wie heute Morgen

auch dieser Paul und diese Monika, an einer chronischen Schlafkrankheit?

Hatte der Krieg oder das Überleben des Kriegs in bedrängenden Verstecken oder in Kriegsgefangenschaft sie so verletzt, dass sie sich aus einer Welt, die wieder lief wie ein Uhrwerk, so oft wie möglich ausklinken wollten?

Renina verschwand aus dem Schreibzimmer, fand in der Teeküche Ninis Eiskübel, füllte Eiswürfel aus dem Kühlfach hinein, stellte ihn zu den Gläsern aufs Tablett und kehrte zu Brix und Carla zurück.

»Einen Dry Martini zum Auftakt!«, erkannte Brix schon von Weitem.

»Leider fehlen mir die Oliven.«

»Das wirst du später in der Bar vom Inselhotel büßen.«

Brix erhob sich und kam Renina entgegen. Sie räumten den Beistelltisch, den Renina für die Sekundärliteratur zu ihrem Leitartikel neben den Schreibtisch gerückt hatte, von den Büchern und Zeitungen frei und stellten ihn in die Mitte ihrer drei Sesselchen.

»Ich sehe, man liest immer noch Philosophie? Jaspers jetzt?«, fragte Brix.

»Ja, ich habe heute meinen allerersten Leitartikel geschrieben.«

»Der wie beginnt?«, fragte Carla. Sie hatte Wetas tiefe Stimme, die sehr beruhigend wirkte.

»Die ersten zehn Wörter des Meisters bitte, Renina?«, legte Brix nach.

»Ich habe nur sechs: ›Sie lieben Ja-Sagen? Ich auch nicht.‹«

»Hervorragend«, nickte Carla.

»Tatsächlich«, bestätigte Brix. »Weißt du, Carla, ich habe in unserer gemeinsamen Studienzeit in Freiburg nur Germanistik geschafft, doch diese junge Dame hier hat tatsächlich Denken gelernt.«

»Hoffentlich auch Fühlen?«, fragte Carla ganz ruhig.

Brix setzte sich wieder, und sie stießen alle miteinander an.

Was war das für eine gute Frage!

Carla brach das Dilemma dieses 1. Mai auf drei Wörter herunter. Renina würde den ganzen Abend, alle kommenden Tage darüber nachdenken müssen. Denn ihr Dilemma betraf ihre Seele tatsächlich viel mehr als ihre geistige und physische Existenz.

Sie hatte ihre Seele vernachlässigt.

Und rächte sich eine Seele nicht, wenn man sie nicht wahrnahm, wenn man sie hastig verdrängte, weil stets scheinbar Wichtigeres anstand, jeden Morgen, jeden Abend, jede Nacht? Wurde aus fahrigem Wegsehen, aus sturem Weghören eine bleibende Blindheit, ein chronisches Verstummen?

Es wurde ihr flau im Magen, und dieses Flausein wanderte in ihren Rücken.

Nein, bitte nicht wieder diesen Schmerz!

Ihr Atem wurde unruhig, sie müsste sich auf etwas konzentrieren, das sie von einem erneuten Anfall wie heute Nachmittag beim Absatteln ablenkte.

Hoffentlich auch Fühlen?, hatte Carla gefragt …

Was hatten ihre Kindheit und der Verlust aller Sicherheiten, in die sie hineingeboren worden war, aus ihr, aus ihrem Fühlen gemacht? Was hatten die Flucht in den Süden, der Hunger der Kriegsjahre, ein Abitur in bitterer Strenge, der Aufbruch nach

Freiburg aus ihr, aus ihrem Fühlen gemacht? Was hatte ihre Forschungsarbeit bei Heidegger aus ihr gemacht?

Sie hatte während des ersten Assistenzjahrs seinen Vortrag bei den Darmstädter Gesprächen des Deutschen Werkbunds, den ersten Auftritt nach seiner Emeritierung, vorbereitet, und der Text »Bauen – Wohnen – Denken« war daraus entstanden.

»Bauen ist nicht nur Mittel und Weg zum Wohnen, das Bauen ist in sich selbst bereits Wohnen ...

Das Bauen als Wohnen entfaltet sich zum Bauen, das pflegt, nämlich das Wachstum ...

Nur wenn wir das Wohnen vermögen, können wir bauen ...

Wie steht es mit dem Wohnen in unserer bedenklichen Zeit?«

Sie prüfte, wie ihr Atem ging. Der schnappte nur wenig, doch der Schmerz im Rücken hatte sich wieder eingenistet. Sie setzte sich so gerade hin, wie sie es bei diesen Schmerzen vermochte, und verfolgte den Luftstrom in ihren Lungen. Einatmen, ausatmen, einatmen ...

In ihrem Vortragstext hatte Renina versucht, den Menschen nach den Gräueltaten des Hitler-Regimes nicht mehr ins Zentrum der Welt zu stellen. Sie hatte stattdessen einen Gesamtzusammenhang aller Wesen erdacht, der den Menschen nicht als Diktator, sondern als Diener der Natur sah. Der Homo sapiens, eine von Millionen göttlicher Kreaturen, sollte sich die Erde fortan nicht mehr untertan machen, sondern sie als bescheidener, sterblicher Gast bewohnen, sie pflegen und wertschätzen. Dieser neue Ansatz hatte den alten Professor aus seiner brisanten Nähe zur Nazipolitik befreit, er war wieder auf die Bühne der Philosophie zurückgekehrt.

Warum war sie nicht an der Universität geblieben, wo sie dieses Thema doch weiterhin umtrieb? Dort hätte sie die geistigen, die physischen *und* die seelischen Welten doch weiter erforschen können? Und schließlich verbinden?

Ganz einfach, sie war nicht genannt worden.

Sie war wie alle anderen Assistenten vor ihr benutzt worden, ohne Dank, ohne die leiseste Anerkennung.

Was hatte die Arbeit mit Heidegger also aus ihr gemacht?

Eine namenlose Dienerin.

Da hatte Ernstl die Idee mit der Frauenzeitschrift gehabt. Sie hatte das Angebot sofort angenommen.

»Du fragst nach dem Fühlen, Carla? Und du hast recht. In unserer Zeit, die Verzicht erlebt hat, Verluste, Enttäuschungen, Verletzungen, ja die Missachtung des Menschen als Mensch, geben wir den Gefühlen zu wenig Raum.«

»Es ist eine Frage des Vertrauens.«

Wie schön!

Genau das Vertrauen, das sie heute Mittag mit Erica und ihren Eltern im Salon der Mozartstraße erlebt hatte und das Brix und Basil ihr bedingungslos schenkten, seit jeher.

»Die Frage ist nur, wem vertrauen wir?«, musste Renina tiefer schürfen. »Kannst du, gerade du, Carla Löw, deinen Kollegen, deinen Freunden, kurz, deinen Nächsten vertrauen? Wir sind doch noch heute von Antisemiten umgeben. Kannst du gar einem Gott vertrauen, der zusah, wie man dein Volk als krankhaft, als zersetzend diffamierte, um es auszurotten?«

»Keiner kann ein Volk ausrotten. Es bleiben immer ein paar, die Nein sagen, die sich wehren oder die die Flucht wagen. Und genau diese gestalten den Fortschritt.«

Weder Renina noch Brix wussten darauf etwas zu sagen.

»Vorsicht aber«, fuhr Carla fort, »der Fortschritt, den wir heute leben, wird nicht endlos sein.«

Chapeau, diese Carla war sich ihrer Standpunkte sicher.

»Wir müssen uns Grenzen setzen, um nach innen zu wachsen«, schloss sie.

»Ich hoffe, Carla, meine *Lady* steuert den einen oder anderen Beitrag dazu bei.«

»Was sagt uns dein Leitartikel?«, kam Brix freudig zum Thema zurück. Allzu viel Philosophieren war nicht ihre Sache.

»Oh, ich stelle die Frage, wer uns Nein-Sagen lehren kann, als hätte ich Carlas Worte vorausgeahnt. Das Thema scheint in der Luft zu liegen. Gleichzeitig warne ich vor der Bequemlichkeit, Nein zu allem zu sagen, was uns ausgemacht hat. Verluste, Misserfolge, Verletzungen dürfen wir nicht auf andere und die äußeren Umstände schieben. Wenn wir Frauen darauf hereinfallen, gehen hundert Jahre Kampf für die Emanzipation verloren.«

»Du meinst den Unterschied zwischen Gefühl und Gefühlsduselei«, fasste Carla zusammen.

Renina nickte.

»Sehr gut, ihr beiden«, attestierte Brix. »Ich sehe, ihr versteht euch. Doch sag etwas zu den Quellen deines Leitartikels auf dem Stapel hier. Neben Jaspers liegt da auch ein *Le Monde*-Interview mit Jean-Paul Sartre? Sehen wir mal ...«, sie hob die Zeitung auf, »ganz frisch! Von vorletzter Woche!«

»Ja, und er macht uns Mut. Ich zitiere ihn zum Schluss meines Leitartikels, wie er befindet, es komme nicht darauf an, was man aus uns gemacht hat, sondern darauf, was wir aus dem machen, wozu man uns gemacht hat.«

Schweigen im Redaktionsbüro.

Alle dachten diesem Zitat eine Weile lang nach.

»Dürfen wir dein Mockup sehen?« Carla rutschte neugierig nach vorn, auf die Kante ihres Freischwingers.

»Carla ist von Haus aus Grafikerin, weißt du, Renina?«

»Und diesem Handwerk verdanke ich, was ich heute bin.«

»Art Direktorin, Weta hat es uns zu Hause stolz erzählt«, berichtete Renina.

»In einer Position wie der meinen ist es nicht einfach.«

Das wäre wieder ein gutes *Lady*-Thema, dachte Renina, Frauen und Karriere ...

»Viel Konkurrenz?«

»Übergriffe eher. Eine Werbeagentur ist so etwas wie ein ganzjähriger Karneval.«

»Übergriffe? Körperlicher Art?«

»Jeder Art.«

Tatsächlich ein dringendes *Lady*-Thema! Und, ganz nebenbei, Reninas ganz persönliches Problem.

Sie stand auf und umkreiste ihren Schreibtisch, hinter dem im Bücherregal ihre »Traumkiste« lag. So hatte sie die Schachtel getauft, in der sie die auf Kartonpapier aufgeklebten Musterseiten ihrer Ausgabe aufbewahrte, bevor sie sie zu einem Heft zusammenband und an die Druckerei schickte.

»Mit Mockup meinst du das Musterheft, nicht wahr?«

»Natürlich. Ach, Renina, verzeih, wir sprechen in unserem Metier ein schreckliches Kauderwelsch zwischen Englisch, Italienisch und Deutsch. Natürlich manchmal auch Französisch, wenn es um Aufträge zu Wein, Käse, Mode oder Parfum geht.«

»Wein, Käse, Mode, Parfum. In Frankreich müsste man leben«, erwiderte Brix genüsslich.

»Hier, bitte«, Renina zog das Musterheft aus der Traumkiste. »Ihr seid die ersten Nicht-Verlagsmitglieder, die es zu sehen bekommen. Jede Korrektur ist willkommen, allerdings erst für das nächste Heft, dieses hier ist fertig zum Druck.«

Brix sprang auf und nahm ihr das Heft aus den Händen, schob ihren Freischwinger ganz nahe neben den von Carla, und sie begannen zu blättern.

Es dauerte.

Sie steckten die Köpfe zusammen und tuschelten miteinander. Renina nippte währenddessen an ihrem Gläschen Martini und stellte erstaunt fest, dass der Schmerz im Rücken sich zwar in ihren Wirbeln festgezurrt, ihr Atem sich aber gänzlich beruhigt hatte. Ja, ihre *Lady* brachte sie zu sich selbst zurück. Sie war und sie würde immer mehr zu einem Teil ihres Seins.

Die Arbeit an ihr hörte nie auf, sie schlief mit ihr ein und erwachte mit ihr, doch diese Arbeit ermüdete sie nicht. Jede Seite, die sie gemeinsam mit ihrem kleinen Autoren- und Fotografenteam gestaltete, war Renina selbst.

Die *Lady* riskierte demnach nicht, eine banale Zeitschrift mehr auf dem Markt zu sein, nein, sie wäre ein Fenster, durch das man eine schöne, aber auch gefährliche, eine tragische, aber auch hoffnungsvolle, kurzum, eine ergreifende reale Welt betrachten könnte. Oder sogar eine Tür, durch die viele Frauen gehen könnten, in eine Wirklichkeit, die auf sie wartete ...

Was aber, wenn Brix und Carla das Musterheft gleich wieder auf den Beistelltisch legen und freundlich sagen würden: »Ja, hm, interessant«?

Das wäre das Fiasko, vor dem Renina graute. Unvermeidlich

kam ihr der Traum aus der Stallgasse in den Sinn, der Himmel, der sich verdunkelte, der blutrote Boden. Der Schmerz im Rücken loderte auf.

Schluss mit diesem Traum, bitte!

Es war genug geschehen an diesem 1. Mai, sie musste doch irgendwann zur Ruhe kommen dürfen?

Um sich abzulenken, richtete Renina den Blick auf Brix, die mit der rechten Hand über die einzelnen Seiten fuhr, während Carla im Flüsterton die Titelzeilen vorlas.

Wie spät war es eigentlich?

Renina kontrollierte die Verlagsuhr über der Tür. Beinahe halb sieben, sie müssten bald aufbrechen, auf keinen Fall wollte sie den Beginn des Mozart-Konzerts versäumen.

Im gleichen Moment bei der letzten Seite angekommen, nahm Carla ihr Glas vom Beistelltischchen, sah Renina in die Augen, prostete ihr zu und leerte es auf einen Zug.

Das Mädchen hatte etwas, Renina konnte Brix verstehen.

»Ich sehe großartige Rubriken.« Sie blätterte auf die erste Seite zurück und las die Titel der Rubriken vor:

»Porträt: Eine Lebenslinie.
Politik: Nehmen Sie Haltung an!
Kunst: Vissi d'arte.
Mode: Kleider machen Damen.
Kosmetik: Tausendundeine Nacht.
Reise: In achtzig Tagen.«

»Wie findet ihr sie?«

»Einfach perfekt, einfach neu«, antwortete Carla, »aber epochal gut ist: Nehmen Sie Haltung an! Das haben die Männer seit Jahrtausenden gelernt, und uns Frauen hat es niemand beigebracht.«

Renina konnte nur nicken.

»Du wirst bei all den Rubriken bleiben, hoffe ich?«, fragte Brix nach.

Renina nickte weiter.

»Du änderst kein einziges Wort?«, insistierte sie.

Hier lasen zwei junge Frauen ihr Inhaltsverzeichnis und schienen das Schmunzeln zu spüren, das zwischen den Zeilen lag.

»Man fühlt deinen Anspruch«, bestätigte Carla, »doch auch deinen Humor.«

»Und dann die Storys! Als ›Eine Lebenslinie‹ Christian Dior, mein Held«, schwärmte Brix und streichelte die Chiffonwellen ihres Kleides, »und dazu dieser junge Yves. Als ›Nehmen Sie Haltung an!‹ die totgeschwiegene Gussie Adenauer. Ihr – nicht einmal gelungener – Selbstmord als letzter Ausweg.«

Klang das etwa sehnsüchtig? Auf der Suche nach einem Al-di-là, das uns von allen weltlichen Mühsalen befreite?

Vielleicht irrte sich Renina, doch Brix schien überfallsartig den Tränen nahe.

»Das wird ein durchschlagender Erfolg«, fuhr Carla mit ihrer tiefen Stimme fort. »Wir haben nichts dergleichen in Deutschland. Nicht einmal in Frankreich, wo die *Vogue* nach amerikanischem Muster und mit den typisch amerikanisch-seichten Inhalten weitergewoben wird. Wir brauchen deine *Lady*.«

Sie sah auf das leere Glas in ihrer Hand. Einen Augenblick lang war es im Redaktionsbüro vollkommen still.

»Eine einzige Korrektur«, sagte Carla dann, »außer dem Layout, das man immer verbessern kann, doch das wird sich von Ausgabe zu Ausgabe entwickeln.«

»Welche?«

»Deine *Lady*-Logoschrift auf der Titelseite.«

»Ach.«

»Das ist Vorkriegsgrafik.«

Was sollte Renina dazu sagen?

Sie hatte sich keinen Grafiker leisten können. Das Logo, das gar keines war, sondern nur die Lettern L-a-d-y simpel auf ganze Breite in braver französischer Ronde-Schreibschrift gesetzt, hatte ihr der Drucker für den Druckauftrag geschenkt.

Renina war ernüchtert.

Warum hatte sie sich nicht mehr für die Grafik engagiert?

Eine Titelseite machte sicher neunzig Prozent vom Verkauf aus.

Ihre Eltern hatten diese allererste Titelseite gut gefunden, auch weil Christian Dior und der junge Yves darauf diskutierend im Garten der Closerie des Lilas im Herzen von Paris saßen. Doch Ernstl war Stabsarzt und Herausgeber der *Tierärztlichen Revue*, Nini eine ehemalige Lackfabrikantin.

Sie hätte weitere Meinungen einholen sollen!

»Nun, das werden wir ändern«, beschloss Carla pragmatisch. »Ich nehme diese Titelseite mit, und am Dienstag hast du per Expresskurier eine neue. Dein Drucker muss eben zwei Tage warten. Den Umschlag druckt er ohnehin erst ganz zum Schluss.«

»Carla, ich danke dir. Doch ich muss dir ehrlich sagen, ich habe kein Budget für solchen Luxus. Ich kann mir deine Agentur noch nicht leisten. Ich habe auf Inhalte hingearbeitet, die Form muss folgen, sollten wir Erfolg haben.«

»Die Form startet gleichzeitig, sonst lesen zwei pensionierte Lehrerinnen und vier frustrierte Hausfrauen deine brillanten Beiträge. Du willst doch aber alle Frauen erreichen? Vor allem die jungen? Vor allem die, die an einer eigenen Karriere arbeiten?«

Die, die eine Tür suchen, durch die sie gehen könnten, in eine Wirklichkeit, die auf sie wartet ..., wiederholte Renina ihre eigenen Gedanken, sie sagte aber nur schlicht: »Ja.«

»Du bekommst meine Logoschrift, und zwar eine voller Schwung und voller Anmut, so wie du bist, ohne Honorar. Dafür schaffen wir Synergien mit den Inserenten.«

»Abgemacht, keine Widerrede, Renina«, fiel ihnen Brix ins Wort. »Doch, Ladys, darf ich euch daran erinnern, dass das Konzert in einer halben Stunde beginnt?«

AUFBRUCH

»Noch einen klitzekleinen zweiten Schluck?«, fragte Renina und erhob sich aufgrund ihrer Rückenschmerzen langsamer als sonst. »For the road?«

»Gleich, in der Inselhotel-Bar«, winkte Carla für sie beide ab.

Mit dieser Schönheit könnte Renina in blindem Vertrauen Geschäfte machen, das war klar. Und das war beruhigend, denn ihr wurde in diesem Moment bewusst, in welches Haifischbecken sie mit den kommerziellen Riesenthemen Mode, Schönheit und Lebensstil abtauchte. Sie hatte nur eine vage Vorstellung, wie sie wirtschaftlich funktionierten, doch keinen Schimmer, welchen politischen Effekt sie haben könnten. Zudem hatte sie keine Ahnung von Grafik, von Marketing oder Vertrieb, ganz zu schweigen von Kommunikation, die im Zeitungswesen klarerweise das Herzstück war.

Sobald sie könnte, würde sie Carla als Beraterin engagieren.

»Bevor wir uns dort drüben aber zwischen tausend Leuten wiederfinden, erzähl Renina bitte noch schnell von deinem Plan, Carla«, bat Brix.

»Jetzt? Nicht lieber später?« Carla war überrascht.

»Wer weiß, was später passiert? Es geht um unsere gemeinsame Zukunft, Liebling.«

Sie nannte sie Liebling.

Sie sprach von gemeinsamer Zukunft.

»So auf die Schnelle ist das ein Wagnis«, zögerte Carla, »doch eine Heidegger-Assistentin und Patientin von Ludwig Binswanger sollte Husserl und die Phänomenologie ja kennen und folglich auch Carl Gustav Jung und seine Tiefenpsychologie?«

»Selbstverständlich«, nahm ihr Renina jeden Zweifel. »Heidegger und Jaspers sind Jungs eingeschworene Befürworter.«

»Ein Glück«, warf Brix erleichtert ein, »du meinst also, wir sind nicht bei den Quacksalbern gelandet? Jürgen hat so seine Bedenken.«

»Was genau habt ihr vor?«, fragte Renina.

»Wir haben uns am C.-G.-Jung-Institut für eine Ausbildung in Traumdeutung beworben. Und wir wurden beide angenommen.«

»Kennen sie dort eure Diagnose?«, warf Renina ein.

»Und ob. Ich denke, es war genau diese Diagnose, die für uns gesprochen hat.« Carla war die Ruhe selbst und nahm jetzt wieder Brix' beide Hände in ihre.

Renina setzte sich nochmals, drehte sich auf dem Drehstuhl von Fräulein Schmitt in Zeitlupe um ihre eigene Achse und musste dabei schmunzeln.

Wie sich verwandte Seelen in der Weite des Universums treffen konnten!

Heute Morgen hatte Erica Taut ihre Eltern wiedergefunden. Heute Nachmittag hatte Renina das schöne Leben mit den Pferden und den stillen, aber klugen Basil neu entdeckt. Heute Abend saßen ihr diese zwei jungen Frauen gegenüber, die sich aus ihren jeweiligen Abgründen retten könnten.

Und ausgerechnet durch Traumdeutungstherapie!

Renina gäbe ihnen mit dem größten Vergnügen ihre zwei neuesten Angstträume zur Diagnose.

»Wir kommen ab Juni alle vier Wochen«, führte Carla jetzt

aus, »denn die Kurse werden immer Anfang des Monats im Institut in der Zürcher Altstadt nahe dem Kunsthaus abgehalten. Sie beginnen montags und enden freitags, wir könnten dich also jeweils am Sonntag zuvor besuchen? Oder am Samstag danach, solltest du für den Verlag unterwegs sein.«

War das zu glauben?

Basil hatte heute beim Reiten gesagt, sie solle Menschen hinter sich haben, die sie deckten, nicht angriffen. In der Stallgasse hatte Renina die Panik gepackt, doch sie hatte sich selbst davon überzeugt, dass sie nicht viel bräuchte, um die Scheidung von Fred durchzufechten. Nur Zeit, eine Rechtsanwältin, Basil, die Eltern, Erica und ... Brix.

Jetzt käme Brix jeden Monat ganz von allein hierher?

»Was sagt ihr zu einem schnellen Drink in der Hotelbar, diesmal mit extraschönen Oliven?«

Brix' Worte, als sie das Eingangsportal des Verlags hinter sich schlossen, gaben die Marschrichtung des Abends vor. Draußen ging der Föhnwind, man glaubte sich im Sommer.

Das war der Bodensee. Man konnte am Morgen im eisigen Nebelmeer eines schwedischen Fjords erwachen und den Abend in den lauen Winden der venezianischen Lagune beschließen.

Sie erreichten die Seestraße, dann die Rheinbrücke und mussten alles an sich festhalten, auch das Haar, die Röcke und die Hosenbeine, denn der Föhn trieb seinen Spaß mit ihnen. Während Brix und Carla immer wieder gegen den Wind ankicherten, überfielen Renina erneut die Ängste von vorhin in der Eingangshalle des Verlags, als sie gefürchtet hatte, Fred stünde vor der Tür.

Was, wenn er tatsächlich noch im Inselhotel wäre? Wenn er die Eltern in der Bar angetroffen hätte und wüsste, auch sie käme zum Konzert? Was, wenn er sie an der Rezeption erwarten und ihr eine Szene machen würde, ungeachtet der Anwesenheit von Brix und Carla?

Sie wollte kein Streitgespräch.

Sie wollte morgen früh gemeinsam mit den Eltern und Erica den besten legalen Ausweg aus dieser Sackgasse finden. Vorher Dinge zu zerreden führte zu nichts.

Sobald sie am Ende der Rheinbrücke angelangt waren und der Windschatten des Hotelparks sie schützte, ließ Brix Carla vorausgehen.

Sie hängte sich bei Renina ein und flüsterte: »Jetzt noch zur weniger guten Nachricht.«

Renina knickte beim Gehen kurz ein, denn die Rückenschmerzen rasten in ihre Beine.

Konnte Brix von der Auseinandersetzung mit Fred erfahren haben? Und gar von ihren Scheidungsplänen?

Nur, von wem? Vielleicht hatten Brix und Carla, und nicht wie befürchtet Fred, die Eltern zuvor im Inselhotel getroffen?

Unsinn. Davon hätten sie doch erzählt ...

Sie rügte sich innerlich.

Sie musste mit dem Thema Fred bald ihren Frieden machen. Sie würde sich sonst mit den ständigen Fragen, die aus ihren Ängsten erwuchsen, bis zur chronischen Krankheit aufreiben. Und sie hatte eine chronisch Kranke zu Hause, ihre Mutter, die ihre Enteignungstragödie nach allen Regeln der Kunst somatisiert hatte.

»Psychodynamisch kann Somatisierung als Folge der Verdrängung von subjektiv unerträglichen Emotionen, Konflikten und Erinnerungen verstanden werden«, konnte Renina einen von Ninis ersten Befunden von Dr. Binswanger noch heute auswendig hersagen. Eine Diagnose, die Ernstl und sie damals wie ein Schlag getroffen hatte und der zufolge sie die familieninterne Parole ausgegeben hatten: Wir feiern jeden Tag, den Gott uns mit ihr schenkt!

Doch hier und jetzt, holte sie sich in die Gegenwart zurück, war sie doch mit Brix und Carla unterwegs, und es erwartete sie ... Mozart! Sie müsste versuchen, ihre Enttäuschung über Fred und sich selbst in Leichtigkeit, in einen Neubeginn zu verwandeln, so wie ihre Mutter das vermochte, wenn in den ernstesten Situationen auf ihren Schläfen die Lachfältchen erschienen.

Sie nahm Brix bei den Schultern: »Du hast die Konzertkarten vergessen.«

»Nein«, lachte Brix auf, »das nicht. Du bist entzückend, Renina! Es ist vielmehr ... Jürgens Familie ist bankrott.«

»Ach.« Es gab im Leben immer jemanden, dem es noch schlechter ging als einem selbst. »Wie das denn, darf ich fragen? Hatten die Rittbergs außer den Gütern in Schlesien nicht auch Besitz hier im Westen?«

»Schon. Doch den hat er verspielt.«

»Nicht etwa Jürgen?«

»Nein, ich bitte dich.«

»Wer dann?«

»Sein Vater.«

Die sogenannte Casino-Clique, die Basil heute beim Ausritt angedeutet hatte.

Basil war wirklich eine Entdeckung! Er beobachtete haargenau.

Renina müsste mit ihren Eltern dringend über ihren Bruder sprechen. Er brächte es doch nicht ebenso wie der alte Rittberg fertig, ihre mühsam erkämpften ersten Erfolge mit seinen Flieger-Capricen zunichtezumachen?

»Ihr werdet von vorn beginnen müssen, Brix, mein Schatz.« Renina sagte das, um die Freundin, aber auch sich selbst über die Gefahr eines erneuten Totalverlusts hinwegzutrösten.

Diese Technik hatte sie sich als Kind selbst beigebracht. Wenn sie in den dunklen Alleen der Börde vor den Wölfen Angst hatte oder auf dem Weg vom Stall zum Herrenhaus der Wind ging und wild durch die Birken heulte, hatte sie sich einen solchen Satz im Geiste vorgesagt. Nein, nicht nur im Geiste vorgesagt, meistens hatte sie ihn sogar laut in die Dunkelheit oder den Wind geschrien: »Ihr Wölfe kriegt mich nicht!« Oder: »Du Wind bist nicht stärker als ich!«

Das hatte immer geholfen. Kein Wolfsrudel hatte sie je angefallen, auch wenn Renina ihr Geheul ganz in der Nähe vernommen hatte und oft auch das Rascheln ihrer Bewegungen im Unterholz. Kein Wind hatte sie je davongetragen, obschon sie leicht war und fragil und vom kleinsten Luftzug totzukriegen, wenn er nur ihre Bronchien ergriff.

»Ihr werdet von vorn beginnen müssen«, wiederholte sie und umarmte die Freundin, die, und das wurde ihr jetzt bewusst, tatsächlich viel kleiner war als sie.

»Du siehst ja, es geht.« Renina wies zurück auf die im Föhnwind rauschende Allee der Seepromenade, an deren Ende ihre neue Arbeit und ihr neues Zuhause lagen. Dann wies sie voraus auf Carla. Eine junge Frau, die ihr Leben selbst entworfen hatte und die es, wie es schien, zielstrebig vorantrieb.

Im selben Augenblick fiel ihr etwas ein.

»Wo hat deine Carla eigentlich die Jahre der Judenverfolgung verbracht, um zu überleben?«, flüsterte sie Brix zu.

»Wo deine Weta auch war. Versteckt. Auf dem Gut deiner Urgroßmutter in der Börde.«

»Die war zu der Zeit schon tot.«

»Natürlich, doch deine Mutter hatte die Verwaltung inne.«

»Und als Nini und Weta hierherfliehen mussten?«

»Floh sie mit.«

»Carla?«

»Ja, sicher.«

»Davon haben die Eltern nie erzählt.«

»Deshalb hat sie überlebt.«

Renina konnte nichts erwidern. Eine Welle von Wärme durchflutete sie. Da stand sie, auf der Konstanzer Rheinbrücke, mit brennenden Rückenschmerzen, und ihr Leben war ein einziges Fragezeichen.

Doch es gab in diesem Leben Menschen, auf die Verlass war. Und diese Menschen waren ihre Sicherheit.

IN DER ZEPPELINBAR

Kein Fred wartete an der Rezeption des Inselhotels oder verwickelte sie vor ihren Freundinnen in ein Verhör. Renina fühlte sich mit jedem Schritt, den sie durch die Eingangshalle und durch den weiten Kreuzgang gingen, erleichterter. Wahrscheinlich waren all die so sehr beschäftigten Wissenschaftler des Atomkongresses, wie Basil am Nachmittag angenommen hatte, längst in alle Winde zerstreut.

Am Ende des Kreuzgangs angekommen, war aber schon aus der Entfernung klar, dass man hier all jene Kongressteilnehmer wie in einer Kommandozentrale zusammengetrommelt haben musste. Die Hotelbar war ein Tollhaus. Zigarettenrauch schwebte wie eine Nebelbank unter den drei Tonnengewölben der Decke, als wäre eben eine Dampflock durch die Klosterkirche eingefahren.

Zu zahllosen anderen Anlässen war Renina diese Bar, die ehemals die Sakristei der Klosterkirche gewesen war, groß erschienen. Doch heute war sie derart gefüllt mit Menschen, dass sie einen Moment lang zögerte, bevor sie eintrat. Massenansammlungen bereiteten ihr Atemnot, genau wie das feuchte Klima des Sees oder die Angstzustände, die Dr. Binswanger diagnostiziert hatte.

Da kam ihnen ihre betagte Schneiderin Frau Lohrer auf der Schwelle zur Bar entgegen: »Meine bezaubernde *Marlene*, wie gut Ihnen dieser Smoking steht.« Sie hatte im Schlepptau ihren

Mann, ihren Sohn und auch Eva, die talentierteste ihrer jungen Schneiderinnen, auf die Nini große Stücke hielt.

Renina begrüßte alle.

»Und noch zwei so schöne Kinder«, machte Frau Lohrer ihren Freundinnen Brix und Carla die Honneurs, »das Grün steht Ihnen hervorragend, es passt zu Ihren Augen. Und erst diese schwarze Versuchung. Wo haben die Damen schneidern lassen?«

»Wir wohnen in Düsseldorf, also nicht gerade in Paris.« Brix war weiterhin bestens aufgelegt. »Doch auch hier in Konstanz«, wies sie auf Renina, »kennt man ja schon den *Marlene*-Smoking, wie wir sehen.«

»Und das ist nur der Anfang. Darf ich Sie einweihen, Renina?« Frau Lohrer zog sie, genau wie bei ihren Anproben, an den Hüften auf Tuchfühlung zu sich her. »Mein Sohn Franz verlobt sich heute Abend mit der kleinen Eva, der Nachwuchshoffnung meiner Schneiderei. Ich freue mich so sehr. Wenn *die beiden* den Laden in Zukunft nicht schaukeln können ...«

Renina trat einen Schritt zurück und betrachtete die blonde Eva, die sich schüchtern am Arm ihres zukünftigen Schwiegervaters festhielt. Es war klar, dass sie zum ersten Mal in einem Rahmen wie diesem auftrat.

Renina applaudierte ihr zu, die Freundinnen taten es ihr gleich, und Frau Lohrer strahlte.

»Darf ich vorstellen«, komplettierte Renina jetzt das Bekanntmachen, »Brigitte Rittberg, Carla Löw, sie werden ab nächstem Monat regelmäßig in die Stadt kommen, und da spazieren wir sicherlich öfter bei Ihnen in der Wessenbergstraße vorbei.«

Woher kam bloß die gute Stimmung in der Bar? Hatte der Frühlingsgott des 1. Mai verstanden, dass Renina heute nicht noch mehr Drama ertragen konnte? Dass sie, im Gegenteil, ein Sichloslösen von allem Erlebten verdiente?

Sie machte ein paar Tanzschritte zu den Takten der Musik, die den Raum füllte. In der Ecke hinter dem geschwungenen Tresen, der die ganze Mitte der Bar einnahm, stand eine kleine Jazzband. Ein Kontrabass, ein Schlagzeuger, ein Saxofonist, ein Trompeter.

Was spielten sie?

Ja natürlich, Cole Porter. Gerade ging »All Through the Night« zu Ende.

Renina ließ die Freundinnen weiter mit Frau Lohrer plänkeln und lehnte sich zum Zuhören in den Türrahmen der Bar. Hoffentlich sprach sie nicht noch jemand an, und sie könnte dem ganzen nächsten Song folgen. Die Musiker nahmen den Applaus von den Tischen entgegen, der Trompeter trat von seinem Podest herunter und ging auf jemanden zu, der hinter der Bar erschien. Eine Sängerin. Er begrüßte sie mit großer Geste, die Gäste an den Tischen um sie herum, die die Szene aus der Nähe beobachten konnten, riefen »Ah« und »Oh«.

Die Sängerin bestieg das Podest und bekam vom Schlagzeuger ein Mikrofon in die Hand, dann drehte sie sich zum Publikum und verbeugte sich leicht. Renina war, wie wahrscheinlich viele im Raum, sprachlos.

Die Frau war schwarz.

Eine Farbige sang im Inselhotel?

Was sagten dazu die Konstanzer Bürger?

Diese wagemutige Besetzung war sicher Voss, dem jungen Hoteldirektor, zu verdanken, der zuvor das Esplanade in Berlin geleitet hatte und liberale Ansichten vertrat.

Die Sängerin sagte ihren Song an: »*Guten Abend,* dear guests. We have prepared ›It's De-Lovely‹ for you. Enjoy with us the great Cole Porter.«

Renina lauschte gespannt. Die Band spielte ihre schleppende instrumentale Einleitung, dann begann sie zu singen.

>»I feel a sudden urge to sing
>The kind of ditty that invokes the spring.«

Sie wies durch die Sakristeifenster nach draußen, in den föhnigen Abend, und erntete einen ersten Zwischenapplaus.

>»So, control your desire to curse
>While I crucify the verse
>This verse I've started seems to me
>The ›Tin Pan-tithesis‹ of melody
>So, to spare you all the pain
>I'll skip the darn thing and sing the refrain.«

Eine weitere Pause, sie sah ihr Publikum an, als könnte es nicht bis drei zählen. Alle mussten spontan lachen. Da legte die Band mit dem Refrain los wie wild und gleich darauf sie:

>»The night is young, the skies are clear
>And if you want to go walkin', dear
>It's delightful, it's delicious, it's de-lovely
>I understand the reason why
>You're sentimental 'cause so am I
>It's delightful, it's delicious, it's de-lovely
>You can tell at a glance

What a swell night this is for romance
You can hear, dear mother nature
Murmuring low, ›Let yourself go‹
So, please be sweet, my chickadee
And when I kiss ya, just say to me
›It's delightful, it's delicious, it's delectable, it's delirious
It's dilemma, it's de limit, it's deluxe, it's de-lovely.‹«

Applaus. Die Herren, die nicht ohnehin an der Bar standen, er-
hoben sich aus ihren Sesseln. Die Sängerin verbeugte sich amüsiert, drehte sich zu ihrer Band um und öffnete fragend die Arme.
Natürlich setzten die Musiker zu einer kleinen Zugabe an, einer
Wiederholung des Refrains, und alle klatschten mit.

»You can tell at a glance
What a swell night this is for romance ...«

Renina sang den ganzen Refrain bis zum Ende mit. Der 1. Mai,
dachte sie dabei, »you can hear, dear mother nature murmuring
low, ›Let yourself go‹«.
   Heute Morgen hatte Fred zu ihr gesagt, sie hätte sich endlich
einmal gehen lassen.
   War das etwa nicht als Spott, sondern als Kompliment ge-
meint gewesen?
   Vorhin im Verlag hatte Brix gesagt, Renina habe beim Studium
in Freiburg Denken gelernt, und Carla hatte gefragt: »Hoffentlich auch Fühlen?«
   War sie vielleicht wirklich ein emotionaler Krüppel? Wagte zu
wenig Gefühle, und wenn, dann die falschen?
   Wieder setzte begeisterter Applaus ein, die Sängerin schickte

Handküsse ins Publikum und verschwand hinter der Bar. Es war klar, dass sie nach dem Mozart-Konzert nochmals hier singen würde, doch jetzt müsste die ganze Aufmerksamkeit der kleinen Mitsuko gelten, die sicher schon, seriös angezogen und brav frisiert, hinter der Bühne des Festsaals wartete.

»So, please be sweet, my chickadee ... «

Einer aus dem Rudel der Smokingträger, die die Mitte des Raums füllten, löste sich vom Bartresen und kam laut singend auf sie zu.

Es war Fred.

Ihm folgten zwei Gestalten, die Renina von gestern Abend und heute Morgen bekannt waren, dieser Paul und diese Monika.

Fred hatte zwei Dry Martini in den Händen und balancierte sie im Rhythmus des Schlagzeugers, der gerade mit dem Trommelvorspiel von »Night and Day« begann, wie ein Jongleur.

»Guten Abend«, sagte Renina so ruhig wie möglich.

Er käme doch nicht wieder auf die Idee, ihr das Glückspulver einzuflößen?

Sie sah sich nach Brix und Carla um. Die hatten sich inzwischen von Frau Lohrer losgeeist und standen direkt hinter ihr.

»Drei frisch gemixte Martini bitte, Fred, wir sind zu dritt.«

Brix ging auf Fred zu, nahm ihm die zwei Gläser aus den Händen und gab sie an Paul und Monika weiter. Freds Jongleurtanz gefror in der Bewegung.

Paul sprang ein und zog ihn zur Bar zurück.

Inzwischen stellte sich Monika ganz nahe vor Renina. »Willkommen in diesem Narrenkäfig«, sagte sie und ergänzte leise: »Ich hoffe, du hattest trotz allem einen guten Tag?«

Auf diese Anspielung würde Renina nicht vor allen Leuten eingehen. Mit dieser Frau hatte sie noch ein Hühnchen zu rupfen, doch nicht jetzt und nicht hier.

»Darf ich vorstellen, Monika?«, wechselte sie also – Nini wäre stolz auf sie – das Thema: »Meine beste Freundin Brix und ihre Freundin Carla. Sie kamen heute eigens für diesen Abend aus Düsseldorf, Brix ist Germanistin, Carla eine Expertin in Sachen Grafik und Kommunikation.«

»Ich freue mich«, sagte Monika.

»Monika hingegen«, wandte sich Renina an Brix und Carla, »ist Wissenschaftlerin. Atomphysik. Vielleicht die Zukunftshoffnung?«

»Hoffnung braucht vor allem die Gegenwart«, konterte Carla.

Noch bevor Monika etwas entgegnen konnte, erhielten sie die fehlenden Martini von Fred und Paul im Flug serviert, und so stießen alle miteinander an. Während der Schlagzeuger aus dem Fond der Bar weiterhin die dumpfen Warntrommeln von »Night and Day« schlug, stellte sich zwischen den Wissenschaftlern und den Kreativen eine frappierende Sprachlosigkeit ein. Fred, Paul und Monika wussten nichts zu sagen. Renina, Brix und Carla wussten nichts zu sagen. Also hörten sie dem Trompeter zu, der das Lied anstimmte. Er sang den Text aber nicht, sondern flüsterte ihn in sein Mikrofon.

»Like the beat, beat, beat of the tom-tom
When the jungle shadows fall
Like the tick, tick, tock of the stately clock
As it stands against the wall
Like the drip, drip, drip of the raindrops

When the summer shower is through

So a voice within me keeps repeating you, you, you.«

Es hörte sich gespenstisch an, dieses »you, you, you«. Renina bemerkte, wie Fred sie anstarrte. Er umkreiste Monika und Brix und stellte sich direkt neben sie. Sie spürte seine Hand auf ihrem Rücken, die auf die Hüften wanderte, unter ihre Smokingjacke rutschte und sich in den Hosenbund einzufädeln versuchte, was ihr nicht gelang, denn Renina machte einen Schritt zur Seite und hielt sich an Brix fest.

»Night and day, you are the one ...«, sang Fred jetzt den Refrain mit und kam ihr nach, reichte Paul sein Glas und drehte Renina zu sich her. Er nahm ihr das Glas aus der Hand, gab es an Monika weiter und begann ein paar Tanzschritte. Renina konnte sich nicht aus seiner Umarmung lösen.

»Only you beneath the moon or under the sun

Whether near to me or far

It's no matter, darling, where you are

I think of you

Night and day.«

Der Sprechgesang des Trompeters ging weiter. Renina blickte sich um. Nur sie beide bewegten sich, alle anderen in der Bar starrten sie an. Sie starrten auf ein Paar im Smoking. Sie verfolgten ihre Schritte, wie man zwei schwarz geschirrte Zirkuspferdchen in der Manege verfolgte, unwissend, was jeden Abend nach der Vorführung mit ihnen geschah ...

»Day and night, why is it so
That this longing for you follows wherever I go?
In the roaring traffic's boom
In the silence of my lonely room
I think of you
Night and day
Night and day
Under the hide of me
There's an oh, such a hungry yearning burning inside of me
And its torment won't be through
'Till you let me spend my life making love to you
Day and night, night and day.«

Es reichte jetzt, Renina konnte nicht mehr. Verharren war vielleicht die einzige Art, diesen Tanz auf dem Vulkan zu beenden.
Sie versuchte, sich frei zu machen, doch Fred hielt sie auch bei
den letzten Klängen noch fest wie ein Schraubstock.

»Lass mich los.«

»Niemals.«

»Meine Entscheidung steht fest.«

»Du meinst, du entscheidest allein?«

»Für mein Leben, ja.«

Jetzt war nur noch der Schlagzeuger zu hören, er trommelte
den Song zu Ende wie einen Zapfenstreich.

Die Musiker legten ihre Instrumente aus den Händen, und das
Licht wurde hochgedreht. Der Hoteldirektor erschien hinter
der Bar und bat Tisch um Tisch zum Konzert. Es kam wieder
Bewegung in den Raum, Renina war erlöst. Fred hatte keinen
Dank für den Tanz auf den Lippen, keine noch so kleine Ver-
beugung für sie übrig, sondern wandte sich seinen Forscherkol-

legen zu, die auf ihn zuströmten. Der strahlende Siegfried und sein Gefolge ...

Die Ersten, die hingegen auf Renina zukamen, waren die Eltern mit Erica, Dr. Krauß, dem Bankier und einem weiteren Herrn mit weißem Haar und langen Koteletten, das war sicher der Freiburger Verleger. Ihnen folgten Basil, seine Eltern und eine junge Dame in scharlachrotem Taft. Das musste Ruth Krauß sein, die Rechtsanwältin, die Käuferin von »ihrem« Mercedes-Coupé.

Eine allgemeine Begrüßung setzte ein.

Erica umarmte Renina und raunte: »Erste Reihe, Kind, gleich neben mir. Gehen wir, der Botschafter wird ein paar Worte sagen.«

Reninas Eltern waren von Brix' Anwesenheit begeistert und erst recht von Carlas. Basil tat schüchtern, denn die Rechtsanwältin belegte ihn sichtlich mit Beschlag. Sie hatte ihn untergehakt und stürmte mit ihm auf Renina zu.

»Diese zarte Elfe ist die, die mit 150 Stundenkilometern über unsere deutschen Autobahnen rast?«

»Zumindest haben sie so endlich einen erfreulichen Sinn«, nahm Basil Renina in Schutz.

»Ich kann kaum Auto fahren. Das könnte ich also von ihr lernen.« Und jetzt sprach sie Renina direkt an: »Ruth Krauß, ich bin die Tochter Ihres Rechtsanwalts.«

»Und selbst Anwältin, wie ich höre?«, fragte Renina.

»Basil, du bist ein Plappermaul.«

»Im Gegenteil, er ist meine Rettung.«

»Eine Scheidungsklage«, erklärte Basil leise.

»Das tut mir leid für Sie, Frau Dietrich.« Sie machte eine kleine, gut einstudierte Pause. Man merkte ihr an, dass sie das

Schauspiel liebte. Dann prustete sie ein kurzes Lachen aus ihrem scharlachrot geschminkten Mund und ergänzte: »Aber erst recht für Ihren Mann!«

Sie zog Basil aus der Bar, sodass Renina allein mit Erica zurückblieb. Die Wissenschaftler waren geschlossen in den Festsaal vorausgegangen, sie mussten vor dem japanischen Botschafter Präsenz zeigen, immerhin war die Hälfte der Kongressteilnehmer von der Universität Kyoto entsandt worden. Ebenso waren Reninas Eltern sowie Brix und Carla schon auf der Suche nach ihren Plätzen.

»Auch tanzen kann die junge Chefredakteurin also.« Erica hatte anscheinend Reninas Bedrängnis bemerkt und versuchte die Situation ins Komische zu wenden.

Sie führte sie über den Mittelgang durch die dichte Bestuhlung des Festsaals. Das Konzert war ausverkauft, der ganze Bodensee schien angereist.

»Das war mein Mann.«

»Der Marlene-Neffe. War er nicht von Anfang an ein wenig zu dominant für ein zartes Vollblüterchen wie dich?«

»Ich meinte, ich müsste ihn haben.«

DAS KONZERT

»Den blendenden Dr. Dietrich, ja, ja«, dachte Erica laut zu Ende, als sie bei den vorderen Reihen ankamen. Sie blieb kurz stehen, drehte Renina zu sich her und sah ihr in die Augen: »Können wir den bitte, genau wie die verschüchterte Marie von heute Morgen, für immer vergessen?«

Der Botschafter erhob sich, um sich vor Erica zu verneigen. »Ich bin geehrt, mein Fräulein«, sagte er zu Renina, als er auch sie mit Handkuss begrüßte.

Er war klein und hatte weißes, streichholzkurz geschnittenes Haar. Seine gedrungene Gestalt und sein gewitzter Blick glichen denen des Igels in der Geschichte vom Hasen und vom Igel. Renina erinnerte sich bildhaft an Ninis bevorzugte Gute-Nacht-Geschichte. Ihre Mutter hatte sie immer gern erzählt, weil sie schnell ging und ihre Botschaft klar war.

Eines schönen Morgens machte sich ein Hase über die kurzen, schiefen Beine eines Igels lustig, woraufhin der ihn um den Einsatz eines Golddukaten und einer Flasche Branntwein zu einem Wettrennen herausforderte. Als das Rennen auf dem Acker begann, lief der Igel nur ein paar Schritte, hatte aber am Ende des Ackers seine ihm zum Verwechseln ähnlich sehende Frau platziert. Als der Hase heranstürmte, rief die Frau des Igels ihm auf Plattdeutsch zu: »Ick bün all hier.« Dem Hasen war die Niederlage unbegreiflich, er verlangte Revanche und führte zahllose Läufe mit stets demselben Ergebnis durch. Immer stand am Ende des Ackers der Igel – oder die Igelin – und sagte in aller Seelenruhe: »Ich bin schon da.« Beim letzten Rennen brach der Hase erschöpft zusammen und starb.

»Ich bin schon da«, entfuhr es Renina leise, in diese Erinnerung versunken.

Das schien den Botschafter zu amüsieren, er hielt die Hand an sein Ohr, um besser hören zu können: »Sie sind schon da?«

»Verzeihen Sie, Exzellenz, ich wollte sagen: Ich bin dankbar für Ihre Einladung.«

»Mit dem größten Vergnügen, meine Liebe. Doch verstand ich da gerade: Ich bin schon da, aus der Geschichte vom Hasen und vom Igel? Als Kind war das meine Lieblingsgeschichte.«

Einer aus dem fernen Japan kannte die Brüder Grimm?

»Wir haben diese Fabel in der Grundschule gelesen, ich ging auf die deutsche Schule, müssen Sie wissen, und ich fand sie so ... gescheit.«

An Erica gerichtet, flüsterte er: »Dieses Mädchen ist genau, wie Sie es angekündigt haben, Taut-San.«

Er drehte sich galant um die eigene Achse und wies Erica den Platz zu seiner Rechten, Renina den zu seiner Linken zu. Dieser ältere Herr musste ein gut trainierter Samurai sein, dass er noch solch eine Körperspannung aufwies. Am Ende seiner Drehung machte er einen kleinen Diener zu den Damen und schritt auf die Bühne, auf der schon die Musiker warteten, die Renina heute Morgen hatte kennenlernen dürfen. Allein die kleine Mitsuko war noch nirgendwo zu sehen.

Der Botschafter stellte sich neben den im Vordergrund aufgebauten Konzertflügel und begann mit seiner Ansprache: »Verehrte Taut-San, sehr geehrte Damen, meine Herren. Geschätzte Forscher dieses heute zu Ende gegangenen ersten bilateralen Atomphysik-Kongresses.«

Er machte eine kleine Pause und nahm die Forscher in den ersten Reihen ins Visier.

»Es war einmal ein Kaiser-Wilhelm-Institut für Physik in Berlin. Wir in Japan haben es aus weiter Ferne bewundert. Werner Heisenberg, der Professor einiger der hier anwesenden Doktoren und ebenso ein Nobelpreisträger, übernahm seine Leitung während des Kriegs.«

Das Publikum lauschte gespannt.

»Geehrte deutsche Wissenschaftler, für die wir dieses Abschlusskonzert heute ausgerichtet haben. Wir wissen, dass Sie aus Berlin-Dahlem sozusagen schlagartig ins süddeutsche Hechingen übersiedeln mussten. Doch glauben Sie mir«, er wies auf die japanische Forschungsdelegation, mindestens fünfzig junge Smokingträger mit schwarzen Pilzköpfen, »unseren Talenten der allerersten Generation der Atomforschung ging es noch viel schlechter.« Weiterhin aufmerksame Stille im Saal.

»Wir haben sie während des Kriegs nach Tokachi in der Präfektur Hokkaido umgesiedelt. Schade nur, dass dort Tsunamis wüten. Letztes Jahr starben von der vor Ort etablierten Forschungseinheit von dreiunddreißig außerordentlichen Experten ... dreiunddreißig.«

Ein Raunen ging durchs Publikum. »Der Verlust ist nicht gutzumachen. Wäre ich der kluge Igel in der Geschichte Ihrer Brüder Grimm, ich könnte noch so oft ›Ich bin schon da‹ rufen, es würde nutzlos durch die Äcker und Felder hallen. Denn keiner ist mehr dort, mich zu hören.«

Ein Tuscheln setzte ein, das Publikum begriff nicht, worauf der Botschafter hinauswollte.

»Und wäre ich der dumme Hase aus dieser Fabel, stände es um mich noch schlimmer. Ich würde Erfolgen nachhetzen, die nationalistischer, also am Ende persönlicher Art sind, statt das große Ganze, den Fortschritt für die Menschheit anzustreben.«

Um sich herum sah Renina einhelliges Nicken.

»Heute, zum Abschluss dieses Forschungssymposiums hier am schönen Bodensee«, fuhr der Botschafter fort, »haben wir beschlossen, dass wir die kreativen Kräfte unserer Professoren Nishina und Arakatsu, der Köpfe der Physikfakultät der Universität Kyoto, mit Ihrer aufstrebenden Forschergeneration vereinen.«

»Jetzt kommt es«, raunte Erica über den leeren Stuhl des Botschafters hinweg. Sie nahm Reninas rechte Hand in ihre Linke und hielt sie fest.

»Synergie statt Konkurrenz, das ist unser Motto, und wir hoffen, es kann Schule machen. Der Leiter eines neuen Instituts, das von der Schwäbischen Alb nach Berlin zurückkehren wird und das wir mit Kyoto zu einem einmaligen Exzellenzzentrum fusionieren, wurde heute Nachmittag bestellt. Er weilt unter uns. Willkommen in dieser verantwortungsvollen Position, Dr. Dietrich.«

Die Smokingträger in den ersten Reihen klopften auf ihre Sessellehnen. Renina blickte sich um und sah Fred, zwischen den deutschen und japanischen Kollegen in der dritten Reihe platziert, wie er kurz aufstand und die Wertschätzungen entgegennahm.

»Du siehst«, raunte Erica ihr zu, »wir haben ihn ins ferne Japan weggelobt.«

»So etwas kann man?«, raunte Renina zurück.

»Man kann. Erst recht, weil er dich nie erwähnt.«

Ah?

War er bei dem Nominierungsgespräch, das wohl heute Nachmittag stattgefunden hatte und bei dem Erica offensichtlich zugegen gewesen war, wie üblich als Alleinunterhalter aufgetreten? Keine Angaben zu einer jungen Ehefrau, die hier in Konstanz arbeitete und eigene Ideen hatte? Keine Erwähnung einer möglichen Familienplanung?

»Vorsicht aber. Das heißt keinesfalls, dass er dich freigibt.«

»Doch jetzt, geschätztes, so zahlreich angereistes Publikum«, kam der Botschafter zum Ende seiner Rede, »habe ich die Ehre, eine Dame zu begrüßen, die das Konzert, das wir genießen werden, möglich gemacht hat. Taut-San, hier im Deutschen Erica Taut, die Witwe des bei uns in Japan hochverehrten Architekten Bruno Taut, hat das Talent der kleinen Mitsuko Uchida entdeckt und sie überzeugt, heute Abend erstmals vor Publikum zu spielen. Genießen Sie mit uns Mozarts Klavierkonzert Nr. 23 in A-Dur. Ich nenne es das Frühlingskonzert, denn Mozart schrieb es an lauen Frühlingsabenden wie diesem hier.«

Der Botschafter stieg die drei Stufen ins Publikum zurück, und die Musiker begannen mit dem Stimmen ihrer Instrumente.

Wer ging da auf leisen Sohlen durch das rechte Seitenschiff?

Voss, der Hoteldirektor, und neben ihm Johannes Weyl, der Verleger des *Südkurier*. Er war der Medienpartner der neuen Kulturveranstaltungen des Inselhotels und hatte dieses erste Konzert seit Wochen in seiner Zeitung beworben. Gleich in der morgigen Samstagsausgabe brächte Weyl eine exklusive Konzertkritik, von der alle deutschsprachigen Zeitungen abschreiben könnten.

Die beiden Gastgeber zählten nickend die Reihen ab und multiplizierten sie sicherlich im Kopf mit den Sitzplätzen. Sie konnten sich freuen, dies war ihre erste gemeinsame Veranstaltung, sie war ausverkauft, und sie würde das Hotel zu einem neuen Mittelpunkt der Region machen.

Einige Schritte hinter ihnen folgte noch eine weitere Gestalt. Renina beobachtete die drei Silhouetten im Halbdunkel des Seitenschiffs. Voss und Weyl stand die Genugtuung ins Gesicht geschrieben. Eine Heidenarbeit hatte sich ausgezahlt, und nicht zuletzt war das ihrer gewagten Mischung aus Jazz und klassischer Musik zu verdanken. Doch der dritte Herr im Smoking erntete keinen gesäten Erfolg, eher schien er auf der Pirsch.

Wer war dieser schlaksige Typ?

Als er den vorderen Kirchenraum erreichte, näherte er sich der Publikumsbestuhlung und trat so aus dem Schatten der grauen Sandsteinsäulen. Offensichtlich suchte er jemand, sein Blick irrte durch die Reihen.

Es war Eduard!

Und in dem Augenblick, in dem Renina ihn erkannte, nickte er verhalten zu ihr herüber.

Wirklich zu ihr? Oder zu jemand, der ein paar Reihen hinter ihr saß?

Sie nickte zurück und öffnete den Mund zu einem Ruf, der nirgendwo ankam, wie in der Szene heute Morgen in der Suite mit Fred und wie in ihren Angstträumen der letzten Monate. Sie stand vor der Tür des Verlags, sie wartete am Flughafen, sie kam im letzten Moment zu einem Zug ... Sie rief jemand etwas zu, doch es war nicht zu hören.

Sie rief jetzt wieder, wenn auch im Flüsterton: »Eduard.« Doch ihre Stimme war, wie im Traum, selbst in ihrem Kopf verstummt.

Der Bruder blieb im Seitenschiff stehen, er hatte mit dem Blick den gefunden, den er meinte, es war klarerweise nicht Renina. Und da er jetzt nickte, so als hätte er eine Nachricht verstanden, wandte Renina sich kurz über die Schulter um. Zwei Reihen hinter ihr saß ja Fred, und gerade machte er ein Handzeichen, die Geste einer schriftlichen Signatur, die landläufig »Darf ich zahlen?« bedeutete. Ein solches Zeichen machte Ernstl, wenn er beim Maître auf die Ferne um die Rechnung des Abendessens bat, oder Nini, wenn sie bei Frau Lohrer, beim Floristen oder beim Feinkosthändler anschreiben ließ.

Was wollte Fred bei Eduard bezahlen?

Renina wandte sich schnell wieder nach vorn, man spähte nicht in einem Festsaal herum, bevor ein Konzert begann.

In diesem Moment betrat die kleine Mitsuko die Bühne, die Stimmklänge des Orchesters verstummten, es wurde ganz still im Saal. Mitsuko schien größer und erwachsener als heute Morgen. Ihre Züge waren entspannt, sie musste am Nachmittag gut geschlafen haben.

Sie schwang sich mit der gleichen Körperspannung wie der ihres Botschafters hinter den Flügel, setzte sich auf die Klavierbank und richtete sich auf. Man hatte ihr ein sonnengelbes Jackettchen angezogen, das sie sichtlich störte, wahrscheinlich damit sie in dem schummrigen Kirchenraum und vor den schwarz gekleideten Orchestermusikern gut sichtbar wäre. Sie zupfte sich die zu langen Ärmel an den Handgelenken zurecht. Dann blickte sie in die vorderste Reihe des Publikums, fand Erica und grüßte sie mit einem kaum wahrnehmbaren Nicken.

Die erste Geigerin stand auf, um den Einsatz zum Beginn des Orchesterparts zu geben, suchte aber zunächst Mitsukos Blick, um sicherzugehen, dass sie bereit sei. Die faltete die Hände zu ihr hin und senkte den Kopf. Es konnte losgehen.

Und da war er, der Frühling.

Die Bläser setzten nach den Streichern ein, sie echoten durch die Klosterkirche, als begrüßten alle Nixen der Seeufer den ersten lauen Föhnabend. Das Publikum wartete gespannt auf den Einsatz der kleinen Pianistin.

Sie begann verhaltener als heute Morgen. Bei aller zur Schau getragenen Gelassenheit musste sie aufgeregt sein. Doch, Kompliment, sie legte ihre ersten Läufe virtuos hin. Denn dieses Konzert bewies sich in den ersten drei Minuten. Es war wie das Einreiten auf der Mittellinie der Grand-Prix-Dressuraufgabe, Halt und Gruß, dann im versammelten Trab anreiten und im starken Trab über die Diagonale wechseln. Noch vor der ersten Trabtraversale auf der nächsten langen Seite hatten die Turnierrichter begriffen, ob zwischen Pferd und Reiter Harmonie herrschte und ob sie heute zu Höchstleistungen bereit wären.

Drei Minuten, die alles ausmachten.

Danach war der Rhythmus eingespielt. Takt, Aufrichtung, Schwung konnten sich über die ganze Aufgabe beweisen.

Ebenso bewies sich Mitsuko zu Beginn dieses ersten Satzes. Sie hielt ihr Orchester zurück, sie trieb es an, sie schuf Pausen, um ihren Einsätzen kleine Momente erwartungsvoller Stille zu schenken. Sie spielte ihre Läufe präzise, aber nicht kalt. Manchmal verharrte sie, als wüsste sie nicht weiter, was dem Publikum Augenblicke unverhoffter Spannung schenkte. Dann spulte sie den nächsten Einsatz ab wie im Schlaf. Ein Naturtalent, würden die Radiojournalisten kommentieren und würde der *Südkurier* schreiben. Und doch wusste Renina, wie viel Arbeit in dieser Partitur steckte.

Stille, der erste Satz war gespielt.

Mitsuko begann nach ein paarmal durchatmen mit dem zweiten Satz und war plötzlich ganz allein auf dieser Welt. Ein kleines Mädchen spielte »a cappella« für den aufgehenden Mond, der sich draußen vor der Seeterrasse im Wasser spiegelte, und ihr Orchester setzte ganz leise ein, um diesen intimen Spaziergang nicht zu stören. Es war ein Geschenk. Ein unwiederbringlicher Augenblick. Das Publikum hielt den Atem an.

Vorhin im Verlag hatte Carla die fundamentale Frage nach Reninas Gefühlen gestellt ...

O ja, Musik konnte sie ganz sicher fühlen, da gab es keinen Zweifel. Genau wie die präzise im Takt gesetzten Sprünge ihrer Pappel, ihrer Birke, das notwendige rhythmische Atmen dabei, das die Spannung aufbaute und hielt. Denn nichts war selbstverständlich in der Dressur, jede Sekunde musste er-ritten werden.

Ebenso aber konnte Renina die Schwingungen von Menschen fühlen. Man musste Zeit und Ruhe mitbringen. Man musste sie in sich willkommen heißen, sie sich öffnen lassen, sie abholen in ihrer Einsamkeit, ihren Zweifeln, ihrer Verletzbarkeit. Doch auch in ihren Freuden, ihren Passionen, ihrem Humor.

Während Mitsuko für den Mond über den Seeufern spielte, dachte Renina an den jungen Yves und an den alten Adenauer, die ihr kurze, doch so berührende Einblicke in ihre Seele gewährt hatten. Sie dachte an die diskrete Zärtlichkeit zwischen Brix und Carla vorhin im Verlag. An Erica, ihre Eltern und die kindliche Freude des Wiedersehens von heute Vormittag. Und an Basil, der den Tod seines Bruder beweinte.

Vielleicht war sie nur in dieser Art von Fühlen gut und nicht in der, die man in Hollywoodfilmen als Leidenschaft vorgegaukelt bekam?

Denn – war Leidenschaft in Wahrheit nicht Schall und Rauch?

War die sachte Berührung von Brix' und Carlas Händen nicht packender als jede aufgetragene Besessenheit?

Fred und Eduards stumme Unterhaltung über die Sitzreihen hinweg fiel ihr wieder ein, während der zweite Satz seinem Ende zuging und Mitsuko sich vom aufgehenden Mond verabschiedete.

Was hatten die beiden untereinander ausgemacht? Welche Konten regelten sie? Die der zahlreichen Glückspulver der letzten Tage?

Aus den Augenwinkeln blickte sie nach rechts, doch Eduard war aus dem Seitenschiff verschwunden.

Die erste Geige wartete ab, bevor sie den Einsatz zum dritten Satz gab.

Das Mitsukokind musste doch ein wenig ausruhen?

Aber woher, sie preschte in die Tasten.

Und das Orchester erwachte erneut.

Es war wie der starke Trab nach den Passagen, den Piaffen, den Zweier-, den Dreier- und den Einser-Galoppwechseln, den Traversalen und den Pirouetten der Grand-Prix-Aufgabe. Man hatte die Pflichtübungen geschafft, jetzt konnte man ausholen, Raum greifen, das gesamte Können eines Pferdes genießen.

Mitsuko lieferte ein Finale furioso, das das Publikum aufgewühlt zurückließ. Die Herren, dann auch die Damen sprangen beim Schlussakkord des Orchesters von ihren Sesseln auf. Das Kirchengewölbe hallte wider von tosendem Applaus.

BEIM ABENDESSEN

Erica konnte zufrieden sein. Der Botschafter konnte zufrieden sein. Voss und Weyl konnten zufrieden sein. Und die beiden kamen auch gleich aus dem Seitenschiff auf Erica, den Botschafter und Renina zu, noch während die kleine Mitsuko sich am Bühnenrand verbeugte. Sie mussten das ganze Konzert hinter der vordersten Sandsteinsäule verfolgt haben.

»Ist die Kunst, neben der Wissenschaft, nicht die höchste Form der Hoffnung?«, fragte Weyl euphorisch.

»Diese beiden und die Liebe«, entgegnete Erica, immer noch applaudierend. Renina konnte die Tränen sehen, die ihr in den Augen standen.

»Gut gemacht, Kind«, bestätigte der Botschafter beinahe ohne Stimme und machte einen Diener mit gefalteten Händen zu der jungen Pianistin hin. Sie antwortete mit der gleichen Geste. Da der Applaus nicht abnahm, nutzten Voss und Weyl den Moment und gaben dem Botschafter die Abfolge der verschiedenen Empfänge, die sie im Anschluss vorgesehen hatten, bekannt.

»Wenn Exzellenz einverstanden sind, wir haben im Zeppelinsalon im ersten Stock für die Musiker decken lassen. Im Seerestaurant empfangen Sie wie gewünscht die Forscher, bevor diese um neun Uhr das Haus in Richtung Zürich-Kloten und Hechingen verlassen. Die Reisebusse stehen schon auf der Parklichtung bereit. Die Dominikanerstube ist für die hiesigen Gäste vorbereitet. Später dann singt die unvergleichliche Ella erneut in unserer Bar.«

»Hervorragend, Herr Voss, Herr Weyl«, raunte der Botschafter, dem vor Rührung weiterhin die Stimme versagte.

»Die Radioreporter nicht zu vergessen«, ergänzte Erica, denn die marschierten mit ihren bauschigen Mikrofonen schon hinter den Sandsteinsäulen auf. »Die übernehmen Sie bitte, Herr Weyl? Und ich darf mich mit meiner Freundin hier in Herrn Voss' herrliche Stube verabschieden? Es war ein langer Tag.«

»Selbstverständlich«, antwortete der Botschafter für sie alle. Er machte beiden Damen einen kurzen Diener mit vor der Brust gefalteten Händen. »Ich danke Ihnen von Herzen ... ja, aus ganzer Seele, Taut-San. Voss, Weyl, gehen wir? Der Abend hat für mich leider bald ein Ende. Ich muss mit meinen Landsleuten zurück zum Zürcher Flughafen fahren.«

»Sehr wohl.« Voss machte sich mit Weyl und dem Botschafter auf, drehte sich aber nochmals zu Renina um. »Frau Dietrich, ich habe mir erlaubt, Ihren Mantel und Ihre Tasche aus der Suite an die Rezeption bringen zu lassen. Außer natürlich, Sie geben uns die Ehre, noch bis morgen unser Gast zu sein?«

»Oh, bitte nicht«, entfuhr es Renina, es war eine grauenhafte Vorstellung, die Suite im dritten Stock noch einmal betreten zu müssen. »Ich meine natürlich – jederzeit gerne wieder, Herr Voss, nur heute Abend gehe ich lieber mit den Eltern nach Hause. Wie Frau Taut sagt, war es ein langer Tag.«

»Ich verstehe«, entgegnete Voss sibyllisch.

Die kleine Mitsuko beendete ihre Verbeugungen vor dem Publikum. Dann verneigte sie sich vor dem gesamten Orchester und vor ihrer ersten Geigerin. Die erhob sich nur langsam, sie schien ebenso gerührt wie der Botschafter. So einen Erstauftritt hatte das Orchester der Zürcher Oper sicher noch nie erlebt, und die Musiker würden ihre Solistin in Voss' Zeppelinsalon gebührend feiern.

Erica hakte sich bei Renina unter. »Genießen wir jetzt unseren freien Abend?«

Renina musste schmunzeln. Wer weiß, vielleicht hatte sie vor Taut ähnliche Beziehungen wie ihre mit Fred erlebt, in denen man sich von jemand »frei« machen musste, der einen sonst unter sich begrub?

Hoffentlich auch Fühlen?, hatte Carla vorhin im Verlag gefragt. Renina würde diese Frage ernst nehmen.

Sie würde sich ihrer Seele annehmen, die sie in der Beziehung mit Fred hintangestellt, blind und taub gemacht, ja geradezu betäubt hatte, genauso wie er – eine perfide Retourkutsche – ihren Körper in den vergangenen Nächten.

Wie hatte sie sich nur so sehr von sich selbst entfernen können?

Ganz einfach, er hatte sie abgelenkt von sich. Immer war etwas Atemberaubendes, etwas Einmaliges, etwas Weltbewegendes wichtiger gewesen als eine Renina und ihre Träume.

Jetzt würde sie sich endlich frei machen von solchem, wie Goethe so schön sagte, »tausendfachen Tand«.

Während sie mit Erica durch den Festsaal zum Kreuzgang und weiter in die Dominikanerstube flanierte, sammelte sich ihre Tischrunde um sie. Ernstl hatte Brix und Carla eingehakt, die beide für ihn zur Familie gehörten.

Denn wie viele Wochenenden hatte Brix, die aus Ostpreußen stammte und über die ersten Jahre des Lyzeums in Berlin im Pen-

sionat gewohnt hatte, nicht bei ihnen zu Hause am Gendarmenmarkt verbracht? Und wie viele Male hatten die Eltern die kleine
Carla, der Nini die Ausbildung an der Berliner Kunstschule ermöglicht hatte, nicht zu einem guten Mittagessen eingeladen,
damit sie nicht ganz vom Fleisch fiele?

Dieser Abend musste Ernstl als ein Déjà-vu aus besseren Zeiten erscheinen, und er raunte Renina zu: »Die beiden hübschen
jungen Damen hier gehen natürlich auf unser Konto.«

Gleichzeitig kam Dr. Krauß mit seiner Tochter, dem Bankier
und Basils Eltern auf sie zu: »Wir haben einen einzigen Tisch
decken lassen, wie könnten wir diese sich so herrlich gefügte
Runde trennen?«

Erica nickte ihm bestätigend zu: »Denn wo sonst gibt es eine
so heimelige Zirbenstube mit so gemütlichen langen Erkerbän-
ken?«

Alle rutschten erlöst in diese Bänke. Die Herren lockerten ihre
Fliegen, die Damen befreiten sich von ihren Schals. Da fiel Re-
nina auf, dass ihre Mutter und der Freiburger Verleger fehlten.
Und auch Basil. Die drei Zirbenholzsessel am Ende des runden
Stammtisches waren leer.

Der Maître präsentierte sich an jenem Tischende und teilte die
Menükarten aus, obwohl die Einheimischen wussten, dass man
in dieser Stube den besten Zwiebelrostbraten, das beste Kalbs-
geschnetzelte und den besten Bodenseezander der Region bekam.

»Heute Abend anlässlich des Frühlingskonzerts darf ich ganz
besonders empfehlen: frisch gefischte Bodensee-Felchen in
Mandelbutter, dazu gedämpfte Frühlingskartoffeln und einen
weißen Aigle Les Murailles?«

Alle am Tisch nickten. Während der Maître die Menükarten

wieder einsammelte, näherten sich Voss und Weyl durch die Stubentür und stellten sich vor Erica, die am rechten Rand der Erkerbank neben Renina saß.

»Verehrte Frau Taut«, begann Voss, »wir können Ihnen nicht genug danken. Ihr Tisch geht selbstverständlich aufs Haus.«

»Ich habe zu danken, die Herren. Wie Sie sehen, schenkt Ihr Städtchen mir die allerbeste Gesellschaft.«

»Wir kehren alsbald zu Ihnen und Ihrer Wahlfamilie zurück«, fügte Weyl hinzu, »nur müssen wir uns zunächst um die Musiker und die Forscher kümmern.«

»Genießen wir also diese Wahlfamilie«, flüsterte Erica Renina zu, als die beiden den Tisch verlassen hatten. Dann begann sie zu lachen.

Wie Erica lachen konnte!

Renina musste mitlachen und steckte ihren Vater und die Freundinnen zu ihrer Linken, Basils Eltern, den Bankier und die Rechtsanwälte ihr gegenüber an.

Gerade brachte der Maître den Wein, öffnete zwei Flaschen mit dem unverkennbaren Eidechsen-Etikett und schenkte der Runde ein.

»Oh, ein Glücksbringer-Etikett«, sagte Carla, »was für ein schönes Omen.«

»Und beinahe hundert Jahre alt«, antwortete Ruth Krauß über den Tisch hinweg. »Der Naturmaler Rouge war vernarrt in die farbenfrohen Eidechsen, die in den Kalkhügeln seiner Heimat zu Hause sind.«

»Deshalb nennen wir den Wein rund um den See auch auf Schweizerisch *s'Eidechsly-Wy*«, ergänzte der Bankier. »Man kann gar nicht genug von ihm bekommen.« Er erhob sein Glas, alle taten es ihm nach und kosteten einen ersten Schluck.

Da erschien Nini in der Stubentür, gefolgt von Ericas Verleger.

»Freiburg ist ja eine schöne Stadt«, sagte der, beim Tisch angelangt, »aber Ihr Konstanz hier. Dieser See! Der Mondaufgang über den Wassern! Meine Großeltern haben immer davon geschwärmt.« Er rückte Nini den mittleren der freien Zirbenholzsessel zurecht, dann setzte er sich zu ihrer Linken.

»Umso mehr begrüßen wir das geplante Architekturbuch«, ergänzte Ernstl, erhob sich leicht und machte einen angedeuteten Diener in Ericas Richtung.

»Nun ja, Frau Tauts Projekt ist einzigartig, aber schwer zu verkaufen, lieber Kollege«, antwortete der Verleger.

»Was heißt schon verkaufen, Herder«, schmunzelte Ernstl noch in der Bewegung. »Es geht in unserem Metier doch nicht um Gewinn, sondern um Haltung?«

»Genau das habe ich mit Herrn Herder eben auf der Veranda besprochen«, strahlte Nini ihn an.

Ernstl fing ihren Blick.

Wie viel Liebe, wie viel Stolz auf diese Frau in seinen Augen lag!

Er erhob sich auf der Zirbenbank zur Gänze, suchte über den Tisch Ericas Rechte und deutete einen Handkuss an. »Achtung, Herr Kollege« – er warf einen Seitenblick auf Herder –, »eine Erica Taut begegnet Ihnen im Leben nur ein einziges Mal.«

Der Maître schenkte den beiden Neuankömmlingen vom Aigle ein, und Nini brachte einen Toast aus: »Auf Abende wie diesen also. Auf Ericas neues Buch. Und auf Reninas *Lady*.«

Der Bankier und Dr. Krauß hoben ihre Gläser und nach kurzem Nachdenken auch der Verleger Herder.

»Auf meinen neuen Auftrag«, flüsterte Ruth Krauß und prostete Renina zu.

»Auf unseren Plan, regelmäßig an den See zu kommen«, raunte Brix Carla zu.

»Auf alle neuen Leben, die wir täglich beginnen können«, beschloss Erica und nahm Reninas Hand.

Alle stießen miteinander an.

Wie genau auf die Minute war diese Dame in weißem Bouclé heute Morgen in Reninas Leben aufgetaucht! Als sie drauf und dran gewesen war, sich vor Scham in den See zu werfen ...

Sie musste sich kurz an die Zirbenholzbank lehnen, ihr schwindelte bei der Erinnerung an die morgendlich vernebelte Veranda, an die Feuchtigkeit und die Kälte, die ihren ganzen Körper ergriffen hatten. Das Holz der Zirbe in ihrem Rücken war hingegen warm, das spürte sie durch ihre Smokingjacke hindurch, und es duftete. Die Zirbe war ein heilsamer, ja ein wundertätiger Baum, hatte Ernstl ihr immer erzählt, sie wuchs nur auf hoch gelegenen Schiefer- und Kalkböden und wurde seit jeher zu Sitzmöbeln, zu Vertäfelungen, ja zu Betten verarbeitet, weil es medizinisch erwiesen war, dass ihre ätherischen Öle auf unsere Atemwege wirkten.

Renina atmete mehrmals ein und aus und war wie befreit. Könnte sie hier nicht stundenlang, ja tagelang sitzen bleiben, den Zirbenduft einatmen und das Abend- und das Morgenlicht beobachten, das mit den vielen Astlöchern der Vertäfelung spielte?

Sie setzte sich aber wieder gerade hin und überblickte die Tischrunde.

Wo blieb nur Basil? Und wohin hatte es Eduard verschlagen, war er doch vorhin durchs Kirchenschiff gehuscht?

»Darf ich die Felchen vorbereiten lassen, oder warten wir auf den letzten unserer Gäste?« Der Maître war bei Tisch zurück und stellte diese Frage Erica, auf den einzigen noch leeren Zirbenholzsessel weisend.

»Kinder, die zu lange draußen spielen, bekommen in der Küche ein Butterbrot«, ersparte ihr Basils Mutter eine Antwort.

»Genau«, pflichtete ihr Dr. Krauß bei.

»Genau«, bestätigten zeitgleich Herder und der Bankier.

Nini sah Ernstl über den Tisch hinweg an.

Wo war Eduard heute Abend, mochten die beiden sich fragen, und: Hatten sie ihn wohl streng genug erzogen? Hatte er je in der Küche ein Butterbrot bekommen, weil er auf dem Heimweg von der Schule getrödelt oder sich nachmittags in seinem Zimmer eingeschlossen hatte? Oder hatte Nini Weta nicht doch angewiesen, ihm in jedem Fall eine warme Mahlzeit zuzubereiten?

Eine kleine Frage.

Oder doch eine große?

Erica nickte dem Maître bestätigend zu, dass serviert werden könne.

In diesem Moment betrat Fred die Dominikanerstube. Er verharrte einen Augenblick an der Tür, was nur Erica und Renina bemerkten, alle anderen Tischnachbarn hatten Gespräche zu den Inhalten ihrer Trinksprüche begonnen.

Ernstl wollte von Brix und Carla wissen, worin dieser »Plan« bestünde und wie oft sie sie hier am See besuchen kämen.

Nini fragte Dr. Krauß und seine Tochter, was dieser »neue Auftrag« denn bedeute. Es gehe doch nicht etwa um die *Lady*, deren Vertriebsrechte und Finanzierung über Werbeinserate und Produktplatzierungen schon gesichert seien?

Herder stellte eine Frage an alle, über den Tisch hinweg. Was beinhalte diese *Lady*, über die man nicht nur in Freiburg, son-

dern, wie er aus erster Hand wisse, auch in den großen Zeitungs-
verlagen in Berlin, Hamburg und Frankfurt spreche, denn nun
wirklich?

Alle machten sich zu Antworten bereit, da trat Fred an den
Tisch. Keiner sah ihn an, außer Erica und Renina.

»Nun, Herr Doktor, Sie machen sich auf den Weg?«, fragte
Erica. Sie bemühte sich, diese Frage mit einem wohlwollenden
Unterton zu unterlegen.

»Ich muss Ihnen meine Frau entführen.«

Er ging mit keiner Silbe auf ihre Frage ein? Das war angesichts
einer Erica Taut unverschämt.

»Ich glaube kaum, dass das eine gute Idee ist, der Maître serviert uns gleich frische Felchenfilets«, konterte Erica.

»Ach ... Dietrich?« Ernstl wandte sich ihm zu, als hätte er ihn
Jahre nicht gesehen.

»Auch Sie lieben Mozart, wie ich sehe, Schwiegerpapa?« Fred
näherte sich dem Tisch um einen weiteren Schritt und legte
seine Hände auf Ninis Schultern. »Ansonsten haben wir ja heute
Nachmittag alles besprochen.«

»Alles besprochen?«, fragte Nini, ohne sich zu ihm umzudre-
hen, und wischte seine Hände mit zwei bestimmten Schwüngen
ihrer Rechten weg. Es sah aus, als verscheuchte sie lästige Fliegen
von ihrer Abendjacke.

»Alles besprochen?«, wiederholte Ernstl synchron zu den
Gesten seiner Frau und richtete sich auf seiner Zirbenbank gerade. »Das würde ich nicht so ausdrücken.« Er machte mit beiden Händen eine beruhigende Bewegung in Ninis Richtung.
»Sie sagten, als Sie uns zu Hause antelefonierten – wann war
das, Liebes, um kurz vor sechs? –, Sie verließen uns in Richtung
Japan. Ich sagte: Und Ihre Frau? Sie sagten: Die muss mir natür-

lich folgen. Ich sagte: Das wird sie selber entscheiden dürfen? Sie sagten: Das entscheide ich. Ich sagte: Gute Reise dann. Sie legten auf. Das war die ganze Unterhaltung.«

Ein verhaltenes Getuschel ging um den Tisch. Nicht nur war der Ton klar, sondern es fiel auch allen auf, dass Ernstl und sein Schwiegersohn sich nach einem geschlagenen Ehejahr noch siezten. Kein gutes Zeichen.

»Komm«, Fred ergriff Renina am Oberarm und zog sie so heftig zu sich, dass sie vom Ende ihrer warmen Zirbenbank aufstehen musste, sie hatte keine Wahl. »Ich habe es eilig.«

»Fred, bitte!« Renina kam auf beiden Beinen zu stehen, fand Halt und drehte sich ihm zu. »Genieß deinen Empfang mit dem Botschafter. Du siehst, ich bin hier bestens aufgehoben. Wir verabschieden uns nach dem Essen.«

»Ich habe Pressegespräche, an essen ist nicht zu denken. Gleich darauf fahre ich los.«

»Nun, dann ...« Sie versuchte, ihm in die Augen zu sehen, doch er wich ihrem Blick aus. Renina wandte sich zurück zur Tischrunde: »Bitte verzeiht, ich bin vor den Felchen wieder da. Und ohnehin fehlt uns noch Basil.«

»Sie ist eben ein Schatz«, hörte sie Basils Mutter sagen, dann zog Fred sie zur Stubentür. Aus den Augenwinkeln erkannte sie noch, wie Nini sich in ihrem Sessel umwandte, um ihr nachzusehen.

ZURÜCK IN DER BAR

Sie waren wieder im Kreuzgang angelangt. Der war leer und schummrig, ihre Schritte hallten gespenstisch unter den Gewölben.

Renina wollte keine weitere Auseinandersetzung.

Schon der aggressive Wortwechsel mit dem strahlenden Siegfried vorhin beim Tanzen war zu viel gewesen. Sie sagte also nichts und ging mit Fred mit.

Er bog in den Festsaal ein, und sie gingen durch das Seitenschiff der Klosterkirche. An seinem Ende, in Richtung der Bühne, standen zwei Herren im Smoking. Sie diskutierten lebhaft im Halbdunkel, während um sie herum die Hausmeister die Stühle des Orchesters aufstapelten und die Radiotechniker die Mikrofonständer auf dem Bühnenpodest zusammenfalteten.

Wie viel Arbeit in einem solchen Abend steckte!

Und er war noch nicht vorbei ...

Fred blieb abrupt stehen. »Schau, dein Basilschätzchen maßregelt deinen Bruder«, sagte er belustigt.

Tatsächlich?

Renina erkannte auf diese Entfernung, bei dem heruntergedrehten Licht und ihren schlechten Augen, nur zwei Silhouetten im Smoking.

»Sie werden etwas zu besprechen haben«, nahm sie an.

»Basil hat keine Ahnung vom wirklichen Leben.«

»Ach nein? Aber du schon ...«

Fred zog sie zu sich her, hielt dann aber inne, sah auf seine Armbanduhr und zerrte sie weiter mit sich, das Kirchenschiff entlang bis in die Zeppelinbar.

Die Bar war leer und abgedunkelt.

»Also, dein geliebter Vater?«

»Was ist mit ihm?«

»Macht mich vor all euren Freunden zum Kasper?«

»Im Gegenteil. Er hat dir eine gute Reise gewünscht.«

»Danke schön auch. Ich habe keinerlei Lob gehört, keinerlei Anerkennung.«

»Wir haben von deiner Beförderung ja erst heute Abend vom Botschafter erfahren können, vorher hast du uns in nichts eingeweiht.«

»Eingeweiht.« Er pfiff ein »Pfiff« durch die Zähne und drückte Renina mit dem Rücken an den Bartresen. Der stechende Schmerz in den Lendenwirbeln war umgehend zurück.

Warum waren Männer körperlich stärker als Frauen?

Aus dem Kirchenraum hörte man weiterhin das Klappern von Stühlen und ein Streitgespräch, das langsam näher kam.

Basil stellte Fragen.

Eduard stotterte herum.

»Also, Fred, zurück zu deiner beachtlichen Beförderung.« Renina wünschte sich ein möglichst rasches Ende dieser Unterhaltung, bloß keinen Streit, der dem von heute Morgen gleichkäme. »Ich wünsche dir das Beste, doch es ist dir klar, dass ich bei der Entscheidung bleibe, mich scheiden zu lassen, und dass ich dir demnach sicher nicht nach Japan folgen werde.«

»Wer oder was hindert dich an einem Leben mit mir?«

»Du selbst. Erinnerst du dich an die vergangenen Nächte? An unseren Streit heute Morgen?«

»Papperlapapp! Du willst ein Käseblatt herausgeben, das ist der Grund. Und die ganze Provinzclique um dich applaudiert.«

»Ein Käseblatt? Du hast keine Ahnung von dieser Zeitung. Du hast dich nie für sie interessiert.«

»Man wird sie nicht einmal beim Friseur lesen.«

»Woher willst du das wissen?«

Statt einer Antwort presste er ihre Ellenbogen gegen den Bartresen.

»*Und Ihre Frau?*«, äffte er Ernstl nach. »Klar habe ich ihm gesagt, dass du mir folgen wirst, und der Trottel erwidert: *Das wird sie selber entscheiden dürfen?*«

»Der Trottel ist mein Vater.«

»Und?«

»Du könntest ihn zumindest respektieren.«

»Einen Pferdedoktor?«

»Und was bist du für ein Doktor?«

Renina musste das fragen. Bei diesem Grad von Häme konnte sie das Gespräch nicht, wie erhofft, galant ausklingen lassen.

»Ich war Heisenbergs erster Assistent.«

»Meine Verehrung.«

»Und du, du hattest eine ähnliche Laufbahn vor dir. Doch du bist von der Uni weggerannt.«

»Dafür gab es Gründe.«

»Sicher weltbewegende.«

Fred schien sich der Lage plötzlich unsicher zu werden, da die Stimmen in der Klosterkirche näher kamen. Er ergriff Renina bei den Hüften und zog sie hinter die Bar. Dort drückte er sie wieder so hart gegen den Tresen, dass ihr Schmerz in den Lenden die ganze Wirbelsäule erklomm.

»Ja, weltbewegende«, konnte sie dennoch antworten und versuchte, laut zu sprechen, damit Basil und Eduard sie von draußen hören könnten. »Wer nicht mit den Vorgesetzten schlief, bekam keine Chance. Man wurde nicht erwähnt. Man wurde übergangen. Frag doch deine Monika, wie es ihr an eurem Institut ergeht, seit du dort ihr Vorgesetzter bist. Hat sie Chancen? Wird sie erwähnt?«

Fred ließ kurz ihre Hüften los.

Hatte er Angst, von Basil und Eduard hier im Dunkeln ertappt zu werden? Oder musste er endlich zu seinen Interviews?

Nein, er besann sich, packte sie wieder und sagte eisig: »Die Frage stellt sich nicht. Sie schläft ja mit mir.«

Renina war baff, ihr stockte der Atem.

Er hatte eine Affäre mit Monika.

Und wer weiß, mit wem noch?

Sah er das als sein gottgegebenes Helden-Recht?

Sie rang nach Luft, doch die war hier in der Bar vom Zigarettenrauch verbraucht. Sie versuchte gleichmäßig ein- und auszuatmen. Sie dachte an Pappel und an Tipp heute Nachmittag in der Stallgasse und an den Geruch ihres warmen Fells. Sie dachte an den Duft frisch eingestreuten Strohs und gut gefetteter Sättel. Sie dachte an gerade eben, ihren Tisch in der Dominikanerstube und seine warmen Bänke, an die lustig von Astlöchern durchwachsenen Vertäfelungen …

»Sie *hat* mit mir zu schlafen. So wie du, du Querkopf«, herrschte Fred sie jetzt in einem Generalstabston an, der seine Unsicherheit preisgab.

Schluss mit Reden, sagte sich Renina, der strahlende Siegfried war in Rage und nicht mehr zu kontrollieren.

Wie könnte sie sich nur aus seinem Griff befreien?

Es wurde gefährlich hier.

Würde er sich so weit vergessen, dass er sie nicht nur erneut vergewaltigte, sondern sogar schlug?

Genau in diesem Moment spürte sie, wie er versuchte, ihre Smokinghose aufzuknöpfen. Also musste sie doch weiterverhandeln, bis Basil und Eduard endlich da waren.

Vielleicht half ein Rückgriff in die Wissenschaft?

»Wer, bitte, Herr Doktor, hat denn festgeschrieben, dass ich mit dir zu schlafen hätte? Herr Darwin mit seiner Evolutionstheorie?«

»Ha! Auch das noch! Erst machst du dich über meine Karriere lustig, und jetzt suchst du eine Rechtfertigung, um dich deinem Ehemann zu verweigern? Moderne Frauen. Was für ein Graus! Du kommst ganz nach meiner hassenswerten Tante Marlene.«

Er riss ihr mit einer einzigen Bewegung die Hose auf, dass die Knöpfe an den Tresen sprangen.

»Eduard!« Renina rief, so laut sie konnte: »Eduard, Hilfe!«

Es kam keine Reaktion von außerhalb der Bar, Fred machte sich inzwischen über sie her.

»Basil!«

»Unterstehst du dich, deine Vasallen zu rufen!«

»Basil, Hilfe!«

Sie schrie, doch vielleicht war es wie in ihrem Traum, sie rief, und ihr Ruf verhallte ungehört?

Sie rief noch mal und noch mal nach Basil. Da, ein paar Atemzüge später, hörte sie: »Renina?«

Es war Basils Stimme. Er musste am Eingang der Bar stehen.

Fred drehte sich kurz nach ihm um. Renina nutzte den Augenblick der Ablenkung und kickte ihm mit dem Knie in den Schritt.

Das hatte er nicht erwartet.

»Halt still, du Schlampe«, zischte er sie an.

Sie fand Halt am Bartresen und richtete sich auf: »Die Schlampe nimmst du zurück.«

Und da spürte sie den Schlag.

Er traf ihre linke Schläfe, und sie nahm den Aufprall wie aus einer Vorahnung wahr. Ja, genau so waren die Hortensien in ihrem Traum heute Nachmittag an ihre Schläfen gepeitscht, die Hortensien im Garten ihrer Urgroßmutter, die finster über ihr wucherten, sodass kein Licht mehr war. Genau wie in dieser abgedunkelten Bar.

»Basil, Hilfe!«, schrie sie erneut, und jetzt waren Geräusche hinter ihr, jemand lief auf sie zu, es gab ein Gerangel am Bartresen.

Sie war aber immer noch in Freds Gewalt.

Er schlug wieder zu, jetzt mit dem Handrücken, und traf sie an der rechten Schläfe. Sie fiel gegen einen harten Gegenstand. Sie fühlte den Schmerz neben dem linken Auge. Dann wurde alles schwarz um sie herum.

ES WAR EIN UNFALL

Als Renina mit Brix und Carla im Inselhotel angekommen war, hatte sie sich, nach der Begrüßung durch Frau Lohrer, in den Türrahmen der Bar gelehnt und den Klängen von »All Through the Night« gelauscht.

Jetzt stand sie wieder dort und blickte in den leeren Raum, der abgedunkelt war. Nur unterhalb des Bartresens sah man die Nachtbeleuchtung, die die Gläser und die Servicemaschinen in ein pfirsichfarbenes Licht tauchte. Es ähnelte einer Morgendämmerung, bald würden die ersten Amseln und Drosseln zu singen beginnen.

Ein Mann im Smoking stand mit erhobenen Händen hinter dem Tresen, als ob er hier nichts berührt hätte und das zu verstehen geben wollte. Ein weiterer Mann im Smoking lief aufgeregt im Hintergrund der Bar hin und her, ein dritter hockte neben einer schwarzen Silhouette, die auf dem Parkettboden lag. Das Parkett war dunkelrot getränkt.

Renina begriff langsam, es brauchte einige Sekunden, dass die Silhouette auf dem Parkett sie selbst war.

Sie spürte ihren Körper nicht. Sie spürte keine Aufregung, keine Angst. Nicht einmal ihre übliche Atemnot oder die Rückenschmerzen, die sie seit heute Morgen begleitet hatten. Sie sah der Szene einfach zu.

»The day is my enemy, the night my friend
For I'm always so alone till the day draws to an end …«

Da war die Jazzband wieder, doch diesmal raunte nicht der Trompeter den Text ins Mikrofon, sondern Ella sang ihn. Sie sang leise, ja behutsam, wie man ein Schlaflied für ein Kind zu Ende sang, das schon eingeschlafen war.

»But when the sun goes down and the moon comes through
To the monotone of the evening's drone I'm all alone with you.«

Renina wandte sich im Türrahmen zum weiten Kirchenraum des Festsaals um, sie müsste Brix und Carla herwinken. Dieses schöne Lied, so gefühlvoll gesungen, dürfte ihnen nicht entgehen.

Brix und Carla standen aber gleich hinter ihr. Sie stärkten ihr den Rücken, wie zu Beginn des Abends, vor dem Konzert.

»All through the night, I delight in your love.
All through the night, you're so close to me …«

»Eduard, ruf Hilfe, sofort«, schrie jetzt eine Männerstimme dazwischen. Es war der Mann, der bei Renina hockte und sich über sie beugte. Über die Renina, die am Boden lag.

»Wo denn? Wen denn?«, gab der Mann, der im Hintergrund der Bar hin und her lief, hilflos zurück.

»Den Maître, den Concierge, wen immer. Lass jemand die Rettung rufen.«

Der Mann, der bei Renina hockte, zog seine Smokingjacke aus und versuchte, die Ärmel um ihren Kopf zu winden, um das Blut zu stillen, das pulsierend aus der Wunde an ihrer Schläfe spritzte. Mit jedem Herzschlag kam ein Schwall nach, die Jacke war sofort durchtränkt.

Der aus dem Hintergrund der Bar stürmte los, an Renina, Brix und Carla vorbei, und bog in den Kreuzgang ein. So konnten die, die in der Bar blieben, weiter der famosen Ella zuhören.

»All through the night, from a height far above
You and your love brings me ecstasy ...«

»Tu was, verdammt, Fred!«, herrschte der ohne Jackett bei Renina jetzt den an, der immer noch mit erhobenen Händen hinter dem Bartresen stand.

»Was denn, Basil? Sie ist gestürzt. Es war ein Unfall.«

»Was heißt Unfall, du Mistkerl! Lauf zur Rezeption, vielleicht ist ein Arzt im Haus, bei all den Gästen?«

»Gut, ich gehe schon.«

Der Typ machte sich schlendernd auf den Weg, als wollte er die Zeit totschlagen.

»When dawn comes to waken me
You're never there at all ...«

Der bei Renina hingegen, ja, das war Basil. Sie erkannte jetzt seine Züge im Halbdunkel. Er riss sich die Fliege ab, knöpfte sein Smokinghemd auf und zog es aus, um einen weiteren Druckverband um ihren Kopf anzulegen. Dazu hob er ihre Schultern auf seine Knie, und jetzt konnte Renina die Wunde sehen. Ihre linke Schläfe klaffte weit auseinander, es war eine rot schwelende Blüte.

Die Hortensien ihrer Urgroßmutter.

»Renina, hörst du mich?«, fragte Basil leise. Und da sie nicht antwortete, wiederholte er etwas lauter: »Kannst du mich hören, Liebes?«

Die Renina am Boden antwortete nicht.

»Renina, mach die Augen auf. Schau mich an«, sagte er jetzt noch bestimmter. Doch seine Stimme zitterte. »Renina. Bleib bei mir. Gleich kommt die Rettung. Gib nicht auf.«

Wo war die Musik? Hatte man die Band aus der Bar gescheucht?

Nein, die Musiker hatten nur Basil ausreden lassen, jetzt sang Ella ihren Song zu Ende.

»I know you've forsaken me
Till the shadows fall.
But then once again
I can dream,
I've the right
To be close to you
All through the night.«

Eine Zugabe, eine Wiederholung des Refrains, war bei diesem Lied unmöglich. Es erschöpfte sich in einem schrägen Moll-Akkord.

Open End.

Stille legte sich über die Bar, und Renina hörte in dieser Stille ihren Puls schlagen.

War es ihr Puls oder der der Renina, die am Boden lag?

Sie folgte seinem Rhythmus, sie zählte mit …

Die Rettung traf wenige Augenblicke später ein, drei Männer in weißen langen Kitteln mit darübergeschwungenen orangenen Capes.

Erica, die mit dem Maître aus der Dominikanerstube hergerannt war, scheuchte alle von der Bartür weg, damit die Einsatzkräfte mit der Trage durchkamen. Sie wiederholte gebetsmühlenartig, da sich schnell eine Traube von Menschen angesammelt hatte: »Die Rettung ist da. Die Rettung ist da. Machen Sie Platz, bitte.«

Im Innern der Bar hatte jemand das Licht eingeschaltet. Renina wandte sich wieder der Renina zu, die am Boden lag. Neben ihr stand jetzt ihr Vater, der Nini an den Schultern aufrecht hielt. Die hatte sich mit dem Notarzt über ihre Tochter gebeugt und brach gerade in einem Anfall von Atemnot zusammen.

Der Maître warf Basil ein Jackett der Inselhotel-Ober über, halb nackt, wie er war. Gemeinsam mit dem Notarzt banden sie zwei lange Servierschürzen zu Bündeln, und die Blutung an Reninas Kopf kam tatsächlich zum Stillstand. Von der Bartür aus betrachtet, sah die schmale schwarze Silhouette mit dem riesigen, dunkelrot durchtränkten Turban der Renina am Boden aus wie der kleine Muck.

Die Geschichte von dem kleinen Muck – das Lieblingsmärchen ihres Vaters. Über einen, der klein gewachsen war wie Ernstl selbst und ohne Reichtum aufgewachsen und der sich doch über alle Hürden und durch alle Engen seines Lebens gerettet hatte.

Jetzt trug Renina den Turban des kleinen Muck, es fehlte ihr nur noch sein weissagender Spazierstock und seine magischen Pantoffeln, dann könnte sie unsichtbare Schätze aufspüren und in Windeseile überall hinlaufen, ja sogar fliegen …

Voss und Weyl erschienen inzwischen mit dem Concierge und gaben dem Notarzt Anweisungen.

»Wir haben die Servicetüren der Barküche zum Park des Hotels geöffnet.«

»Lassen Sie Frau Dietrich direkt durch den Küchengang in den Wagen tragen, schnell!«

Und es ging auch alles schnell.

Der Notarzt sicherte Reninas Körper in Seitenlage, die zwei Sanitäter brachten die Trage in Position. Basil und Ernstl hoben Renina gemeinsam mit dem Notarzt an, die Sanitäter schoben die Trage darunter, und ab ging die Reise. Nini, plötzlich wieder ganz im Diesseits, stützte Reninas Kopf und ging im Laufschritt mit.

Voss, Weyl und der Concierge hielten die Tapetentüren hinter der Bar auf, man hörte Flaschenklirren und das Rascheln von Abfallsäcken, als die Trage durch den engen Küchengang ins Freie gebracht wurde.

Das Blaulicht kreiste vom Park durch den Raum und spiegelte sich auf dem nassen Boden.

Jetzt ertönte die Notfallsirene. Der Wagen fuhr mit quietschenden Reifen los.

Ein Glück, dass die Konstanzer Klinik nicht weit war, dachte die Renina im Türrahmen der Bar, sie lag in der Mainaustraße, gleich hinter dem Verlag. Wäre die Renina am Boden nicht ganz so schlimm zugerichtet gewesen, wäre sie mit ihrem großen Turban und ihren magischen Pantoffeln sicher ohne Weiteres die Rheinbrücke hinauf bis dorthin spaziert.

Die Renina an der Bartür blieb mit Brix und Carla und allen Gästen der Dominikanerstube an der Schwelle zurück. Keiner wagte es, in die Bar einzutreten. Der Parkettboden war eine einzige Blutlache.

Nur Erica ging furchtlos durch den Raum. Sie suchte nach einem guten Ende dieser Geschichte.

7. Juni 1953

IN DER KLINIK

Der Vollmond musste über dem See stehen, es musste eine Frühlingsnacht sein, denn Renina vernahm das Lied der Nachtigall. So spät sang sie nur, wenn kein Wind ging.

Sie hörte genauer hin.

Wo war die Nachtigall? Und wo war sie selbst? In ihrem Jungmädchenbett im Dachgeschoss der Mozartstraße? Und sie hatte alle Fenster offen gelassen?

Denn da war auch ein Rauschen zu hören. Der Wind in den Bäumen konnte es nicht sein, sonst sänge die Nachtigall nicht.

Vielleicht fuhren ein paar Motorboote an den Piers des nahen Yachtclubs vor und machten, wie die Segler sagten, viel Lärm um nichts?

Es war aber ein anderes Rauschen als das von Motorbooten, keines, das von Weitem ankam, beim Anlegen aufheulte und dann abrupt verebbte.

Nein, es war ein stetes Rauschen.

Ein Atmen vielleicht?

Ja, es war eher ein Atmen.

Das Atmen kam von irgendwoher neben ihr. Hinter ihr hingegen konnte sie ein drittes Geräusch ausmachen, einen leise piepsenden Sender.

Ein Radiosender vielleicht? Eine Telefonstation, die ihr Sendefeld suchte?

Im Krieg hatte sie bei den Bombenangriffen auf das nahe

Friedrichshafen, wo die Zeppelin-Luftschiffe gefertigt wurden, mit Brix und den Klassenkameradinnen in den Kellern ihres Lindauer Internats ausgeharrt, und da waren auf der Straße die Funkwagen zu hören gewesen, die sich vor Schloss Holdereggen positionierten und mit solchen Signalen das Terrain erkundeten.

Sie lauschte.

Nein, das waren keine Funkwagen.

Das war kein Radiosender.

Das Piepsen lief gleichmäßig, wie ein Metronom, das bei einer Bach- oder Händel-Partitur den Takt angab.

Warum machte sie nicht einfach die Augen auf, wandte sich um und sah nach?

Sie versuchte, sich dazu zu überreden, doch es war schwer. Wie es im Traum schwer war, sich zum Aufwachen durchzuringen. Man nahm sich vor, die Augen zu öffnen, das Nachttischlicht anzuknipsen und nachzusehen, ob der Traum Wirklichkeit war oder die Wirklichkeit ein Traum. Doch das gelang nicht. Oder erst nach einigen Anläufen.

Das Piepsen hinter ihr ging jetzt einen Hauch schneller.

Hatte Bach von einem Adagio in ein Andante gewechselt?

Sie lauschte weiter.

Während die Nachtigall aus der Ferne sang, verstand sie langsam den Bezug. Wenn sie in ihre Halsschlagadern hineinhörte, diese Technik hatte sie bei Dr. Binswanger im Sanatorium gelernt, um ihren Atem zu beruhigen, hörte sie ihren Puls schlagen. Und dieser Pulsschlag war identisch mit dem Piepsen hinter ihr.

War sie an ein Gerät angeschlossen, das ihren Herzschlag wiedergab?

Ja natürlich, das war das Geräusch!

Sie hatte solch sogenannte Kardiografen schon mehrere Male erlebt. Als sie ein Kind war, hatte sie ihre Mutter in der Berliner Charité besucht, wenn sie an ihren Lungenembolien erkrankt war und in einem abgesonderten Saal behandelt werden musste, den man eine »Intensivstation« nannte. Die Schwestern hatten ihr immer erklärt, dass eine solche Intensivstation eine ganz neue Erfindung der Wissenschaft sei und dass die kleine Renina sich keine Sorgen machen müsse, sie würden ihre Mutter mithilfe ihrer neuen Geräte, vor allem des Respirators und des Kardiografen, schon »wieder unter die Lebenden befördern«.

Renina sah diese von Kopf bis Fuß in Weiß gekleideten Schwestern noch heute vor sich.

Jedes Mal hatte sie gefragt: »Was heißt ›wieder unter die Lebenden befördern‹, Schwester? Ist die Mami schon tot?«

»Nein, Kind, woher denn«, hatten die Schwestern geantwortet. »Deine Mutter tot? Wer könnte das denn schaffen?«

Renina hatte dieses »Wer könnte das denn schaffen?« immer als Kompliment aufgefasst, auch als eine Art Lebensversicherung, und doch hatte sie sich jedes Mal im Stillen gefragt: Gott vielleicht?

Sie hing also an einem Kardiografen.

Oder bildete sie sich das nur ein? Und war in Wirklichkeit schon tot?

Sang die Nachtigall in den Frühlingsnächten der himmlischen Himmel?

Wenn sie tot war, wäre Gott sehr nah, und sie könnte mit ihm sprechen. Sie könnte ihn fragen, warum sie hier in ihrem Jungmädchenzimmer so lange geschlafen hatte und keiner gekommen war, sie aufzuwecken. Weder Tipp noch Weta noch ihre Mutter. Sie könnte ihn fragen, was geschehen war, bevor sie eingeschlafen war.

War da nicht eine Auseinandersetzung gewesen? Ein Streit sogar? War sie nicht aus einem bildschönen Frühlingsabend herausgelöst worden wie ein Abziehbild, das schlecht auf seinem Untergrund haftete, weil es feucht geworden war?

Oder beschädigt.

Oder zerkratzt.

Beschädigt? Zerkratzt?

Ja. Sie war beschädigt worden und zerkratzt. Sie war auf einen harten Gegenstand gefallen und hatte sich die Schläfe aufgeschlagen.

Warum war sie gefallen? War sie gestürzt? Und von wo herunter? Von Pappel? Von Birke?

Niemals. Birke konnte eine Zicke sein, doch sie würde sie nie abwerfen.

War ihr unwohl geworden, ein Anfall von Atemnot?

Sie atmete durch, nein, ihr Atem ging ruhig ein und aus, ohne Stocken, ohne Flattern, ohne die leiseste Irritation.

Sie war doch nicht etwa betrunken gewesen?

So viel trank sie nicht, und die Gläser, die sie trank, auch wenn es einmal ein paar mehr waren, vertrug sie immer gut.

Vielleicht betäubt?

Und jetzt fiel ihr alles wieder ein.

Das Piepsen hinter ihr hielt kurz inne.

Der letzte Tag mit Fred, wie sie morgens erwacht war und erkannt hatte, dass er sie betäubt hatte. Mit Fred hatte es eine Auseinandersetzung gegeben, sie hatten sich am Morgen gestritten und am Abend wieder, auch wenn Renina sich über den Tag fest vorgenommen hatte, sich auf keine weitere Diskussion mit ihm einzulassen.

Es war abends in der Bar des Inselhotels geschehen, nach dem Mozart-Konzert der kleinen Mitsuko. Ein kurzer Wortwechsel, der sofort in die Tiefe gegangen war, dahin, wo es wehtut. Alle Themen, die Fred und sie trennten, waren an die Oberfläche ge-schwappt, seine Karrierewut und deren mangelnde Beweihräu-cherung durch ihre Eltern, Reninas Mut zur Selbstständigkeit und der politische Auftrag ihrer *Lady*, schließlich diese Mo-nika, mit der er ein Verhältnis hatte – und wer wusste, mit wem noch.

Aus reiner Wut hatte er versucht, sich über sie herzumachen, doch sie hatte sich gewehrt.

Sie hatte endlich einmal Nein gesagt.

Da hatte er sie geschlagen.

Er hatte sie geschlagen, nicht nur einmal, nein, zweimal.

Sie hörte den Hall in ihrem Kopf.

Sie roch das frische Blut, das aus ihrer Schläfe pulsierte und die Wange hinunter in ihren Kragen rann.

Nach frischem Blut roch es jetzt nicht mehr.

Während das Piepsen hinter ihr wieder zu seinem Rhythmus zurückfand, erforschte sie die Gerüche, die sie umgaben. Baum-wollleinen. Es roch nach gestärkten Leintüchern. Weta musste ihr Bett frisch bezogen haben.

Doch da kam noch ein Duft dazu, ein Hauch von Zitrone.

Oder war es Melisse? Oder Minze?

Es konnten die Seifen sein, die Nini gerne aus Venedig mit-brachte und die ein Badezimmer mit dem Charme der Zitronen-hänge um den Gardasee oder der Kräutergärten von Mazzorbo erfüllten. Sie sog den Geruch ein, und wie immer entstanden unvermittelt Bilder in ihrem Kopf.

Der Gardasee.

Die venezianische Lagune.

Sie könnte wieder einschlafen und davon träumen.

DER ARZT

»Ich bin schon da «, sagte da eine warme Stimme. Sie kam nicht aus der Richtung des Atemrauschens, sondern von der anderen Seite, der Seite, auf der sie auf der Höhe der Schläfe einen Hohlraum fühlte.

Es war die linke Seite.

Ja, es war links, das Gegenteil von rechts.

»Ich bin schon da, sagte der Igel«, wiederholte die Stimme.

Wer konnte eine so beruhigende, eine so weiche Stimme haben? Gott allein.

Oder einer seiner Assistenten.

Sie war also wirklich tot, und jetzt kam jemand, sie im Himmel zu begrüßen?

Sie hörte wieder den Geräuschen im Raum zu. Die Nachtigall sang von weit her, von der rechten Seite war der ruhige Atem zu hören, und von der linken Seite berührte jetzt jemand ihre Hand.

Wenn jemand ihre Hand berührte und sie spürte das, war sie wohl im Himmel angekommen?

Sie öffnete die Augen.

Jemand beugte sich über sie, sicher der mit der warmen Stimme. Er hatte dunkles Haar und einen gerade gezogenen Scheitel, linksseitig, so wie Basil. Er trug einen weißen Arztkittel mit Stehkragen über einem weißen Hemd mit weißer Strickkrawatte. Um seinen Hals hing ein Stethoskop.

»Renina?«, fragte er.

Sie sagte nichts. Sie sah ihn nur an.

»Renina, können Sie mich hören?«

Sie nickte mit den Augenlidern und drehte den Kopf weiter zu ihm hin. Doch die Bewegung gefror im selben Augenblick, hinter ihrem linken Auge lauerte ein stechender Schmerz.

Etwas tat weh an ihrem Körper?

Tat Toten noch etwas weh?

»Bin ich schon tot?«

»Und das wären Ihre ersten Worte?«

»Nein. Natürlich nicht. Anscheinend lebe ich?«

»Und wie!«

»Guten Abend also.«

»Guten Abend.«

Wieder berührte er ihre Hand.

»Ich bin Dr. Michalski, Ihr behandelnder Arzt. Ich war Ihr Notarzt, als Sie im Inselhotel verletzt wurden. Sie haben seither ein wenig geschlafen. Doch ich bin froh, dass Sie aus dem Koma erwacht sind.«

Aus dem Koma?

Renina schloss die Augen.

Sie war nicht im Himmel angekommen? Und auch nicht zu Hause in der Mozartstraße erwacht?

Dann also in einer Klinik, und neben ihr stand dieser junge Arzt.

Sie dachte nach.

Wie konnte sie in ein Krankenhaus gelangt sein?

Es brauchte eine Weile, doch dann erinnerte sie sich langsam.

Man hatte sie aus der Bar des Inselhotels abtransportiert. Sie hatte sich gesagt: »Ein Glück, dass die Klinik nicht weit ist.« Und sie hatte sich sogar vorgestellt, mit ihrem Der-kleine-Muck-Turban und ihren magischen Pantoffeln selbst dorthin zu spazieren ...

In diese Erinnerung versunken, griff sie sich instinktiv an den Kopf.

Doch da war kein Turban mehr.

Sie fühlte nur ihr Haar, und es fasste sich seidig an, wie frisch gewaschen.

»Möchten Sie aufwachen, Renina? Oder noch ein wenig schlafen?«, hörte sie jetzt wieder die Stimme des Arztes.

»Es ist Nacht, nicht?«, fragte sie mit geschlossenen Augen.

»Eine Vollmondnacht. Die Nachtigall singt draußen, weil kein Wind geht. Sie wissen, das ist selten an diesem See.«

Seine Stimme war ein lächelndes Raunen, man hätte ihm stundenlang zuhören können.

»Ja, das ist selten an diesem See. Sie sind wohl auch nicht von hier?«

»O nein. Ich bin nur für sechs Monate im Austausch an dieser Klinik. Ich mache meinen Facharzt an der Universitätsklinik Düsseldorf.«

»Wie Jürgen Rittberg.«

»Sie kennen ihn? Wir haben zusammen studiert.«

»In Berlin, nehme ich an?«

»Natürlich.« Der Arzt berührte erneut ihre Hand. »Wollen Sie nicht die Augen öffnen, Renina? Ihre Mutter sitzt hier. Sie ist eingedöst wie in jeder Nacht, die sie seit einem Monat mit Ihnen verbringt. Doch sie wird sich endlos freuen, wenn Sie sie aufwecken.«

227

»Seit einem Monat, Doktor?«

»O ja, sogar etwas mehr. So lange haben Sie sich Zeit genommen. Und das war klug. Der dumme Hase der Brüder Grimm, der den Ackerfurchen entlanghetzt, stirbt vor Erschöpfung. Doch der Igel, der auf seinem Platz ausharrt, der lebt. Er spart an unnötigem Hin und Her. Er spart sogar an Worten.«

»Richten Sie mich ein wenig auf, bitte?«

Sie öffnete wieder die Augen.

»Ah, da ist sie zurück, die Nanine, von der alle sprechen.«

»Woher wissen Sie?«

»Nun, Ihre Zeitschrift ist erschienen.«

»Wo lag sie? Beim Friseur?«

»Ich gehe selten zum Friseur.«

»Wo dann?«

»Ach, Renina, Sie werden ja sehen, sobald wir Sie entlassen dürfen. Sie haben einen großen Erfolg gelandet. Wenn ich das sagen darf, hat mir Ihre Geschichte von Gussie Adenauer besonders gut gefallen. Und auch Ihr Pseudonym, eine Figur von Voltaire, nicht?«

Sie sah ihn an und nickte stumm dazu.

Er ähnelte Basil.

»Darf ich Ihnen nun ein paar medizinische Fragen stellen?«, fragte er nach einem Moment mit etwas flatternder Stimme.

Wahrscheinlich war er besorgt, ob all ihre Nervenfunktionen so vom einen auf den anderen Moment abrufbar wären.

»Sie können mich sehen, nicht wahr?«, er räusperte sich kurz.

»Wie sehe ich aus?«

»Gut.«

Jetzt musste er lachen, und er tat das leise, vermutlich um Nini nicht aufzuwecken. »Danke sehr, doch ich meine: Beschreiben Sie mich bitte?«

»An die dreißig. Helle Haut, dunkles Haar, Scheitel links. Augen? Schauen Sie mich an. Grüne Augen, ja, genauer gesagt, jadegrün. Weißer Arztkittel, Stehkragen, weißes Hemd, weiße Strickkrawatte, Stethoskop.«

Lautlos ergänzte sie, mit Pausen, denn sie merkte, dass ihre Gedanken sich noch langsam bewegten: Ein bescheidener Junge, sicherlich. Keiner, den ich an einem mondänen Abend sofort bemerkt hätte ... Doch einer, der mir in Erinnerung geblieben wäre, weil er etwas gesagt oder getan hätte, das originell oder witzig oder charmant war. Oder einfach nur, weil er nach einem Tanz einen stummen Diener gemacht hätte oder mich zum Wagen begleitet, ohne eine Umarmung zu erwarten.

»Sehr gut«, erwiderte er. »Folgen Sie bitte mit dem Blick meiner Hand, ohne den Kopf zu bewegen.«

Er hob seine Rechte über ihre Stirn, dann vor ihre Augen, dann nach rechts oben. Jetzt nach scharf links, wo er stand.

Ein »Uh!« entkam ihr, als sie mit den Augen im äußersten linken Winkel angekommen war.

»Links hinter dem Auge tut es noch weh, nicht?«

»Und wie!«

»Das ist ganz normal. Die Wunde ist gut verheilt, doch Sie werden sie noch einige Monate lang spüren.«

»Kopfsprünge vom Fünfmeterbrett verboten.«

»Genau.« Er schmunzelte.

Wie konnte man so hinreißend schmunzeln? Seine Oberlippe kräuselte sich dabei, und um seine Augen erschienen feine Lachfältchen.

Ninis Lachfältchen ...

»Kommen wir nun zum Hören. Sie hören mich. Was hören Sie sonst im Raum?«

»Davon bin ich erwacht, Doktor. Ich hörte das Lied der Nachtigall. Dann hörte ich ein Rauschen und habe mich gefragt, ist es der Wind in den Bäumen?«

»Ihre Mutter hat immer alle Fenster hier im Saal geöffnet. Sie sagte, der See und sein Wind würden Sie aufwecken.«

»Ist sie nicht großartig?«

»O ja, das sagt die ganze Station.«

»Hinter mir konnte ich dann aber noch ein drittes Geräusch ausmachen. Erst dachte ich, es sei ein Radiosender oder eine Telefonstation. Wissen Sie, wie die Feldtransporter im Krieg, die vor den Häusern standen und ihr Sendefeld suchten?«

»Die habe ich nicht erlebt ... Man hat mich sehr früh eingezogen, an die Ostfront.«

»An die Ostfront? Sie Armer.«

»Stalingrad. Wenig wahrscheinlich, da wieder rauszukommen.«

Sie nahm spontan seine Hand.

»Gut! Ich sehe, bewegen können wir uns auch. Darf ich kurz noch zwei Reaktionen testen, bevor ich Ihre Mutter wecke und dann die ganze Station herrufe?« Er stützte seinen Ellenbogen auf der Bettkante auf und nahm ihre Hand zum Armdrücken in seine.

»Zeigen Sie, was Sie können.«

Sie drückte zu.

»Gut! Die andere Hand, bitte.«

Auch die funktionierte.

Er ging ans Fußende und schlug die Bettdecke hoch. »Und nun die Beine. Was fühlen Sie?«

»Jemand streicht mit einem Zauberstab über meinen linken großen Zeh.«

»Und jetzt?«

»Über den rechten kleinen.«

»Perfekt. Test bestanden. Was darf ich servieren lassen, bis der Chefarzt kommt? Es ist Sonntagnacht, es wird einen Moment dauern.«

»Etwas Gutes zu trinken, Doktor?«

»Ich eile.«

»Einen Moment noch. Wie heißen Sie mit Vornamen?«

»Günther, aber so hat mich nie jemand genannt. Ich wuchs in Schlesien auf, daher kommt meine Familie. Dort nannte man mich den kleinen Janusch.«

»Wie den kleinen Muck?«

»Eine ähnliche Fabel, tatsächlich. Man zog mich mit dem kleinen Janusch auf, weil ich lange sehr klein blieb.«

»Zeigen Sie her.« Renina machte eine Geste des sich Entfernens mit der linken Hand, der Arzt ging ein paar Schritte in den Raum. »Das mit der Größe hat sich ja doch noch gemacht.«

»Einigermaßen. Mit sechzehn war ich endlich so groß wie meine Schulkameraden.« Er blieb einen Augenblick im Raum stehen und lächelte sie an.

Sie ihn auch.

»Darf ich jetzt die Drinks holen gehen?«, fragte der Arzt, er war es sichtlich nicht gewöhnt, betrachtet zu werden. »Und zuvor Ihre Mutter wecken?«

»Gerne.«

»Sie müssen wissen, sie darf hier nur bei Ihnen sitzen, weil die Intensivstation leer ist. Glücklicherweise konnten wir bei Ihrer Einlieferung zwei Langzeitpatienten zurück auf die normale Station legen. Inzwischen sind sie genesen und sogar schon entlassen, Sie haben ihnen Glück gebracht, Renina. Und so hatten Sie hier Ihre Ruhe.«

»Meine Ruhe«, wiederholte Renina amüsiert.

»Und die ist wichtig! Wir wissen inzwischen, und es wird ständig weiter erforscht, wie intensiv die Sinne von Komapatienten arbeiten, wie aufmerksam sie jedes Geräusch, jeden Geruch, jeden Geschmack, ja jede Berührung wahrnehmen.«

»Tatsächlich. Ich kam mir eben beim Aufwachen vor wie ein multipler Seismograf.«

»Die Seele hat zum Glück ihre eigenen Regeln.«

ICH SAGE DIE WAHRHEIT

Der Arzt ging die paar Schritte bis zu Ninis Gästefauteuil und stellte sich hinter sie. »Gnädige Frau, es gibt gute Neuigkeiten.«

Er strich ihr über die Schultern, und er tat das sehr sanft.

Er musste eine Mutter haben, die er liebte.

Nini saß wie eine Königin in einem orangenen Polstersesselchen gleich neben ihrem Bett. Sie trug ein hellgraues Sommerkostüm, das Renina noch nie an ihr gesehen hatte. Das Hellgrau stand ihr gut zum dichten platinfarbigen Haar, und sie hatte sogar einen pinken Lippenstift aufgelegt. Mitten in der Nacht!

Sobald sie erwacht war, setzte sie sich auf, schlug die Beine übereinander und strich sich ihre Kostümjacke zurecht. »Herr Doktor?«

»Sehen Sie, gnädige Frau? Sehen Sie ... Ihre Tochter?«

Nini stand sofort auf. »Kind!«

»Mami!«

»Wie fühlst du dich?«

»Und du? Du hast einen Monat lang hier bei mir übernachtet? Du bist verrückt.«

»Und du erst.« Ihre Mutter beugte sich über sie und umarmte sie zart. »Dass ich bloß nichts kaputt mache, Herr Doktor, bei all den Maschinen?«

»Machen Sie sich keine Sorgen, gnädige Frau. Die Maschinen tun ihren Dienst, doch nur die Liebe macht uns Menschen gesund.«

»Danke«, sagte Renina leise.

»Ich lasse Sie beide jetzt allein. Was darf ich Ihnen also bringen?«, fragte er, schon an der Tür. »Kaffee? Tee? ... Oder besser gleich einen Dry Martini?«

Der hatte Humor!

»Ich muss nun die ganze Abteilung verständigen«, ergänzte er, »tut mir leid, Renina. Wir werden weitere Tests an Ihnen vornehmen müssen, jetzt, da Sie erwacht sind. Und bitte seien Sie nicht überrascht. Morgen früh steht uns ganz sicher der Staatsanwalt ins Haus.«

»Dry Martini für zwei«, antwortete Nini trocken über die Schulter, »und Sie verständigen bitte auch meinen Mann.«

»Natürlich.«

Stille im Raum. Nini zupfte sich ihre Bluse zurecht und prüfte ihre Frisur im Monitor des Kardiografen.

Renina schloss kurz die Augen und stellte sich einen Dry Martini vor.

Wie war noch der saure Ton der Olive auf der Zunge? Wie der herbe Geschmack des Gins im Gaumen?

Sie hatte einen geschlagenen Monat hier im Koma gelegen.

Wovon ernährte man sich im Koma? Wie sah sie wohl aus, stände sie aus ihrem Intensivstationsbett auf?

Ein Wrack.

Tipp, Pappel und Birke müssten sich anstrengen, sie wieder in Form zu bringen.

»Wie sehe ich aus, Mami?«

»Wie jemand, der in sein neues Leben erwacht ist.«

Der Arzt kam mit zwei Wassergläsern in den Händen herein.

»Sie verzeihen die banalen Gläser, die Damen? Ich habe mir mit dem Mixen die größte Mühe gegeben, und Sie verpetzen mich bitte nicht beim Chefarzt?«

»Niemals«, antwortete Nini und nahm ihm die Gläser mit feierlicher Miene ab, als wären sie wirkliche Drinks.

Er drehte sich auf dem Absatz um, dann waren sie wieder allein.

»Santé, mein Kind!« Nini gab ihr ihr Glas in die Hand. »Trink einen Schluck auf dich.«

Renina nippte an ihrem Glas.

Das war das Leben!

Von wegen Himmel!

Nini stellte die Gläser auf das Bord unter dem Kardiografen. In einer Intensivstation gab es keine Nachttische.

»Komm her, setz dich zu mir, Mami.« Renina lud sie auf ihre Bettkante ein. »Was ist passiert seit dem Vorfall im Inselhotel?«

»Ach, Kind.« Die Mutter nahm ihre beiden Hände in ihre. »Soll ich dir das wirklich gleich erzählen?«

»Bitte, ja.«

»Nun. Nach deinem Sturz auf den Zapfhahn glich deine linke Schläfe einer Baustelle. Gott sei Dank, dass Basil dich erstversorgt hat, bis der Notarzt kam. Und Gott sei Dank, dass er auch vor dem Staatsanwalt zum Hergang des Vorfalls ausgesagt hat.«

»Fred wurde angeklagt?«

»Natürlich. Er hat dich bedrängt und geschlagen. Und Basil hat genau das ausgesagt.«

»Was hat denn Fred zu Protokoll gegeben?«

»Das Gegenteil. Dieser Schurke hat sich noch am Abend des Vorfalls eine feige Geschichte zurechtgelegt. Ich weiß, ich bin mit schuld an deiner Wahl. Bitte verzeih mir das. Nie hätte ich erahnen können, wie perfide dieser Kerl ist.«

»Wie lautet denn seine Geschichte?«

»*Du* hättest ihn angegriffen, weil er nach Japan versetzt werden sollte, *er* hätte sich gewehrt. *Du* hättest ihn geohrfeigt, und im Zuge dieser Bewegung wärst du an den Zapfhahn gefallen.«

»Pffff«, machte Renina. Es war das gleiche Pffff, das Fred durch die Zähne gepfiffen hatte, als sie an jenem Abend in der Bar über seine Versetzung nach Japan gesprochen hatten. Sie musste die Augen schließen, es drehte sich in ihrem Kopf. »Reichst du mir noch einen Schluck?«

Das Wasser war kühl, es duftete nach Zitrone. Und allein die Vorstellung vom Morgentau der italienischen Gärten auf ihren Lippen richtete sie wieder auf.

»*Er* schlug *mich*, nur dass du das weißt, Mami. Ganze zweimal. Und genau das werde ich vor dem Staatsanwalt aussagen.«

»Das ist gut, Kind.«

Nini nahm ihre beiden Hände wieder in ihre, und sie schloss kurz die Augen.

Was war wohl im letzten Monat, den sie hier verschlafen hatte, alles geschehen?

Man hatte sie halb tot aus dem Inselhotel abtransportiert.

Fred war trotz der Anklage zu seiner Mission nach Japan aufgebrochen, das Verteidigungsministerium hatte dafür sicherlich alle Hebel in Bewegung gesetzt.

Die *Lady* war am 1. Juni erschienen.

Brix und Carla hatten ihre Kurse im Jung-Institut aufgenommen.

Und Eduard?

»Was hat Eduard ausgesagt?« Sie sah ihre Mutter wieder an.

»Was denkst du?«

»Er kam wie Basil in dem Moment in die Bar, in dem Fred zuschlug.«

»So habe ich mir das vorgestellt, Kind. Doch zunächst konnte er gar nichts aussagen, denn noch bevor die Polizei vor Ort eintraf, brach er zusammen. Wir haben ihn in Dr. Binswangers Sanatorium einweisen lassen, und er gestand uns ziemlich bald, dass er seit seinen Fliegerjahren morphin- und kokainsüchtig ist. Und dass er diese Sucht neuerdings mit dem Vertrieb von Amphetaminen, dem berüchtigten Crystal Meth, finanziert.«

»Er scheint auch im Casino zu spielen.«

»Ja, auch das hat er uns gestanden. Ebenso seine Neigung zu Männern.«

»Das ist doch wunderbar, Mami. So kann er sich endlich eine ehrliche Existenz aufbauen.«

»Wir werden sehen. Zumindest hat ihn der Abend im Inselhotel zum Nachdenken gebracht.«

»Wie also war seine Aussage?«

»Die hat er zum Glück Mitte Mai machen können, als man ihn wieder für zurechnungsfähig erklärt hat. Sie deckt sich haargleich mit der von Basil.«

Renina musste erneut die Augen schließen.

Was hatte Fred ihr an den Kopf geworfen, bevor er zuschlug?

Dass sie ein Käseblatt herausgeben würde und die ganze Provinzclique applaudiere.

Es gab keine Cliquen.

Es gab keine Provinz.

Es gab ehrliche Menschen, die zueinanderhielten. Und Großtuer, die zueinanderhielten.

Man musste sich nur entscheiden, zu wem man gehören wollte.

»Was bedeuten Basils und Eduards Aussagen für Fred?«, fragte sie ihre Mutter.

»Beurlaubung zunächst, unter Hausarrest in Hechingen. Der Staatsanwalt bezichtigt ihn aggressiven Verhaltens beim Verhör und versuchter Flucht. Man hat ihn gleich nach der Vorladung im Konstanzer Gericht am Zürcher Flughafen aufgegriffen, mit einem Ticket ins Ausland. In den Zeitungsartikeln und den Leserbriefen zum Vorfall kam er demnach denkbar schlecht weg. Seine Kollegin, eine gewisse Monika Kotz, hat an seiner statt die Leitung des neuen Berliner Atominstituts übernommen.«

»Nur eine Beurlaubung?«

»So gibt es das Gesetz vor. Der Staatsanwalt wartet auf deinen entscheidenden Bericht zum Hergang der Tat, denn bisher steht Aussage gegen Aussage.«

»Die Klatschpresse wird ihre Freude gehabt haben.«

»Das hat zum Glück Weyl abgewendet.«

»Wie das?«

»Er hat vom Tatzeitpunkt an eine sachliche Berichterstattung geführt. Ein wenig hat seine Konzertkritik der kleinen Mitsuko darunter gelitten, denn die Samstagsausgabe des *Südkurier* kaufte man um den ganzen See herum nicht wegen ihr, sondern ... wegen dir!«

»Armes Kind.«

»Ach wo, Konrad Adenauer hat sie inzwischen nach Bonn eingeladen. Du wirst sie im Radio hören können. Oder nein, wir fahren hin, jetzt, wo du erwacht bist.«

»Das wäre schön.«

Mozart!

Der würde ihr wieder Kraft geben!

Irgendjemand fing einen immer auf ...

»Was schrieb also der *Südkurier*?«, wollte Renina wissen.

»Zunächst einmal berichtete er vom Hergang der Tat. Noch vor Ort musste Weyl sowohl mit Fred als auch mit Basil gesprochen haben, bevor die Polizei eintraf. Er zitierte Fred mit: ›Es war ein Unfall. Sie hat mich angegriffen.‹ Und Basil mit: ›Es war brutale Gewalt an einer wehrlosen Frau.‹ Du kannst dir die Reaktionen vorstellen. In der Samstagsausgabe der Woche nach der Tat brachte er erste Leserbriefe, nämlich grässliche, die dich vorverurteilten.«

»Zum Beispiel?«

»Die kannst du zu Hause lesen, ich habe dir die Seite aufgehoben. Eine Lehrerin aus Lindau zum Beispiel schrieb, dass ›aufmüpfigen jungen Dingern‹ die Grenzen aufgezeigt gehörten. ›Im Notfall mit Gewalt.‹ Toll, nicht?«

»Sicher die Ziege von meiner Turnlehrerin.«

»Eine gewisse Ulrike Beha.«

»Die mich in den Bund Deutscher Mädel zwingen wollte und mir eine Vier gab, weil ich ihre Affenliebe zum Geräte- und zum Bodenturnen nicht teilte.«

»Ah, eine vom Typ Turnvater Jahn.«

»Der war ein Gentleman dagegen.«

Sie mussten beide lachen, und Nini griff nach den Wassergläsern. Sie stießen miteinander an, eine Mutter und eine Tochter, die sich wiederfanden.

»Dann eine Frau Direktor im Ruhestand aus Bad Schachen, ›Name der Redaktion bekannt‹. Sie schrieb, dass man aus solchen Lebenslektionen lernen solle. Die Betroffene habe ja den ›harten Weg der Wissenschaft‹ für das ›seichte Fahrwasser der Unterhaltungspresse‹ verlassen. Eine solche Maßregelung sei ihr Glücksfall.«

»Glücksfall! Das war sicher meine Schuldirektorin, Frau Dr. Falle. Du erinnerst dich an sie, bei meiner Abiturfeier?«

»Vertrocknete Kröte. Der warst du zu hübsch.«

»Wir hatten sie in Deutsch und Geschichte, ich habe immer unbequeme Fragen gestellt.«

»Dann auch zu klug. Eine lebensgefährliche Kombination für junge Frauen.«

»Was, Mami, kam nach der Vorverurteilungsseite?«

»Einen Samstag später erschien eine ganze Doppelseite von Verteidigungsplädoyers. Und kurioserweise schrieben die vor allem Männer.«

»Klar. Wir Frauen trauen uns bis heute nicht an die Front!«

»Eine schon.«

Renina legte den Kopf zu schnell schief. Sie musste aufschreien, so sehr zog es in ihrer linken Schläfe. Ninis Rechte war sofort zugegen und stützte sie, dann kam die Linke auf der anderen Seite hinzu. Einen langen Augenblick saß sie ganz nahe vor Renina und hielt sachte ihren Kopf, wie man das Köpfchen von Neugeborenen hält, um erstmals in ihre Augen zu schauen. Es war eine Berührung, die nicht zarter hätte sein können, aber auch nicht beschützender.

»Es wird alles gut, Kind«, flüsterte sie.

Renina schloss wieder die Augen und lehnte sich in ihre Kissen zurück. »Also die Doppelseite?«, fragte sie nochmals, der Schmerz ließ zum Glück rasch nach.

»Am Ende der durch und durch schmissigen Leserbriefe hatte Weyl einen effektvollen Abstand gelassen und zwei Zeilen auf ganze Breite gestellt.«

»Und die lauteten?«

Zu so etwas musste Renina die Augen öffnen.

»Ich zitiere hoffentlich richtig, Schatz: ›Wenn junge Frauen noch heute für ihre Ideen und Ziele bedroht werden, ja sogar brutal verletzt – und wir erwarten dazu die Ergebnisse der strafrechtlichen Ermittlungen –, ist das ein trauriges Zeugnis unserer Zeit und unserer Gesellschaft. Ich bitte Sie, die Damen, wagen Sie, Nein zu sagen. Wehren Sie sich. Gewalt ist strafbar. Und ich abonniere noch heute die *Lady*, die am 1. Juni erscheint.‹«

»Wer zeichnete?«

»Marlene Dietrich.«

Renina schnappte nach Luft. »Mami!«

»Ja! Und dabei blieb es nicht. Sie hat uns kurz danach kontaktiert, nein, eigentlich war sie seither täglich hier bei dir präsent.«

»Sie verteidigte nicht jemanden aus ihrer eigenen Familie?«

»Familie scheint bei den Dietrichs ein großes Wort. Ich verstehe inzwischen, dass sie nach Paris geflohen ist.«

Renina konnte die Bedeutung dieses Leserbriefs noch kaum ermessen. Dazu brauchte sie Zeit. Und die Ruhe, die sie sich in dieser Klinik wochenlang erobert hatte.

»Es läuft also ein Strafverfahren? Und ich stehe im Mittelpunkt?«

Ihre Mutter nickte.

»Meine *Lady* wird darunter gelitten haben. Keiner wird sie gekauft haben, und ein Fräulein Beha und eine Frau Dr. Falle haben sie am Zeitungskiosk oder beim Friseur nur aufgeblättert, um meinen Leitartikel zu zerknittern.«

»Glaub das nicht. Die erste Nummer hat sich prachtvoll verkauft. Doch darum geht es unter diesen Umständen ja gar nicht. Es geht jetzt erst einmal um dein Recht.«

»Wann kommt der Staatsanwalt zu mir?«

»Die Ärzte müssen dich freigeben.«

»Ich sage die Wahrheit.«

»Das hoffe ich. Für die Wahrheit kämpfen wir alle.«

»Fred wird gezwungen sein, ganz von vorn anzufangen.«

»Der Arme, mir kommen die Tränen.« Nini raufte sich das Haar, es sah lustig aus. Dann stand sie auf, strich sich den Rock glatt, knöpfte sich das Jackett zu und faltete die Hände vor der Taille, wie im Zeugenstand vor einem Richter. »Ist das nicht die mindeste Strafe für einen, der Frauen schändet?«

Auf dem Gang waren Schritte zu hören, gleich darauf betrat ein hochgewachsener Arzt mit der Schar seiner Belegschaft die Intensivstation.

»Darf ich mich vorstellen, Professor Farnweiler«, sagte er mit sonorer Stimme, die durch die ganze Station hallte. »Ich bin hier der Chefarzt, und ich freue mich, Sie wach zu sehen.«

Er war ein Hüne von einem Mann und duftete nach Sandelholz. Gegen ihn schien der kleine Janusch wirklich klein.

Genau wie Ernstl, der jetzt in der Tür der Intensivstation erschien. Sie hatten die gleiche Statur.

Der Chefarzt untersuchte Renina methodisch kühl und gab Anweisungen an seine Intensivschwestern, an den Neurologen, den Internisten und den Kardiologen, die er aus dem Schlaf gerissen haben musste. Da Renina die einzige Patientin im Krankensaal der Intensivstation war, ließ er die Eltern in der offenen Tür gewähren.

Ernstl machte Renina während der Untersuchungen – Hämmerchen auf beiden Knien, Hämmerchen auf beiden Ellenbogen, aufstehen und auf einer Linie gehen, drei Kniebeugen machen – lustige Zeichen aus der Ferne. Er hatte sich ein frisches weißes Hemd angezogen und seine schönste himmelblaue Seidenfliege. Er konnte es sichtlich kaum erwarten, Renina zu umarmen.

Als der Chefarzt zufrieden schloss: »Kompliment, meine Liebe, Sie haben das gut überstanden«, gab es ein allseitiges Nicken der Belegschaft, während sich zwei weitere Gestalten in den Türrahmen schoben. Es waren Erica und Basil.

»Wir lassen Sie jetzt allein, Frau Dietrich«, ergänzte der Chefarzt, »es ist Mitternacht, Zeit für Ihren allabendlichen Anruf. Doch dann, bitte sehr, gehen Sie schnurstracks zurück ins Bett und ruhen sich aus? Ich weiß, es klingt komisch, Ihnen zu sagen, Sie müssen genügend schlafen.«

Alle lachten.

Vier Intensivschwestern, der Neurologe, der Internist, der Kardiologe, der Assistenzarzt, Nini, Erica, Basil, Ernstl und schließlich auch der Professor waren vereint in diesem befreienden Lachen.

Renina kamen bei ihrem Anblick die Tränen.

»Nein, nein, keine Rührung, bitte.« Der Chefarzt wurde gleich wieder sachlich. »Wir brauchen Sie in den nächsten Tagen mit frischem Kopf. Ich ordne hiermit die Generaluntersuchung an, notieren Sie, Michalski: großes Blutbild, Harnsediment, Lungenröntgen, Belastungs-EKG, kompletter neurologischer und kardiologischer Befund.«

»Dürfen wir sie zur Befragung durch den Staatsanwalt freigeben?«, fragte der Neurologe.

»Natürlich. Gleich morgen früh, wenn ihr Zustand stabil bleibt. Wir alle warten doch auf ihre Aussage.«

Der Ärztetross zog ab, und Ernstl näherte sich seinem Kind auf Zehenspitzen.

Er sagte nichts.

Er stellte sich auf die Janusch-Seite von Reninas Bett, legte sein linkes Auge auf ihr linkes Auge und flüsterte: »Augchen auf Augchen, mein Kleines.«

Wie viele Tausend Male hatte er das getan, als sie noch ein kleines Mädchen war und nicht einschlafen konnte? Als sie vom Pferd gefallen war und bockte, um dann doch wieder aufzusteigen? Als sie eingenickt war, während er eine sehr lange Wandergeschichte erzählt oder eine komplizierte Karte aus dem Atlas erklärt hatte, und sie so wieder aufweckte?

Erica und Basil kamen mit einem Strauß weißer Callas aus dem Türrahmen hervor. »Nicht von uns«, sagte Erica, »sondern von jemand, der dich jetzt gerne sprechen möchte.«

»Gerne sprechen möchte?«, fragte Renina.

Wer fehlte denn noch in diesem Raum?

Brix.

Und Carla.

Nini erklärte ihr umgehend: »Immer um Mitternacht, musst du wissen, ruft hier jemand für dich an. Sie ist die wichtigste Figur in deinem Bestreben um ein neues Leben. Denn Fred hat bei seinem Verhör ausgesagt, dass du ihm am Morgen der Tat eröffnet hast, dich scheiden lassen zu wollen, und dass er diesem Ansinnen nicht zustimmt.«

»Darf ich das ausführen, Kind?« Ernstl stellte sich neben seine Frau und umarmte sie, wie er es immer tat. »Die Anklage wegen Körperverletzung ist ein strafrechtliches Verfahren, die vertritt der Staatsanwalt, und deine Aussage wird in dieser Sache ausschlaggebend sein. Ein Scheidungsansuchen ist hingegen ein privatrechtliches Verfahren. Deine junge Rechtsanwältin hat alles in die Wege geleitet, doch solange die Schuldfrage nicht geklärt ist und Fred einer Scheidung nicht zustimmt, beißt sie auf Granit.«

»Ich verstehe.«

Renina spürte ihren Atem schneller gehen.

Bloß keine Attacke jetzt, dazu war sie zu schwach!

Und auch zu neugierig.

Denn von wem waren die schönen Callas?

Und wer rief sie jeden Abend hier an?

»Wer ist immer um Mitternacht am Telefon?«

MARLENE

»Nun, wer könnte das sein, aus Paris?«, ließ Nini sie raten.

Renina brauchte einen Moment, um die Fäden zusammen-zufügen. »Marlene Dietrich?«

»Genau.«

»Was! Aber Fred sagte doch immer, er habe sie nie kennenge-lernt?«

»Damit hat er ausnahmsweise einmal die Wahrheit gesagt. Wie ich dir schon erzählte, schrieb sie uns nach ihrem Leserbrief im *Südkurier*.«

»Und?«

»Sie sagte uns bei ihrem ersten Telefonanruf: ›Wenn ich mich jetzt nicht in die Familienangelegenheiten der Dietrichs einmi-sche, dann nie mehr.‹«

»Ah.«

»Und seither fragt sie allabendlich nach deinem Befinden.«

»Warum um Mitternacht?«

»Sie hat gerade eine Bühnenschau im Londoner Café de Paris laufen. Noch bevor sie aus dem Theater ins Hotel geht, ruft sie uns hier an.«

»Nun, wenn *sie* vor einem Scheidungsrichter auftreten wür-de ...«

»Wir hoffen alle, dass es gar nicht mehr dazu kommen wird. Traust du dir ein kurzes Gespräch zu? Sie wird glücklich sein, deine Stimme zu hören.«

»Natürlich. Gerne!«

»Dann gehen wir ins Ärztezimmer, es ist gleich nebenan. Dort steht das einzige Telefon der Abteilung. In ein paar Minuten ist Mitternacht.«

»Darf ich vorher noch fragen«, bat Renina, »wie geht es Brix und Carla?«

»Sie ist eben ein Engel.« Ernstl zog seine Frau noch weiter an sich. »Brix und Carla kommen regelmäßig hierher, dich zu besuchen. Sie schicken dir jede Woche Blumen. Und der Kurs in Zürich scheint ihnen Flügel zu verleihen.«

»Das freut mich sehr. Doch noch eins, Papi, sei ehrlich. Wie geht es unserer *Lady*?«

Jetzt trat Erica näher: »Wenn ich das beantworten darf?«

»Selbstverständlich«, sagte Ernstl.

»Mit deiner ersten Ausgabe ist aus einer verschüchterten Marie, die ich vor gut einem Monat auf einer nebeligen Seeveranda kennengelernt habe, eine souveräne Nanine geworden. Ganz einfach, ohne großes Zutun. Du musst nur so weitermachen.«

»Auf ins Ärztezimmer«, mahnte Basil, »die lebende Legende ist immer auf die Sekunde pünktlich.«

Sie gingen durch die Sicherheitstür des Krankensaals in eine schreiend orangefarbige Korridorschleuse. Allein die Farbe machte Renina schwindeln. Basil und Erica stützten sie und setzten sie auf einen Metallhocker, der in der Türnische stand. Sie war sicher nicht die erste Patientin, die diesen Hocker brauchte, um sich auf das wahre Leben draußen gefasst zu machen.

Nach einem Moment des Durchatmens war sie wieder zum Aufstehen bereit und ließ sich ins Ärztezimmer führen.

Die ersten Schritte in ihre neue Existenz waren geschafft.

Der Raum war von der vorigen Chefarztbesprechung noch hell erleuchtet, die Stationsschwester rückte zwei Stühle zum Schreibtisch, auf dem das Telefon stand, und Renina setzte sich gerne wieder hin.

»Es ist Mitternacht, die Dame«, sagte die Schwester den Satz, den sie hier augenscheinlich seit Wochen allabendlich um die gleiche Zeit deklamierte, und Nini antwortete die wohl allabendlich gleiche Antwort: »Ich danke Ihnen, Josephine.«

Das Telefon klingelte.

Nini hob ab, und die Schwester schaltete den Apparat auf Lautsprecher, sodass alle mithören konnten.

»Ja bitte?«, fragte Nini.

»Guten Abend«, hauchte eine dunkle Stimme am anderen Ende der Leitung. »Wie geht es dem Kind heute?«

»Du glaubst es nicht, Marlene. Sie ist aufgewacht!«

»Was!«

»Ja.« Nini rang im Stehen nach Luft.

»Beruhige dich, Nini. Eine solche Aufregung tut dir nicht gut. Sitzt du bequem?«

Nini setzte sich umgehend neben Renina.

»Ist Renina bei dir? Kann sie schon sprechen?«

»O ja. Ich gebe sie dir.«

Nini schien froh, den Hörer abgeben zu dürfen, ihre Hände zitterten. Renina übernahm.

»Guten Abend.«

»Guten Abend, Kind. Und das ist nun wirklich einmal ein guter Abend! Wie geht es dir?«

»Ich freue mich, Ihre Stimme zu hören.«

»Ach, lass das Sie sein, ja? Ich bin ja schließlich so etwas wie deine Tante.«

»Ich freue mich, deine Stimme zu hören.«

»Und ich erst, Renina ... Ich habe gute Neuigkeiten. Nicht nur, dass du heute erwacht bist. Willkommen im Leben!« Sie machte eine kleine Pause, es hörte sich an, als nähme sie einen genüsslichen Zug aus einer Zigarette. »Sondern auch, dass ich genau heute per Expresskurier das schriftliche Einverständnis zu deiner Scheidung erhalten habe. Gezeichnet: mein frevelhafter Neffe Fred.«

»Marlene!«

»Ist das nicht großartig?«

»Ich will dich aber doch in keiner Weise in meine Misere verwickeln.«

»An der bist du nicht schuld! Der Junge ist ein Blender, ein Narzisst. Leider habe ich ihn nie aus der Nähe beobachtet, und du bist viel zu jung, um solch vermeintliche Helden zu durchschauen.«

»Man ist nie alt genug«, warf Erica trocken über Reninas Schulter ein.

»Das ist meine Freundin Erica.« Nini nahm Renina kurz den Hörer ab. »Sie feiert mit uns Reninas neues Leben.«

»Enchantée, Erica, wie recht Sie haben.«

»Danke also, Marlene«, schloss Nini. »Fred hätte sich jahrelang wehren können, und das hätte weder Renina noch ihrer Zeitschrift gutgetan.«

»Die *Lady*, ja«, hörte man die Stimme der Dietrich nach einer weiteren Pause aus dem Lautsprecher, sicher hatte sie einen nächsten Zug aus ihrer Zigarette genommen. »Ich habe sie nicht aus der Hand legen können, Renina. Und beim Lesen kam mir eine Idee für dich.«

Wieder eine kurze Pause, doch die machte sie sicher, um die Spannung unter ihren Zuhörern zu erhöhen.

»Wir veranstalten ›Weekends mit *Lady*‹? Einmal im Jahr? Zum Beispiel immer im Herbst, der Rentrée, wo man sich gerne wieder gut anzieht? Das erste Weekend würde ich für dich nächstes Jahr, wenn du wieder ganz genesen bist, bei mir in Paris arrangieren.«

Stille im Ärztezimmer.

Ernstl nickte begeistert herüber.

»Was sagst du?«

Renina konnte nur stumm nicken, sie griff nach der Hand ihrer Mutter, und die übernahm die Antwort.

»Fabelhaft, Marlene«, bestätigte Nini im Festtagston der Unternehmerin, die sie immer gewesen war. »Aber lässt du mich das Kind jetzt zurück ins Bett bringen? Bald sind wir sicher alle wieder zu Hause, dann könnt ihr euch besprechen, solange ihr wollt.«

»Sehr gut, ihr Lieben. Doch, wenn ich darf, melde ich mich morgen Abend?«

Nini sah ihre Tochter fragend an, und da war es wieder, das Zwinkern, das Renina zum allerersten Mal am vergangenen 1. Mai im Salon der Mozartstraße an ihr gesehen hatte.

Sie nickte der Mutter zu, und die reichte ihr den Hörer.

»Ich freue mich darauf, Marlene.«

»Ich mich auch, Kind.«

Jana Revedin
Flucht nach Patagonien
Roman
416 Seiten. Gebunden mit Schutzumschlag
ISBN 978-3-351-03809-0
Auch als E-Book lieferbar

Die Geschichte einer außergewöhnlichen Freundschaft zwischen Paris, Patagonien und New York

Februar 1937: Eugenia Errázuriz, die einflussreichste Kunstmäzenin der Pariser Moderne, hat die Karrieren von Coco Chanel, Pablo Picasso, Igor Strawinsky und Blaise Cendrars gefördert. Jetzt lädt sie den jungen jüdischen Innenarchitekten Jean-Michel Frank auf eine Reise nach Patagonien ein. Sie hat ihr gesamtes Vermögen in den Bau des ersten Grandhotels der Anden investiert, das ihn weltweit bekannt machen soll.

In Wahrheit ist dieses Projekt am südlichsten Ende der Welt aber ihre Flucht aus Europa, das sie von Hitler und dem Nationalsozialismus bedroht sieht.

Regelmäßige Informationen erhalten Sie über unseren Newsletter.
Jetzt anmelden unter: www.aufbau-verlage.de/newsletter

Jana Revedin
Margherita
Roman
304 Seiten. Gebunden mit Schutzumschlag
ISBN 978-3-351-03830-4
Auch als E-Book lieferbar

Jana Revedin erzählt von den Schicksalsjahren Venedigs - und ihrer eigenen Familie

Für Peggy Guggenheim war sie die First Lady Venedigs. 1920: Die fünfundzwanzigjährige Margherita, die in ihrem Heimatstädtchen Treviso die Zeitungen austrägt, wird durch die Heirat mit dem adeligen Antonio Revedin zur First Lady Venedigs. Heute ist ihr Name vergessen: Doch Margherita verstand es, sich durch ihre unvoreingenommene Art zum Mittelpunkt einer sich neu erfindenden Stadt zu machen. Peggy Guggenheim wird ihre beste Freundin, und die Künstlerfeste auf der Terrasse des Hotel Excelsior, zu denen sie Greta Garbo, Coco Chanel, Clark Gable oder Pablo Picasso einlud, werden legendär.

Regelmäßige Informationen erhalten Sie über unseren Newsletter.
Jetzt anmelden unter: www.aufbau-verlage.de/newsletter